FUGUE

DU MÊME AUTEUR

La Relieuse du gué, Gaïa, 2008 (prix du Premier Roman du Rotary-Club de Cosne-Sancerre 2009 ; prix Lire Élire décerné par Culture et Bibliothèques pour tous Nord Flandre) ; Babel n° 1185.
Fugue, Gaïa, 2010 (prix du livre Pourpre 2011).
Sanderling, Gaïa, 2013 (prix Thyde Monnier de la Société des gens de lettres 2013).

© Gaïa Éditions, 2010

ISBN 978-2-330-03061-2

ANNE DELAFLOTTE MEHDEVI

FUGUE

roman

B▲BEL

Pour ASM, all ways always.

Merci à Jane Simon.

Clothilde était au jardin, elle y taillait un buis auquel elle donnait une forme ronde. La musique, qui lui parvenait du salon par la baie laissée ouverte, accompagnait son geste, précis et délicat, du bout des lames. *L'Art de la fugue* en était au XIVe contrepoint. Quand la musique de Bach cessa au milieu de cette partition dont il n'avait pas écrit la fin, Clothilde continua à sculpter dans le silence.

Concentrée sur l'arbuste, elle ne perçut d'abord que les mouvements de va-et-vient impatients de son chien blanc sur le fond vert des charmilles. Elle se redressa pour en chercher la cause et c'est alors qu'un filet de brise lui fit parvenir l'appel. Elle s'extirpa du dédale de parterres de fleurs rampantes qu'elle laissait empiéter sur les allées et décrocha enfin. C'était juste avant midi, jour de rentrée scolaire.

La directrice de l'école demandait à la jeune mère de venir la rejoindre de toute urgence. Clothilde pensa que quelque chose n'allait pas avec ses jumeaux. Adèle avait-elle déclaré la guerre à l'institution? Dès sa première rentrée? Elle siffla Beau et le grand chien blanc des Pyrénées se colla comme une ombre à sa maîtresse. Ils s'engouffrèrent dans la voiture pour rejoindre l'école. Quittant les hauteurs du village pour gagner le pied de la colline à l'opposé du bourg, Clothilde nota en bas dans la plaine un banc de brouillard toujours accroché au lit de la rivière, une traîne blanche, comme un cumulus tombé des nues.

Devant l'école, attendait la directrice, le dos voûté, les mains nouées l'une à l'autre. Noués les doigts de cette femme, nouvelle ici, qui voulait que l'on mît Beau en laisse. Mettre Beau en laisse !

Ce n'était pas Adèle qui avait fait des siennes, c'était Madeleine, l'aînée de ses filles. Elle avait disparu.

La directrice :
— J'attendais que vous veniez, j'espérais qu'en chemin vous la trouveriez. Elle a demandé à aller à l'infirmerie, elle avait mal dans la poitrine. Le temps que l'infirmière revienne des toilettes, elle est passée par la fenêtre... Vous connaissez le bâtiment, c'est au rez-de-chaussée, elle n'a pas pu se blesser, ce n'est pas très haut... Je vous attendais pour appeler la gendarmerie.

Clothilde ne lui adressa pas un mot. Elle se mit à tourner sur elle-même comme une boussole cherchant son nord.
— ... Oh, mon petit oiseau, où es-tu ?

Beau sur les talons, elle contourna l'école qui avait été la sienne vingt-cinq ans plus tôt pour aller se poster sous la fenêtre de l'infirmerie. Le chien reconnut la trace et la suivit.

— Beau, trouve Madeleine. Pas trop vite, je te suis, va, trouve Madeleine…

Clothilde courait derrière le grand chien blanc. La trace de l'enfant ne faisait pas de détour, elle s'éloignait du bourg en ligne droite vers les bois en contrebas, au nord.

À travers prés maintenant, tout en courant, Clothilde criait le nom de son enfant. Elle avait d'abord craint les voitures qui montaient vite la grande route en lacets à l'amorce de la colline. Cette route passée, elle avait voulu fuir le spectre de l'enlèvement et du viol. Maintenant une idée comme un coup de fouet cinglait son esprit à intervalles de plus en plus fréquents : la trace de la fillette, au gré de la pente, les menait droit à La Cure. À mesure qu'ils approchaient de la rivière, ils s'enfonçaient vers ce reliquat de brouillard qui s'y accrochait depuis l'aube et qui ne cédait rien.

"Madeleine, Madeleine !!!"

Les cris de Clothilde montaient en crescendo au fur et à mesure que le flair du chien les guidait vers le lit de la rivière. Il courait droit vers l'eau quand elle voulait qu'il la mène à l'enfant. Les deux chemins paraissaient irréconciliables. Elle n'y voyait pas à vingt mètres. Ses chevilles se tordaient dans les ornières, ses chaussures se chargeaient de terre luisante et noire. À la terre, elle abandonna un soulier. À chaque pas, elle était plus lourde, elle arrachait des sillons frais du labour ses jambes happées par la glaise.

Désarroi. Comment garder en ligne de mire le blanc immaculé du pelage de Beau et assurer ses pas dans cette boue ?

Un instant son âme s'échappa. Le pied nu se chaussa de terre. Les yeux et les jambes de Clothilde suivaient le chien blanc mais elle scandait : "C'est un rêve, je ne cours pas, Madeleine est là. Les fugues se jouent, ne se font pas, Madeleine est là."

"Madeleine, Madeleine !!!"

La rivière arrêta net la course de Beau, la truffe perdue dans le vent. Clothilde tomba à genoux. Si même Beau était perdu alors… Une douleur en piqûre de guêpe, des orteils, monta jusqu'à son cœur. Car Beau ne pouvait qu'avoir raison, la trace de Madeleine s'arrêtait sur le bord de la rive exactement là où ses pattes blanches s'enfonçaient dans la boue. Elle mentit au chien.

— Beau, pourquoi tu t'arrêtes Beau ? Ne t'arrête pas, elle n'est pas là.

Clothilde se releva, hurlant le nom de sa fille dont la trace se perdait dans l'onde.

Elle marchait de long en large sur la rive ouverte devenue prison, hurlait le nom de son enfant pour que le cri vibrant occupe tout l'espace de son cerveau et au-delà le vide du monde. En aval, là-bas, quelque chose flottait ? Non rien.

"Madeleine !"

Elle boitait et venait sur la rive, titubant, nommant sans répit l'enfant, la réclamant déjà aux eaux.

Ardu d'accepter de prendre le temps du silence entre deux cris jetés sur lui comme un pont, dans l'attente d'une réponse. Le bruit de ses propres expirations haletantes masquant peut-être une piste, Clothilde retenait son souffle entre deux cris, jusqu'à l'asphyxie, pour mieux entendre.

Rester en apnée, rester à l'affût du moindre son.

Un merle lança un sifflement bas, angoissé par la présence des intrus. Clothilde, hargneuse, lui rétorqua : "Toi, tais-toi !" Elle disait "chut" à la nature, à l'eau qui susurrait, indifférente. Puis à l'esprit de sa mère qui avait tant aimé ces berges : "Maman ! Maman ! Aide-moi !"

Tout à coup Beau s'immobilisa. Il ne fouillait plus le sol, ni l'air de sa truffe. Il semblait soudain de pierre, de cette pierre calcaire blanche et mate sous le soleil, la pierre des églises alentour. Il posa son regard de l'autre côté de la rive et aboya. Il n'aboyait pas comme sa maîtresse criait. Il aboyait précisément, *staccato*, à la noire. La jeune mère comprit. Elle s'agenouilla à côté de Beau pour regarder le point que fixait le chien à travers le rideau de brume qui semblait s'élever. À vingt mètres de là, sur la rive d'en face, assis tout contre le tronc d'un grand chêne, recroquevillé la tête dans les genoux, un petit corps était tassé. Clothilde suffoqua par deux fois, de joie d'abord, puis de terreur car ce corps de l'autre côté de l'eau ne bougeait pas.

"Madeleine!"

Clothilde se dépouilla de sa veste, et de sa deuxième chaussure qu'elle projeta dans l'air d'un grand coup de pied. Le soulier tomba dans la rivière et coula aussitôt sous le poids de la terre.

Elle allait prendre le chemin le plus court et traverser. Clothilde s'engagea dans l'eau, à ce signal que Beau guettait, il s'y jeta à son tour. Elle nagea comme Beau, en chien, gênée dans ses mouvements par ses vêtements.

Encore au milieu du courant, la mère crut voir le corps de Madeleine bouger, l'espoir lui arracha un hurlement qui se noya dans une eau au goût de boue et de métal, elle eut mal comme si elle avalait une lame.

Le courant n'était pas fort mais s'extraire de l'onde de l'autre côté ne fut pas chose aisée. L'eau, la vase, l'herbe se liguaient pour les retenir. Le chien fut près de l'enfant le premier. Il lui léchait la joue, Madeleine vivait et ne pleurait pas. Elle avait juste l'air fatigué mais tranquille.

Clothilde la saisit, la palpa, l'ausculta du regard et des deux mains, puis l'enserra dans ses bras.

Elle susurrait comme l'eau tout à l'heure :
— Que tu te sauves était assez, pourquoi fallait-il que tu passes la rivière, pourquoi cette folie?… Qui fuyais-tu, où allais-tu? Quelle drôle de façon de faire l'école buissonnière ma fille… Tu me diras, promets-moi… heureusement il ne fait pas froid…

À mesure qu'elle parlait, berçait l'enfant, il semblait que sa voix disparaissait, commuait en un souffle qui sombrait vers les profondeurs comme le soulier nimbé de terre dans l'eau. Elle articula encore d'un timbre qui n'était déjà plus le sien :
— Reste près d'elle, Beau… téléphone… dans… veste…

Elle traversa la rivière à la nage une seconde fois. Sur l'autre rive, elle appela la directrice de l'école d'une voix semblable au ton monocorde du morse. C'était un son rauque, ni féminin, ni masculin. Caverneux.
— … N'appel… pas… po… lice… trou… vé… Ma… de… lei… ne… pre… nez… ma… voi… ture… clés… de… ssus… inter… sec… tion… route… Billy… Saint Père.

Clothilde se remit à l'eau, nagea sur le dos, sa veste et son téléphone au bout d'un bras tendu, elle revint au pied du chêne où Madeleine, debout, l'attendait. Clothilde l'enveloppa de la veste sèche. Madeleine pouvait marcher mais Clothilde la prit dans ses bras quand même. L'enfant de huit ans calée contre son sein, elle rejoignit la route. Plus le corps chaud et mouillé de l'enfant se faisait lourd contre le sien, plus la mère aux pieds nus était comblée. Elle marcha jusqu'au croisement indiqué.

Madeleine dit seulement :
— Pardon maman que je nous ai fait peur. La fenêtre était ouverte…

La mère voulut répondre à sa fille, mais plus aucun son ne remonta à la surface de sa gorge piquée d'aiguilles. Beau suivait à quelques pas de là. Il s'était retourné plusieurs fois sur la rivière et le chêne au pied duquel la fugue de Madeleine avait trouvé son épilogue. L'animal semblait attendre du lieu un signe augurant des suites de l'aventure. La rivière susurrait toujours, le grand chêne balançait ses plus hautes branches au vent léger et doux qui s'était levé. Beau avait-il entendu quelque chose à cela ?

La voiture vint à leur rencontre, la directrice avait pris soin d'y déposer le cartable de Madeleine.
— Madame Louris, Madeleine... Oh... elle est trempée et vous aussi ! Vous avez vu ? Le brouillard s'est levé. C'est un comble, il a fallu qu'il attende que vous la trouviez !

Si elle avait pu parler, Clothilde aurait dit à la directrice que la nuit avait été anormalement froide pour la saison, que c'était pour cela que le brouillard s'était attardé. Quelques mots pour signifier qu'elle n'était pas fâchée, pour soulager cette femme du poids de sa responsabilité. Elle essaya encore de parler mais l'air passait sans faire vibrer ses cordes vocales pétrifiées. Elle ne put qu'esquisser un sourire et déposer la directrice à l'école.

Elle remonta sa fille à la maison, lui donna un bain chaud, frictionna l'enfant, lui sécha les cheveux, lui prépara un chocolat, la regarda manger son petit pain d'assez bon appétit avant de la mettre au lit où, après s'être elle-même douchée et changée, elle s'allongea à ses côtés.

Madeleine parlait de choses qui n'avaient rien à voir avec l'aventure du matin, elle énonçait à sa mère, scrupuleusement, ce que la maîtresse avait demandé de cahiers, sans ligne, avec ligne, de crayons, leurs couleurs… Comme si la fugue avait été sur la liste des choses à faire de Madeleine ce matin-là, à sa place entre le classeur grand format et le cahier à spirale.

Avait-elle voulu aller à l'infirmerie dans le seul but de fuir ? Ou bien avait-elle compris en chemin que l'infirmière ne pourrait pas soigner un mal qu'elle avait ? Lequel ?

Elle répondait en chuchotements inaudibles à sa fille, tout en se massant la gorge où elle ne ressentait même plus de sensations de piqûres. Clothilde ne ressentait plus rien, elle forçait son souffle et en passant elle voulait qu'il transporte un son. Mais rien. Madeleine cala sa tête au creux de l'épaule de sa mère et posa sa petite main chaude bien à plat sur le cou de celle-ci. Clothilde rassembla une dernière fois son courage pour émettre des souffles qui voulaient dire : "Ce soir papa rentre à la maison."

Entre sept et huit heures, Vincent rentrerait, comme tous les trois jours un quart, de son service de pilote de ligne. Pendant trois jours entiers, il serait à ses côtés.

Mère et fille s'endormirent, la main de Madeleine enveloppant le cou de sa mère.

Clothilde, muette, se réveilla exactement à l'heure d'aller chercher Antoine, David et Adèle à l'école. Beau fut commis à la garde rapprochée de Madeleine. Lui qui toujours accompagnait sa maîtresse n'eut pas besoin de se le faire préciser. Un regard suffit et le grand chien blanc s'allongea au pied du lit de l'enfant.

Sur ce chemin qui la ramenait vers l'école, elle se refit le film du matin. Elle se revit, toujours dotée de sa voix – ce qui lui paraissait déjà presque inconcevable –, préparant les enfants.

Elle n'aurait pas eu besoin de la fugue de Madeleine pour que cette rentrée scolaire entre toutes soit mémorable. C'était d'une certaine manière la première et la dernière rentrée. La première pour les jumeaux, Adèle et David enterraient leurs vies de petits et c'était donc pour la mère, la "dernière". Le temps de la toute petite enfance de sa progéniture était révolu.

Dès le lever, elle s'était dit : "Vivement demain que la cérémonie des adieux soit finie."

Elle s'était contrôlée au mieux mais n'avait pas caché aux enfants la nervosité qui l'étreignait : "Petite fille, j'aimais la rentrée, j'aimais l'école… mais comme maman, ces jours-là sont curieux, je vous vois grandir d'un coup… c'est bien comme ça mes enfants, un temps commence, un autre finit, je dois en prendre acte. Voilà. Ce soir, vous aurez des tas de choses à me raconter."

Clothilde avait quatre enfants. Antoine, Madeleine et "David et Adèle".

Les jumeaux l'avaient beaucoup aidée ce matin-là, ils s'étaient montrés impassibles, et l'impassibilité n'était pas leur spécialité, mais David et Adèle, devant l'urgence, avaient rendu exceptionnellement service à leur mère en faisant ce qu'elle attendait d'eux.

Antoine, l'aîné, fiévreux, fanfaronnait, persuadait ses cadets qui ne lui avaient rien demandé que cela allait être une "superjournée". Madeleine était quelque part, déjà prête mais cachée sous le piano crapaud de la pièce de musique. Elle apparaîtrait au moment opportun.

Assis sur leur petit banc et du haut de leurs six ans, David et Adèle s'appliquaient à nouer leurs lacets de chaussures.

Ne pas les regarder.
Au moment de partir :
— Beau ? Où es-tu Beau ?
— Il est derrière toi maman.
— Ah oui. Allez, on y va. Madeleine, tu viens mon petit oiseau ?

Si les cordes de ses nerfs avaient pu vibrer dans l'air autour d'elle, elles auraient grincé en écho à ces dérapages répétés qu'impriment les DJ sur des disques vinyles.

Se garer devant l'école, ne surtout pas arrêter de parler, parler pour surtout ne rien dire, remonter un col, moucher un nez, dire bonjour à ceux qu'on croise en prétendant les voir.

Commencer par laisser Antoine, saluer son professeur et quelques camarades, sonder les regards de ces garçons de neuf ou dix ans aux côtés desquels son fils apprendrait le monde, lui qui ne savait pas admettre ses peurs. "Au revoir mon grand."

Lâcher la main de Madeleine, la regarder s'avancer lentement dans l'allée centrale de sa classe, passer comme une reine la table où sa place – aux côtés de l'amie de l'année précédente et de celle d'avant encore – est occupée par une autre… l'amie à qui on se confie, celle surtout avec qui Madeleine faisait de la musique. La mère a déjà, parce qu'il le faut, tourné le dos. Elle murmure quand même : "À tout à l'heure."

Traverser la cour vers les classes des "premières années", serrer la main de la professeur de David. Garder un peu trop longtemps cette main dans la sienne. Faire un signe d'adieu enfantin et maladroit au petit garçon silencieux, cramponné à la poignée de son sac d'école rutilant.

Autre classe. Desserrer l'étau de la main d'Adèle, autour du poignet de sa mère. Se défaire sans concession de cette étreinte muette, rageuse, puissante. Renoncer, confier l'enfant à l'enseignant, maître et arbitre de ce monde-ci.

Regarder Adèle s'asseoir, lèvres scellées, provocante, sans un regard pour le sac adoré qui avait dormi avec elle et qui gisait maintenant planté au beau milieu du couloir. Partir.

Clothilde, désœuvrée, en exil, démunie au seuil de la vaste cour, jaugea les différents groupes de deux, trois, quatre, huit mères qui avaient investi la place. Elle traversa la cour… Les mères parlaient, une murmurait en confidence, cette autre riait… Clothilde passa comme une ronde tenue, traversa les espaces de silence, les grappes de mères-croches et de triolets. Les mots qu'elle entendait étaient purgés de sens, ils n'étaient plus que vibrations sonores. Elle perçut un soupir, approcha une vague de sons qui confluaient vers un même point en crescendo, essuya une salve d'accords épars, éclatés, dissociés ici. En canon là-bas ? Clothilde passa les grilles. "Tout passe ma fille, les douleurs de l'enfantement, les rentrées scolaires et la musique… Tout passe."

De l'autre côté de la grille, Beau attendait.

Dans la voiture :
— C'est fini le temps des bébés, Beau, c'est fini… J'aimerais tellement qu'"Il" soit là ce matin ! Quelle bête je suis, hein ?!!

Puis elle s'était tue. Beau aurait bien gémi du silence qui s'installa, de la musique que ce matin-là Clothilde ne mettrait pas.

Ils laissèrent l'école derrière eux pour remonter la rue principale vers les faubourgs et rejoindre les arrières de l'abbatiale de la petite ville de Levayze.

Levayze est nichée sur les hauteurs d'une colline calcaire, au cœur d'une terre cernée de terres, qui n'affiche ni montagnes vertigineuses, ni océan démonté. C'est un pays de forêts sombres saturé de parfums d'humus, de prairies vallonnées ouvertes qui ondulent sous le ciel, de hameaux désertés aux toits de fermes effondrés, de villes coquettes aux clochers élancés, de vins riches, de cidre doux, de routes perdues sans perspectives qui serpentent au fond de trous qui ne sauraient être des vallées mais qui sans prévenir vous projettent en haut d'un plateau, vers l'horizon à perte de vue. Contrée d'abbayes millénaires d'où partirent les croisades de l'Europe chrétienne mais terre païenne à souhait. La Bourgogne.

À cette colline honorable où les druides se réunissaient pour prier autrefois, la grande maison moderne de Clothilde était accrochée à flanc de coteau, au sud-est.

Du chemin "du haut", bordé côté ville par le deuxième mur d'enceinte datant du XIIIe siècle, on ne voyait de la maison, constituée de deux parallélépipèdes imbriqués, qu'une façade humble et basse, strictement rectangulaire, de bois plein. On distinguait à peine la porte coulissante du garage, fondue dans la masse du bois, derrière laquelle disparaissaient les véhicules. Au coin de cette façade, la porte des visiteurs se signalait par une impressionnante poignée de bronze représentant une main refermée sur elle-même. Au-dessus, la percée d'un triangle de verre, fenêtre fixe, permettait la reconnaissance de qui s'annonçait. Cette porte s'ouvrait sur un couloir dallé d'une pierre beige veinée de rouge de la région. Les murs étaient couleur de ciels, fondu de gris, blancs et bleus.

Le ciel, tableau mouvant, s'affichait lui-même tout au bout de ce passage terminé par une paroi de verre : celui qui pénétrait dans la maison était projeté, au-delà du parc, vers la forêt. Sur la gauche, le couloir s'ouvrait sur des marches de trois mètres de large qui descendaient tranquillement vers la grande salle commune.

Ce matin-là, Clothilde revenant de l'école avait si bien deviné le silence qui régnait dans la maison qu'elle était passée sans s'arrêter devant chez elle. Beau s'était agité.

Clothilde :
— T'inquiète pas, on va voir Alix.

Elle ne pouvait pas penser à un endroit plus indiqué pour faire la paix avec les à-coups du temps que la distillerie de sa meilleure amie.

Si Clothilde habitait à flanc de coteau, l'usine d'Alix elle, se trouvait à Levayze-le-bas, dans la plaine, au sud-ouest. On empruntait, pour aller chez elle, une route nouvelle encadrée de part et d'autre de parcelles de prairies, de fleurs et de serres. Tout au bout de ce chemin, lovée dans un cirque calcaire coiffé de chênes à foison, se dressait la distillerie.

La seule préciosité de ce bâtiment de béton blanc était sa forme en arc de cercle qui épousait celle du cirque. Il n'avait qu'un rez-de-chaussée mais une hauteur sous plafond de cinq mètres. Long de trente, profond de dix, il abritait quatre "vases" ou cuves de cinq cents litres, une chaudière à paille et une chaudière haute pression : les principaux équipements de la distillerie. Sur des paillasses de laborantins s'alignaient balances délicates et pilons mécaniques.

Passé les portes centrales, on sentait la lavande qui poussait volontiers sur un coteau, un peu plus loin, autrefois consacré à la vigne, on sentait le chèvrefeuille et aussi la camomille. La saison de la distillation finirait bientôt, Alix passerait à celle des infusions, travaillerait à la manufacture des savons, des shampoings et des onguents.

La puissance, l'enchevêtrement des parfums lui imposèrent de fermer les yeux pour y sentir plus clair. Tête droite, souple, elle inspirait lentement par le nez, gonflait le ventre. Elle humait l'air en se berçant de bruissements diffus d'eau captive, de sonorités métalliques teintant au hasard d'un silence vaporeux.

Ici, on réduisait à si peu de chose la matière pour en extraire l'essence.

Elle se rappela les mots d'Alix décrivant un parfum : "Le parfum a trois dimensions, trois notes : « l'immédiate », note de tête, « la médiane », note de cœur, et « le socle », la note de fond." Clothilde pensait à ces notes, et puis aux siennes, musicales, à l'au-delà du langage dans lequel les unes et les autres naissaient.

Elle s'approcha des alambics qui distillaient les huiles essentielles. Elle avait plusieurs fois rempli avec Alix la base de ces alambics de fleurs, feuilles, racines, mousses. Elle avait ajouté l'eau. Les plantes étaient soumises à une très forte pression et à une vapeur d'eau surchauffée. La vapeur entraînait les parfums exprimés de la plante et c'est au contact de l'eau froide qui traversait le serpentin que l'essence de celle-ci, mélangée à l'eau, se condensait. On séparait ensuite ces deux éléments après décantation. Des parents à l'enfant.

C'est ainsi que Clothilde observait les gouttes tomber dans l'essencier. L'une d'entre elles creusa l'anneau d'huile pure qui flottait en suspension au-dessus de l'eau florale, chargée d'arômes, dont l'huile s'était finalement séparée. Clothilde attendit la goutte suivante et du temps passa, comme entre deux notes.

Déjà elle détestait moins "l'exil", elle plaquait les derniers accords sur un temps qui finissait, en sondant les dernières vibrations. D'autres femmes ne se laissaient pas enfermer ainsi dans leur rôle de mère. Mais la maison à construire, les quatre enfants venus si vite, comment aurait-il pu en être autrement ? Elle regardait, une à une, les gouttes rejoindre le grand tout que formaient les précédentes. Et accompagner la maladie de sa mère jusqu'au bout. Ce voyage-là, et les soins aux enfants avaient consommé son temps. Elle ne regrettait pas. Mais maintenant ?

Alix, botaniste et femme d'affaires, trônait là-haut dans sa blouse blanche. La mezzanine de bois où l'on avait installé les bureaux se trouvait à droite de l'arc de cercle décrit par la bâtisse. Alix avait observé Clothilde tout le temps qu'avait duré sa rêverie. Elle se signala en frappant dans ses mains avant de se diriger vers l'escalier pour descendre rejoindre son amie.

Elles se sourirent et marchèrent l'une vers l'autre. Clothilde respirait, gonflait ses poumons de l'air embaumé, Beau saoulé d'effluves toujours sur ses talons, elle s'avançait d'un pas sûr, en jean, baskets et pull d'homme. L'esprit des enfants prenait le large.

Ses cheveux mi-longs, bruns et lisses, étaient noués sans contrainte sur sa nuque. Elle portait un sac-besace en bandoulière. Clothilde n'était pas aussi grande qu'elle en avait l'air, mais élancée, elle arborait un port de reine, même en tenue négligée.

Une fois les deux femmes face à face, Beau, sachant sa maîtresse calmement amarrée, renonça à l'escorte, se hâta vers la sortie et un air moins encombrant à son nez.

Alix, plus petite que Clothilde, était blonde et portait ce jour-là sur le haut du front un bandeau couleur cuivrée qui donnait encore plus d'éclat à ses yeux "véronique", petite fleur au bleu franc, lumineux, dont ils avaient l'éclat.

Mis à part la grâce naturelle de l'une et les yeux bleus admirables de l'autre, il suffit de savoir qu'elles s'étaient rencontrées à l'âge de quinze ans au lycée, que leur complicité avait mûri pendant deux ans avant qu'elles ne signent un contrat tacite d'amitié à vie et que toujours à leurs yeux l'autre serait la plus jolie.

Alix avait dit :
— Ça y est les jumeaux ont fait leur rentrée ? Ça s'est bien passé ?
— Oui…
— Allez… Haut les cœurs ! Libre !
— Libre ? Demain sûrement, mais aujourd'hui je me sens plutôt comme un loup en cage. Je les ai déposés à l'école et je suis passée tout droit devant la maison. D'ici une heure, je serai dans mon antre : le balai hérisson en main à chasser les toiles d'araignées, la tête en pétard, Shostakovich ou Beethoven à fond… Demain ça ira mieux… Je ne ferai plus d'enfants… Je vais faire de la musique… Je suis diplômée de Conservatoire national supérieur après tout ! Je ne sais par quel miracle, quand j'y pense, j'ai pu réussir le concours d'entrée et les auditions. J'étais morte de trac. J'ai bien gagné le droit d'enseigner le piano sans rougir… Je peux peut-être en faire quelque chose ou faire de la traduction ?

Me rappeler que j'ai fait un jour des études en linguistique comparée, que j'ai parlé assez bien trois langues étrangères ? En tout cas, travailler à autre chose qu'à m'arc-bouter contre le chaos qui couve sous la maison et qui éclôt dès que j'ai le dos tourné. Et tous les jours recommencer… Mais je vais l'inventer ce travail, je ne veux pas qu'on m'en donne, d'ailleurs regarde-moi, qui voudrait m'en donner ?

Alix se moquant, regardant sa compagne de haut en bas :
— J'ai vu bien pire…
— Pire que moi ? Trente-trois ans, l'âge du Christ en croix, plus de taille, quatre enfants, le cheveu cassant et l'œil terne, le teint jaunasse et un mal de dos le matin au réveil ! Passer de la station couchée à la station debout, toute une histoire. Comment a-t-on appelé le squelette fossilisé de notre ancêtre déjà ?
— "Lucie" ?
— Lucie dans la savane ! C'est moi ! Il me faut quinze minutes au lever pour me redresser, je refais l'histoire de l'humanité à moi toute seule, tous les matins. À peine mère, tu t'arrêtes à la case grand-mère sans passer par la case femme ! Un vrai jeu de l'oie. Il me reste dix ans. La plupart des femmes n'ont pas le choix, elles doivent "gagner leur vie" : quelle belle expression hein ? Moi je l'ai, le choix. Et j'aimerais ne pas l'avoir ! Je ne peux tout de même pas renoncer à ma prison dorée pour un boulot de merde.
— … Eh bien quel tableau ! Ça valait le coup, ils sont si beaux tes enfants, si pleins de vie. Quatre en cinq ans, tu ne t'es pas préservée non plus.

— Comment voulais-tu que je sache que j'aurais des jumeaux ? Et comme dans Le Livre, qui aurait cru qu'"au commencement" je tomberais amoureuse d'un pilote de ligne qui habite dans le ciel ? Cinq ans après la naissance de David et Adèle, à chaque fois que je pose les yeux sur le divan du salon…
— Ton "radeau"…
— Oui, je me revois allongée dessus, enceinte jusqu'aux cheveux, échouée là comme une baleine. Oh, mes deux petits monstres, mes farouches, si petits, à la grande école. Je les ai sevrés si facilement en comparaison de ce que j'éprouve maintenant. J'ai parlé aux enfants de mon souhait de commencer une activité en dehors de la maison. Ce soir-là Vincent n'était pas là, Madeleine m'a rejointe dans ma chambre. Elle était très excitée : "Maman qu'est-ce que tu vas faire alors ?" J'ai pris un air assuré mais je crains de m'être embrouillée.
— … Est-ce que tu lui as dit que tu pourrais envisager de prendre sous ta responsabilité l'ouverture de magasins, pour la vente directe des produits de la société "Anima Mundi" ?
— Tu as trouvé le nom ? Les produits "Anima Mundi" Rien que ça ?! Belle sonorité "Anima Mundi", beau flacon pour une distillerie. Qu'est-ce que tu as dit avant à propos de "responsabilité" et d'"ouverture" ?
— Je vais ouvrir un magasin, un seul pour l'instant, et plus si ça marche. C'est pour cela que le changement de nom de la société s'imposait. "L'herboristerie Levayze" : personnellement je n'irais pas chercher des savons affriolants dans un magasin

pareil. Je ne suis pas satisfaite de la distribution, dans un sens je n'ai pas le choix : je dois ouvrir une ligne de magasins. Le problème, c'est que je n'ai déjà plus assez de temps pour l'administration et surtout la production dans les champs et sous mes serres. Je ne veux pas m'éloigner de mes plantations, alors je cherche quelqu'un pour ouvrir un premier magasin dont l'agencement, la décoration éveillent les sens, attisent la curiosité, une sorte de laboratoire enchanteur si tu veux, en plus d'être un point de vente. On y donnera, échangera des recettes de tisane, d'onguents, que j'aurai validées évidemment avant de les rendre accessibles. Je voudrais que ce premier magasin puisse ouvrir dès le printemps prochain. Je voudrais que ce soit toi qui l'imagines et qui mènes ça à bien. Je ne te demande pas de le gérer, de vendre une fois l'ouverture passée. Je sais que tu n'aimerais pas cela. Je veux que tu conçoives cette boutique, que tu t'occupes de tout jusqu'au soir de l'inauguration.

— Ah. Et pourquoi moi ? Pourquoi crois-tu que je saurais ?

— Je t'ai vue dessiner les plans, puis conduire les travaux de ta maison. Je me souviens de ta liberté à choisir tel matériau plutôt que tel autre, telle couleur, et ne pas vouloir en démordre même quand des "avis autorisés" te conseillaient de ne pas aller en ce sens. C'est toujours toi qui as eu raison. Moi la nuit, je rêve que j'ai construit une usine blanche et verte sur une île, que des champs pleins d'herbes aromatiques et de fleurs m'entourent. Je me réveille au matin et tout est vrai, presque tout.

— Presque ?

— Dans mes rêves il y a des rires d'enfants, des enfants que j'entends mais que je ne trouve jamais. Je les cherche sous les serres comme pour aller les cueillir mais rien n'a poussé. À trente-trois ans, je ne me vois pas comme le Christ en croix, je ne suis pas au seuil de l'éternité : j'ai des hommes mais pas d'enfants. Il me faut le contraire. Comment est-ce que quelque chose qui paraît si simple à obtenir pour certains reste inaccessible à d'autres ?

— Allez, à nous deux, on fait une femme comblée…

— Parlant d'être comblée, pourquoi, maintenant que tu vas avoir plus de temps libre, est-ce que tu ne chanterais pas ?

— Mais je chante, je m'accompagne au piano !

— Non, je veux dire : étudier le chant lyrique. Tu as "une voix", c'est évident, explore-la.

— Non, ce n'est pas pour moi. À part être mère, je fais déjà tout à moitié. Si je refais sérieusement de la musique, j'aimerais reprendre le piano. Six mois pour préparer proprement une fugue de Bach ou une fantaisie de Mozart, c'est ridicule, et d'autant plus absurde que plus le temps passe, moins je peux m'en passer de la musique. Allez, j'y vais, Beau m'attend, il faut aller habiter la maison vide !

— Attends une seconde !

Alix monta quatre à quatre les marches de la mezzanine, en redescendit pour glisser une carte de visite, un bouquet de lavande, quelques nouveaux savons dans le sac-besace de Clothilde resté ouvert.

Alix :

— Sur la carte de visite : nom, adresse et numéro de téléphone de Mme Maisonneuve, ma professeur de chant. Je ne prends plus de cours avec elle comme tu le sais depuis deux ans, je n'ai plus le temps. Mais peut-être que toi maintenant, tu le trouveras.

— Merci. Passe bientôt à la maison, les enfants te réclament.

— N'oublie pas ma proposition. J'ai besoin d'une réponse assez vite.

Clothilde revoyait cette scène et s'amusa à penser que le destin avait tranché. Elle ne chanterait pas. Elle était muette.

Après sa visite à la distillerie, Clothilde avait repris le chemin de la maison vide. Créer un espace où Alix vendrait ses produits ?

Anima Mundi.

Est-ce qu'elle saurait faire ça toute seule ?

Arrivée devant chez elle, elle commanda l'ouverture automatique du portail du garage et pénétra dans le passage.

Déjà les grandes lignes d'un espace qui contiendrait Anima Mundi se dessinaient, mais des idées aux actes, il y a loin. Elle effaça ces visions d'un lieu nouveau et commanda la fermeture automatique du portail puis elle regarda le rideau de bois descendre jusqu'au sol.

"Clac. Voilà, je suis hermétiquement chez moi."

Puis, toujours Beau sur les talons, elle avait suivi le couloir couleur de ciel.

À mi-parcours, sur la gauche, la vue s'ouvrait sur le grand palier. Quelques marches descendaient au premier plateau de la maison – qui en comptait trois. Sur ce premier palier se trouvaient les chambres. Quelques marches plus bas vous amenaient jusqu'au niveau de la cuisine, de la salle à manger et de la salle de musique, quelques marches encore, et vous étiez au niveau du salon de plain-pied avec le parc. Les pièces de chacun des trois niveaux communiquaient avec l'extérieur. Le terrain étant pentu, les flancs de la maison s'ouvraient sur des paliers de jardins correspondants. Chaque escalier était encadré de rampes d'accès pour caddys, valises, billes, balles, voitures, pommes, poussettes, citrouilles, oranges, enfants debout ou couchés.

Avant d'amorcer la descente des escaliers et comme elle allait machinalement se baisser pour ramasser une barrette et une balle oubliées, Clothilde arrêta son geste et s'absorba dans la contemplation de la forêt qui s'offrait à sa vue au-delà du panneau vitré. L'esprit flottant dans un temps entre parenthèses, elle se reposait. Beau s'assit et observa sa maîtresse observer.

Au lieu de considérer que les enfants confiés, la maison terminée, tout pouvait commencer en ce jour de rentrée, il sembla à la jeune femme que tout pouvait tout aussi bien finir. Elle pouvait, comme la musique, passer, traverser la maison puis les terrasses d'herbes, rejoindre le parc, descendre vers la forêt et s'y perdre. Elle regardait l'horizon confus, brouillé par la brume, la forêt se devinait derrière son voile, déjà teintée de verts et de points dorés et rouges.

Elle sentit le souffle chaud de Beau appuyé à la courbe de sa taille.

— Mais non, ne t'inquiète pas. Je rêvais de partir, un instant, comme ça.

Le parfum du bouquet de lavande finit de sortir Clothilde de sa rêverie. Elle l'extirpa de son sac, puis les savons à sa suite et la carte de visite voleta dans l'air. Clothilde la ramassa… *Professeur de chant… Conservatoire… Maisonneuve…* Elle rangea le rectangle blanc dans le tiroir d'un meuble de couloir, en haut à droite, avec les pièces de pays étrangers où on ne retournera pas et les dents de lait des petits qu'on n'a pas su jeter.

Par où commencer : sur le palier qui desservait les chambres à coucher, les portes laissées ouvertes découvraient un chausson, une pièce de pyjama ici, un collant de petite fille là…

Beau alla se planter devant la chaîne stéréo :
— Tu as raison, Beau.
Les enfants étaient à leurs vies et elle à la sienne, tout était en ordre.
Qu'allait-elle écouter ? Du solennel, du grandiose : Beethoven. La troisième ? Ou la huitième de Shostakovich ?
Elle allait venir à bout de cette rentrée, faire une belle maison pour les enfants !… Ah non, pas la neuvième de Beethoven, celle-là elle la gardait pour les grandes occasions… Shostakovich… Voilà…

Elle ne mit pas la musique trop fort d'abord, eu égard aux oreilles délicates de Beau. Mais dès qu'il fut sorti s'ébattre dehors, elle monta le son, s'en habilla des pieds à la tête, la musique lui seyait comme un gant, pas serré, surtout pas lâche, ajusté.

Le chien faisait le guet devant la baie, regard braqué vers l'intérieur de la maison où sa maîtresse s'agitait à mettre de l'ordre, pressée de son.

Clothilde se déchaîna pendant une heure sur les toiles fraîches de ces araignées qui, sentant l'hiver, montaient vers sa maison pour y trouver refuge. Elle chassa les poussières vicieuses de quelques recoins inaccessibles. Puis elle changea les garnitures des lits des quatre enfants. Elle choisit soigneusement les housses de couettes et les taies pour leurs vives couleurs.

Shostakovich s'était tu. Avant de passer au jardin, elle s'assit un instant sur son "radeau" et s'offrit une plage de silence qui n'en est jamais et le goûta autant qu'elle avait goûté la musique.
L'envie de jouer la prit, alors elle joua une invention de Bach à son piano et puis comme elle avait à faire au jardin, avant de sortir, comme pour mettre un point d'orgue à l'ordre qui s'était réinstallé en elle, elle sortit un enregistrement de *L'Art de la fugue*, elle monta le son à fond, ouvrit la baie en grand et sortit.

Elle avait désherbé la ronce, le pissenlit, l'herbe haute qui coupe, à la binette et les mains nues. Elle avait taillé les rosiers et maintenant elle taillait "son buis", en forme de sphère. Elle jouait de loin en loin avec la proposition d'Alix d'ouvrir l'officine Anima Mundi. Était-ce une bonne idée pour refaire son entrée dans le monde après dix ans d'absence ?

Anima Mundi ? Les amis et les affaires ne font pas de bons mariages. Mais pour un temps, juste pour l'ouverture de ce premier magasin ? Après, elle verrait.

C'est alors que l'appel de la directrice lui était parvenu. Juste quand elle pensait avoir fait son deuil du temps révolu, qu'il lui semblait pouvoir s'en accommoder, c'est Madeleine qui quittait la route. Et c'est comme si cette journée n'avait fait que commencer au midi.

Arrivée devant l'école, Clothilde prit le temps d'observer Antoine, David et Adèle jouer dans la cour. David avait arrêté sa course pour faire face à un autre petit garçon qui lui racontait quelque chose. Adèle était au centre d'une petite troupe. Elle régnait déjà. Mais quand elle vit sa mère, d'épanouie, elle reprit sa mine renfrognée du matin, pour la forme. Antoine salua comme un homme ses camarades et courut se jeter dans les bras de Clothilde. Qu'allait-elle faire de ses jours maintenant, sans voix et sans enfants ?

Quand tous les trois furent auprès d'elle, elle réclama, doigt levé, leur attention. Elle recula d'un pas, sourit en guise d'excuse en ouvrant ses paumes vers le ciel. Elle mit une main sur son cou puis l'agita de bas en haut, de sa gorge à sa bouche ouverte d'où pas un son ne montait. Malentendu. Les enfants l'assaillirent aussitôt de questions sur les raisons de ce silence.

Au soir de cette rentrée scolaire et de la fugue de Madeleine, Clothilde attendait Vincent. Aphone, une écharpe de soie bleue appartenant à son compagnon autour du cou, elle préparait le dîner debout, face à la baie de la cuisine. À intervalles réguliers, elle détournait les yeux des zébrures orange des carottes sur la faïence blanche, pour reposer son regard au champ vert qui commençait à deux pas de là et s'étendait jusqu'à la forêt en contrebas.

À droite de leur propriété, vers l'ouest, s'étendaient les coteaux du fameux vignoble de Levayze. À gauche, à l'est, dans le prolongement exact de la nef de l'abbaye romane du XIIe siècle, qui faisait aussi la réputation de la bourgade, s'étendait un terrain trop rocailleux et pentu pour avoir jamais été travaillé. La parcelle dont Clothilde avait hérité de sa mère se trouvait à la limite de la terre à vigne et de la terre à rien.

Droit devant, plein sud, à la limite du champ et de la forêt, s'ébattaient sa progéniture et Beau. Madeleine en était, et la première à courir, à rire. Elle n'avait pas voulu rester au lit. Pour ce qui la concernait, l'épisode de la fugue semblait clos.

Ils étaient trop loin pour que Clothilde les entende, mais la ronde blanche *andante* décrite au petit trot par le chien autour des enfants disait que tout était bien.

Clothilde qui avait toujours éprouvé vis-à-vis des animaux une défiance archaïque n'avait pour autant jamais supporté qu'on leur fasse du mal, qu'on les néglige ou qu'on les humanise à toute force. Bref, avant Beau, Clothilde n'aurait pas su quoi faire d'un animal.
Elle, qui, pendant sa première grossesse, n'avait pas eu la moindre envie de fraises, avait décidé au cœur de la nuit, son premier enfant à peine né, qu'elle aurait un chien, qu'il serait le plus grand et le plus blanc possible.
Le lendemain de sa sortie de l'hôpital, le bébé dans une poche-façon-kangourou calé entre ses seins, elle était partie en chasse de chien. Le soir même, un chiot des Pyrénées intégrait la famille, un pastou, un berger. Il était "Beau".

La mère de Clothilde avait connu Antoine et Beau. Très affaiblie déjà, allongée au bord de l'eau sous ses couvertures, elle gardait l'enfant contre elle et trouvait encore la force de rire des cavalcades du chiot.
Elle était morte quelques semaines avant la naissance de Madeleine.

Clothilde avait élevé les deux ensemble, le petit d'homme et l'animal. Elle ne trouvait rien de plus rassurant, de plus mystérieux, de plus accessible et lointain, de plus blanc, de plus éblouissant que Beau. La musique peut-être ?

Son mari lui avait dit : "Quelle idée, Clothilde, faire un lien entre la musique et un chien, un animal !"

Elle avait alors répondu à son mari, M. le capitaine de vaisseau Vincent Louris :

"Mais pourquoi pas ? Tu en fais bien un, toi, entre le pilote de ligne et l'aventurier. Et je ne te ris pas au nez quand je te vois partir avec ton petit sac bien fait, tous les trois jours un quart, je comprends ce que tu veux me dire, j'essaie, moi qui suis les pieds fichés dans la terre, de comprendre ce que tu veux me dire."

Si les enfants se chamaillaient trop fort, si l'un montait trop haut à un arbre et courait un danger, Beau donnait le signal en accélérant d'abord sa course orbitale. Si la tension ne cédait pas, il interromprait brutalement sa ronde parfaite, dernière alerte avant d'aboyer pour prévenir la mère du danger.

Clothilde suivait des yeux, de loin en loin, l'ellipse du chien blanc et elle attendait Vincent.

Le capitaine de vaisseau rentra un peu plus tard que d'habitude. Beau devina la voiture qui pénétrait dans les faubourgs, aboya une fois pour prévenir la maisonnée. Au signal du chien, les enfants dans leurs chambres, dans les salles de bains s'ébrouèrent, s'agitèrent, qui pour sortir de la baignoire, qui pour enfiler le pyjama.

Seule Madeleine dans sa chambre, au contraire des autres, se figea. Clothilde, dans la cuisine, acheva son geste, enchaîna les autres, percevant chaque source de bruits émis isolément par tel ou tel, et tous les sons ensemble, y compris le silence soudain et criant provenant de la chambre de sa fille. Elle entendait aussi, monter de l'intérieur, la basse rythmique de son cœur, s'emballant de "le" savoir tout près.

Les trois enfants se jetèrent comme d'habitude sur leur père qui les fit virevolter dans des rondes vibrantes de grelots de rires.
— Où est Madeleine ?
— Dans sa chambre papa.
Vincent, sans prendre le temps de retirer sa veste, se dirigea vers la chambre de sa fille où il resta un moment avant de rejoindre sa femme.

— Qu'est-ce que me dit Madeleine, tu as perdu ta voix ? Notre fille s'est sauvée de l'école ? Elle a traversé la rivière ? Qu'est-ce que c'est que cette histoire ?

Clothilde leva la main vers la nuque de son homme, la fit plier vers elle, et lui chuchota à l'oreille d'un souffle quasi inaudible :
— ... *Trop... crié... son... nom... t'écrire...*

Pour mieux l'entendre, Vincent pressait à son tour de sa main la tête de Clothilde contre son oreille, y plaquait la bouche de sa femme, puis il la serra, caressant ses cheveux, la pressant enfin tout entière contre lui, promenant ses grands bras du bas de ses reins à sa nuque. Elle fondait, les yeux fermés, elle s'accrocha à son cou, et serait restée ainsi lovée contre son compagnon très longtemps si les enfants ne les avaient bientôt entourés, harcelés, séparés. Ils avaient faim.

Clothilde apporta à Vincent l'annuaire ouvert à la page où était indiqué le numéro de téléphone du médecin de famille. Cousin germain de Clothilde, celui-ci vint aussitôt. Il passa un long moment seul avec Madeleine.

Puis Clothilde et Vincent les rejoignirent dans la chambre de l'enfant. Benoît confirma que Madeleine n'avait rien, qu'elle n'avait rencontré personne en chemin qui lui ait fait du mal ou du bien. Il demanda à Madeleine de répéter pour ses parents ce qu'elle venait de lui dire sur les raisons de l'aventure.

Madeleine :
— Je me rappelle, que j'ai dit à Benoît parce que c'est vrai, que j'avais du mal à respirer. Je l'ai dit à la maîtresse. Quand l'infirmière m'a laissée un moment, comme la fenêtre était ouverte, j'ai passé la fenêtre. Il me semblait que dehors, je respirerais mieux. Et puis j'ai couru, je ne croyais pas que je me sauvais, j'ai couru dans la pente qui m'a emmenée vers la rivière et là j'ai pensé à grand-père et au moulin, et comme il était bien là-bas, tout seul avec son violoncelle. Aller par la route, c'est long, mais en traversant la rivière, le grand champ et le

petit bois, on y est vite. Traverser la rivière, c'était comme un raccourci pour aller vers lui. C'est pour ça. L'idée que je pourrais plus faire de musique avec Cécile et son violon, ça ne me plaisait pas. C'est ce que j'aime le mieux de tout.

Vincent :

— Pourquoi t'es-tu arrêtée après avoir passé la rivière ? Tu ne voulais plus aller retrouver ton grand-père ?

— J'étais fatiguée d'avoir couru et d'avoir traversé l'eau, d'avoir avalé l'eau aussi. C'était difficile de sortir. Ça glissait.

À ces mots, Vincent se pencha vers Madeleine, lui prit le visage à deux mains et l'embrassa sur le front.

— C'est fini, tout va bien. Tu lui parleras demain à ton amie, pour savoir si elle fera de la musique avec toi cette année encore. Et si cela ne l'intéresse plus, tu trouveras quelqu'un d'autre avec qui faire ta musique, tu verras.

— Ce n'est plus si important, je crois que la musique je peux la faire seule. Dans la musique, il y a tout. Ce qu'il faut, quand la musique est prête, c'est des gens pour l'entendre. C'est bien de faire de la musique avec quelqu'un mais ce que je cherche je peux le trouver toute seule. Comme maman.

Considérant le rapport terminé, Madeleine se leva de la chaise de bureau sur laquelle elle était assise et courut rejoindre ses frères et sœurs qui jouaient dans le salon avec Beau.

Clothilde écrivit sur un papier :
— *Doit-elle aller à l'école demain ?*

Benoît :

— Je crois que oui. Voyez comment elle passe la nuit. Si elle dort tranquillement et qu'elle souhaite aller à l'école, je l'enverrais, oui. Et toi, Clothilde ? Tu n'as plus de voix. Il y a une excellente phoniatre à l'hôpital de Courcelles. Tu iras dès demain matin.

Clothilde raccompagna Benoît, mit une dernière main au dîner puis se reposa le temps du repas à écouter le père et les enfants parler.

Le plus souvent, ces nuits où Vincent revenait étaient belles. Logique ou pas, après une nuit d'une tendresse et d'un repos comme ceux-là, Clothilde s'étonna de ne pas, au matin, avoir retrouvé sa voix. Au lieu de dormir comme il le faisait les autres fois le lendemain de son arrivée, Vincent emmena les quatre enfants à l'école.

La tribu partie, Clothilde ne rangea rien. Assise sur le bord de son lit, elle s'efforçait de suivre le chemin de l'air à travers ses cordes vocales, le faisait remonter haut dans son nez, entre les yeux, encore plus haut, au-delà de son front, puis elle expirait en collant le bout de sa langue à son palais, et tentait de faire vibrer… quelque chose. Elle faisait des mimiques de nouveau-né, tendait le cou, ouvrait grand la bouche, les mâchoires écartelées, le tout devant Beau posté à l'entrée de sa chambre qui semblait attendre un mot.

Clothilde arrêta ses grimaces, le regarda et articula silencieusement : *"Beau."* Le chien s'avança à cet appel nouveau, qui ne fit pas plus de bruit qu'une bulle de savon qui éclate. Ses grands yeux noirs interrogeaient sa maîtresse. Il n'obtint que des caresses. Clothilde sourit au regard qui interrogeait le silence, à cette truffe qui flairait la voix perdue.

Personne à la maison ne disait à Beau : "sors", "rentre". Jamais on ne lui disait : "assis", "couché", "bas les pattes!". Mettre Beau en laisse… quelle idée!

Quand quelqu'un rôdait autour de la maison, un promeneur, un curieux, un couple d'amoureux s'arrêtant tous les deux pas pour se bécoter, Beau aboyait trois fois, *piano*. Si un visiteur s'annonçait franchement au seuil de la maison, un seul aboiement *mezzo forte* suffisait. Quand les enfants se chamaillaient, Beau courait aux nouvelles et, souvent, le simple fait qu'il entre, concerné dans la pièce, qu'il s'assoie à observer les belligérants, suffisait à faire s'éteindre la tension.

Il annonçait la couleur du monde qui passait à portée de la maison, claire ou sombre, connue ou inconnue. Le seul qu'il signalait à peine, courant seulement vers lui et humant l'air tout autour comme si l'individu était éclaté aux quatre vents, c'était Baptiste, le fou du village, qui déboulait, imprévisible, des vignes sur la terre de Clothilde. Beau le signalait comme il aurait signalé un oiseau, un oiseau insolite.

Toujours assise au bord du lit, Clothilde avait pensé à Madeleine qui, le matin même, avait voulu aller à l'école. Confronterait-elle l'amie qui l'avait délaissée ? À quoi tenait-elle le plus ? À la camarade ou à son violon ?

Madeleine : petite fille fine, longiligne, aux grands yeux marron clair, aux cheveux longs et châtains, aux traits délicats, à la peau blanche. Madeleine était gracieuse, une danse. L'enfant était maîtresse d'elle-même ou hors d'elle-même, pas de demi-mesure.

La maison résonnait de ses silences ou de ses colères "piquées", comme lorsque les jumeaux lui refusaient un moment de solitude, envahissaient les dessous du piano où elle s'installait souvent pour jouer. Madeleine était beaucoup moins apprivoisée que Beau et, en musique, elle avait hérité de beaucoup plus que des talents de sa mère. Si Clothilde avait toujours été prisonnière de ses partitions, Madeleine n'aimait rien tant que la prospection et l'improvisation. Elle jouait du piano et de la flûte traversière. Elle passait beaucoup de temps assise face à ses instruments, les yeux dans le vague mais concentrée. Et puis elle jouait, retrouvant la piste du chemin musical rêvé. Un air naissait sous ses doigts, se structurait. Elle improvisait comme on sculpte. Ce n'était pas à proprement parler des mélodies qu'elle façonnait mais des dialogues, les deux voix étant comme modelées dans des matériaux différents mais indissociables.

La camarade de classe qui n'avait pas, contrairement aux autres années, gardé la place de Madeleine à ses côtés, jouait du violon. Madeleine composait des airs, à la flûte ou au piano, pour accompagner Cécile et sa partition. Si jouer seule et improviser lui convenait, ces moments de complicité à deux illuminaient Madeleine. Clothilde l'invitait régulièrement à jouer avec elle "ses" airs, Madeleine refusait toujours, elle n'improvisait pas sur la musique de sa mère.

Elle n'était pas une enfant difficile, elle était prévenante et s'acquittait gracieusement le plus souvent de ce que la vie familiale impliquait d'obligations et de compromis. La petite fille était plus libre que le commun, et isolée par sa liberté.

Madeleine jouait avec Beau et ses frères et sœurs, avait de bons camarades. Elle courait, riait. Cependant, venait le moment de se retirer sous le ventre du piano. Une heure par jour minimum. Là, elle n'y était plus pour personne.

Clothilde avait toujours guetté les manifestations de ce caractère à deux faces, d'ici et d'ailleurs, comme ces miroirs au tain réfléchissant d'un côté ce qui est, et de l'autre la même image dix fois magnifiée et partant, méconnaissable.

Qu'avait voulu faire Madeleine en traversant cette rivière?

Alix disait que Madeleine était une huile essentielle.

Madeleine disait de la musique : "Je la vois."
Madeleine était une fée.

Clothilde pensait ainsi, reculant le moment de se vêtir et de partir à la quête de sa voix perdue. Elle alignait les mots en pensée comme on enfile les perles d'un collier. Pourquoi cette enfant avait-elle traversé la rivière?

Clothilde sentit à nouveau la terre épaisse, humide, chaude, qui voulait la retenir et revit sur l'autre rive le corps recroquevillé comme un nouveau-né de l'enfant mouillée.

Les explications de Madeleine lui allaient et ne lui allaient pas. Elle était proche de son grand-père certes mais de là à le rejoindre, lui et son moulin à eau, en traversant la rivière à la nage alors qu'elle aurait pu passer le pont à moins d'un kilomètre en amont…

Toujours assise au bord de son lit, Clothilde, jambes écartées comme un homme du coin à la terrasse du bistrot, paumes reposées sur les cuisses, buste légèrement penché, souffla. Elle souffla comme on le fait pour voir le nuage de son haleine l'hiver se détacher dans l'air froid. Elle souffla plusieurs fois à s'en faire tourner la tête, ses cordes vocales ne vibraient pas. Il était même difficile de croire qu'un jour elle en avait eu.

Alors elle s'était rappelé cette conversation avec Madeleine, à propos de son avenir à elle, Clothilde, quelques jours avant la rentrée scolaire. Confuse, elle avait dit à sa fille que l'année qui s'annonçait devait être une année de changement pour elle-même, qu'il faudrait gérer le temps, les distances, faire des choix. Madeleine avait écouté très sérieusement puis elle avait demandé :

— Maman, pourquoi est-ce que les mamans ont seulement une vie ?

Comme elle se rappelait cela, un frisson lui parcourut l'échine et un éclair de lucidité trop bref pour qu'elle puisse le questionner lui fit fermer les yeux. Et Clothilde sut que c'était à cause d'elle, la mère, que l'enfant avait passé la rivière.

Quand Vincent revint de l'école, Clothilde, habillée, griffonna fébrilement à la craie sur une ardoise dénichée dans le coffre de Madeleine qu'elle partait au chef-lieu de département, Courcelles l'Orgueilleux, pour consulter à l'hôpital cette phoniatre dont Benoît avait parlé. Elle s'assura qu'il avait lu le message, prit les clés de la voiture, mit dans sa besace boîte de craie, chiffon, ardoise et s'éclipsa.

Vincent resta planté au milieu de la cuisine, avec en main le plateau où il avait déjà déposé deux tasses de café fumant. À sa bonne volonté, la jeune femme avait opposé un haussement d'épaules en guise d'excuse avant de disparaître.

La douceur de ce jour ensoleillé de septembre était divine. C'est donc seul que Vincent rejoignit la terrasse, posa le plateau aux deux tasses sur la table, s'assit, offrit son visage au soleil, ferma les yeux et se laissa pénétrer de sa chaleur... Mais Beau vint s'asseoir à ses côtés, malheureux.

Vincent sans bouger, les yeux toujours fermés :

— Ne fais pas cette tête, à moi non plus elle n'a pas demandé de venir avec elle... Je l'aurais conduite...

Il laissa pendre sa main et tout en caressant Beau distraitement :

— Madeleine va bien. Cécile s'est précipitée vers elle ce matin... Clothilde va nous revenir guérie... Et tout va rentrer dans l'ordre...

Beau émit quelques gémissements sceptiques, se coucha sur la pierre tiède au pied de Vincent et posa sa truffe noire sur ses pattes de neige.

Vincent but une gorgée de café, s'adossa, offrit à nouveau son visage à ce ciel où il était chez lui, nota les sillons blancs laissés par quelques caravelles et referma les yeux. Beau en garda un ouvert, au cas où.

Dans la voiture, Clothilde ébaucha le geste d'allumer le lecteur de disque où attendait la neuvième de Dvorak, la symphonie du Nouveau Monde, qu'elle faisait découvrir ces jours-là aux enfants. Elle rétracta sa main. Écouter autre chose ? Non. Vraiment rien. Depuis hier midi, pas une goutte de musique. Elle en avait perdu le goût, l'envie, en même temps que la voix.

Elle accéléra vers l'hôpital de Courcelles l'Orgueilleux. Là, elle suivit un parcours fléché d'étages en couloirs jusqu'à la porte de la phoniatre. Elle écrivit sur l'ardoise qu'elle souhaitait consulter au plus vite.

Non la phoniatre ne pourrait pas la recevoir aujourd'hui, elle devait prendre rendez-vous pour le surlendemain, date en urgence étant donné l'incapacité où elle était d'émettre le moindre son.

Mortifiée par le délai qui la séparait d'un début d'explication à son mal, Clothilde ne céda pas. Elle se planta devant la porte de consultation du docteur. Elle attendit une heure. Quand la porte s'ouvrit, elle s'infiltra malgré les protestations de l'infirmière et brandit son ardoise devant le médecin. Elle avait écrit : *Petite fille perdue, peur noyée. L'ai retrouvée vivante. Mais ma voix perdue, ne comprends pas, l'air passe dans le vide.*

— Vous avez pris rendez-vous ?

Clothilde effaça puis écrivit :

— *Après-demain, trop loin.*

— D'accord, venez demain matin, à huit heures. D'ici là ne forcez pas, vous avez beaucoup crié ?

Clothilde écrivit :

— *Oui, son nom.*

— Vos cordes vocales ont souffert et vous avez eu très peur n'est-ce pas ? Je ne sais pas ce qui l'emporte de la peur ou de la paralysie des cordes vocales suite à l'effort que vous leur avez fait subir. Ne forcez pas, n'essayez pas de parler, même pas de chuchoter. Contre la paralysie, je peux aider, si la peur l'a emporté, je vous guiderai. À demain.

Clothilde posa la main droite sur son cœur et s'inclina avant de partir.

Clothilde, baignant dans son silence comme dans une eau lourde, son rendez-vous avec la phoniatre pour le lendemain matin huit heures acquis, atteignait le pied de la colline de Levayze. Elle laissa sur sa gauche l'école des enfants, au loin sur sa droite la distillerie et Alix qui ignorait tout de l'aventure de la veille. À la maison, derrière la porte, Beau l'attendait. Vincent était au jardin où il ramassait les fruits pourris au pied des arbres, arrachait les mauvaises herbes, préparait l'hiver.

Sur la terrasse, le plateau et ses tasses, l'une vide, l'autre pleine, n'avait pas été débarrassé.

Clothilde s'avança vers son compagnon.

Vincent :

— Alors ?

Clothilde leva les bras au ciel en signe d'impuissance.

Cela, Vincent ne le supporta pas :

— Mais je dois repartir dans deux jours moi ! Qu'est-ce qui se passe ici ! On fugue, on perd la voix !

Clothilde tourna le dos et s'en retourna d'un pas lent vers la maison.

Elle s'assit sur son "radeau", là où elle avait porté les jumeaux à n'en plus pouvoir respirer. Beau s'installa à ses pieds.

Vincent la rejoignit et s'assit à ses côtés.

Clothilde tira l'ardoise et la craie de sa besace, elle écrivait, recto verso, effaçait les mots à peine écrits pour faire la place aux suivants :

— *Je n'ai pas été malade en dix ans. Mauvaise habitude. Mais ne t'inquiète surtout pas, on n'a pas besoin de voix pour s'occuper des enfants, rien ne changera pour toi.*

— Pardonne-moi. J'ai été stupide d'imaginer que tu reviendrais déjà avec un ordre de marche ou au moins une explication. Qu'est-ce qu'ils ont dit ?

— *Deux sources : cordes usées cris et/ou peur. Rdv demain matin 8 heures.*

— Bien… Et toi tu penses quoi ?

— *Les deux. Seule différence entre singes et hommes : chromosomes qui permettent la parole. M'en fous j'aime bien les singes.*

— Arrête. Tu ne peux vraiment pas produire le moindre son ?

— *Des sons peut-être, vagues. Plus de sensation. Ne sens que l'air qui passe à travers rien. Je ne me rappelle plus comment on fait pour faire vibrer ces maudites cordes.*

Et elle souligna rageusement cinq fois le "je ne me rappelle plus" jusqu'à ce que la craie implose sous ses doigts et s'écrase.

— La phoniatre va trouver une solution et Madeleine va bien… Chut… Rassure-toi… On en saura plus demain. Je n'irai pas à la voltige aujourd'hui…

Vincent s'assit aux côtés de sa femme sur le radeau. La prit dans ses bras.

Clothilde essuya une larme. De tout près elle regardait son "Paul Newman" : Oh, bien sûr pas tout à fait, les yeux de l'acteur n'étaient que bleus, ceux de Vincent, lilas. "Pervenche" était l'expression admise. Mais certains jours, Clothilde n'en démordait pas, ils étaient lilas.

Vincent la repoussa de son torse pour mieux la regarder :

— Je déteste que tu sois malade, j'ai l'impression que je ne peux plus compter sur rien.

Il prit sa main, l'embrassa, avant de refermer à nouveau ses bras sur elle. Clothilde, blottie dans son cou, avait noté la craie sur la lèvre de Vincent, sur sa joue, sur son pull. Amusée, elle ne fit rien pour effacer les poussières de pierre tendre sur la bouche où elles s'étaient posées.

Vincent…

Les copines de Clothilde lui avaient dit en catimini, le jour où elle le leur avait présenté :

— C'est lui ton mec ? Il ressemble à cet acteur américain, pas Redford, pas Brando, l'autre…

— Paul Newman ?

— Incroyable… Avoir ça tous les jours à la maison…

— Il n'est pas là tous les jours.

— Le mien ressemble plus à rien à côté !

Elles avaient ri de bon cœur, toutes, sans rancune.

— Raconte comment tu l'as rencontré !

— Il pleuvait à Paris. Il faisait déjà nuit, je venais de la rue de Paradis, au croisement de la rue du Faubourg Saint-Denis et de la Fidélité. La pluie ne m'a jamais dérangée, je n'ai jamais eu de parapluie, la seule chose qui me ferait m'encombrer d'un parapluie c'est le bruit des gouttes qui tombent dessus et…
— Et ?
— Je sortais de chez le primeur. On marchait vite, tête baissée, on s'est télescopés et mon sac de pommes s'est déchiré, les fruits ont roulé dans la rue, sur le trottoir, entre les jambes des passants. "Lui" et moi avons couru pour les ramasser, on ne s'était pas encore regardés… C'est après, les mains prisonnières des pommes… On a ri, je n'avais nulle part où les mettre, lui n'avait pas de sac non plus, alors, il m'a accompagnée… On était à deux pas de chez moi.
— Et puis ?
— On est allés dîner.
— Et puis ?
— Il m'a demandé quand je l'invitais à mon tour à dîner.
— Alors ?
— Alors j'ai dit : "Demain soir, 20 heures, à *La mare aux fées*, rue de Paradis."

Catherine :
— Limpide… Moi je monte des plans pénétrants d'intelligence pour piéger les mecs qui me plaisent : je porte les sacs de courses de leurs grands-mères pour enquêter sur leurs dates et lieux de naissances, tirer leur thème astral chez ma copine qui a

le logiciel ! Et toi tu te cognes au détour d'une rue contre "Paul Newman", en sortant de chez le primeur… non mais je rêve !

Dix ans après, le bel homme et la femme muette, assis sur leur radeau, jouissaient d'un repos paradoxal.

Vincent pensait en pressant sa compagne contre lui, les yeux lilas perdus dans le vague, que quelque chose clochait depuis quelque temps déjà. Clothilde commençait des conversations qu'elle laissait en suspens, elle voulait travailler, disait qu'elle "le devait", que plus on a le choix, moins on a droit à l'erreur. Elle se mettait elle-même dans une situation d'urgence qu'il ne comprenait pas. Il pressentait que cette fébrilité des derniers temps avait contribué à la précipiter dans le silence. Il resserra son étreinte.

Clothilde pensait, les yeux fixés à cinq centimètres de distance du pouls qui battait au cou de son compagnon, "Il est presque parfait", "parfait" tant que la vie répond à ses injonctions, comme son tableau de bord et son équipage. Elle embrassa le point où le pouls battait.

Le couple s'ébroua, Beau aussi. Vincent repartit à son ramassage de pommes perdues, sépara celles dont on pourrait encore faire de la compote de celles qui pouvaient être stockées au cellier.

Clothilde mit de l'ordre dans la maison. Elle s'immergea dans le domestique pour se faire pardonner Dieu sait quoi. Elle faisait la lessive, pliait le linge sec, chassait la chaussette égarée dans les recoins des lits, faisait mille allers-retours, quelque chose à la main, toujours. Elle n'accompagna pas de musique ses va-et-vient aléatoires. Elle ne comprenait pas comment, étant devenue muette, l'idée d'entendre de la musique était rendue insupportable. Cette absence d'envie-là lui faisait peur. Plus peur que de ne plus parler jamais.

Enfin, la maison fut en ordre, c'est-à-dire préparée au retour bruyant et joyeux des enfants, prête à être bousculée à nouveau. C'est ainsi des maisons grosses d'enfants. L'ordre n'est là que pour être défait, remodelé. Vincent, du ciel, ne voyait pas cela.

Le téléphone sonna. Du jardin, Vincent surgit au salon et décrocha :

— Salut Frédéric, quel plaisir de t'entendre !… Oui, je suis libre… Pour une partie d'échecs et une bouteille d'un bon cru de Levayze ! Et comment ! J'arrive !

…

— Clothilde, je vais voir Frédéric… Je serai là dans deux heures… Ça ira ?

Elle acquiesça.

Bien sûr, ça irait. Elle faisait une mauvaise compagnie enfermée dans son silence. Et puis elle n'était pas malade. Il allait jouer aux échecs pour compenser le fait qu'il n'irait pas à l'aérodrome faire de la voltige. Compenser. Tout de même, elle aurait bien aimé qu'il reste.

Pour le déjeuner, Clothilde prépara pour Vincent un risotto au safran et à la mauvaise grâce, garni de raisins secs, de besoin de lui et de poivrons rouges, d'un peu d'ail, de culpabilité, de colère et de lamelles de jambon fumé.

Clothilde lavait les ustensiles salis durant la préparation du repas, ses yeux plongeaient en contrebas vers la forêt. Le ginkgo femelle planté là-bas, exilé dans son coin, veillait. La couleur du feuillage changeait pour l'or. Devait-elle accepter la proposition d'Alix ? Était-ce cela qu'elle devait faire ? Ou devait-elle rester à la maison, rester "disponible" ?

Combien de temps resterait-elle muette ? Vivement demain que la phoniatre lui dise combien de temps exactement.

Le souvenir d'une certaine voix d'alto au brin d'accent bourguignon lui revint en mémoire :

"... T'as qu'à pas travailler du tout ! Si Vincent gagne bien, moi, à ta place... j'aurais assez des enfants, de la maison et du jardin ! T'as bien des soucis de riches toi... ou de fille qu'a fait trop d'études... Si t'as encore un peu de temps de rabe, c'qu'est même pas sûr, t'auras qu'à lire et jouer un peu de piano ! Ou faire une bonne sieste tiens ! Sur ta belle terrasse, avec ton chien ! Puisque ton beau gosse est pas là tous les jours, profite ! Oh non mais j'te jure, ces filles qu'on fait l'école, toujours à chercher midi à quatorze heures, complètement inadaptées !"

Ainsi parlait sa cousine Corinne, sa compagne de jeu d'été quand elles étaient petites filles et que Clothilde revenait de Paris pour les vacances. Il restait de ce temps-là une affection profonde entre les deux femmes.

Clothilde passait une fois par semaine faire ses courses à la supérette tenue par Corinne, elle s'attardait pour un brin de conversation et une accolade.

Pour les enfants de Corinne, leur premier voyage en avion, leur première balade à Paris, Vincent et Clothilde étaient là.

En retour, si Madeleine et Antoine devaient rentrer seuls de l'école, ils passaient devant le magasin, alors Corinne sortait sur le seuil, les hélait, remontait la fermeture du manteau s'il faisait froid, glissait un bonbon dans la poche, réajustait un bonnet et passait le bonjour. Pour partager le meilleur vin de sa vigne, Corinne appelait Clothilde.

Corinne, maîtresse-femme aux propos désinhibants, régnait sur le magasin Spar de Lévayze, tout à côté de l'école.

"Ma supérette", triomphait-elle, défiant le monde de ce petit mot improbable dans sa blouse rayée blanc et rose layette. Elle était ronde, dense, petite aux yeux charbon et aux cheveux… Clothilde ne se souvenait plus… Corinne était rousse, blonde, brune avec tellement de conviction à chaque fois !

Pas d'employés, elle faisait tout, seule, dans ce magasin d'une centaine de mètres carrés impeccablement tenu.

Sa fille et son fils étaient déjà au collège de la ville d'à côté, le car les déposait au carrefour. Ils avaient gardé l'habitude de faire les devoirs dans l'arrière-boutique de la supérette de leur mère. Sa fille voulait reprendre la vigne et son fils devenir professeur des écoles. Le monde à l'envers. Enfin, si c'était ce qu'ils voulaient.

Après la fermeture du magasin, ils remontaient tous les trois la rue principale de Levayze. La pente était raide. Le trio croisait des villageois qui descendaient vite, cabrés pour contrôler leur vitesse. Certains, toujours les mêmes, déboulaient de la rue des vignes, leur coupaient le passage, en route vers la boulangerie dont le rideau allait s'abattre d'une minute à l'autre.

Les deux adolescents ployaient sous le poids de leurs cartables, Corinne imprimait à son corps un mouvement de balancier, les courses du jour pendant au bout de ses bras. Ils marchaient en silence tous les trois, bercés par le rythme de leurs pas crissant sur le gravier de la rue.

Ces intervalles de silence, définis par la basse sourde de leur marche, étaient ornementés de réflexions lapidaires sur le temps ou la saison, de joutes cinglantes avec quelque voisin contre lequel on avait une dent ou d'apostrophes amicales :

— Cours ! Michel ! Il va encore plus te rester que le pain bio ou aux cent douze céréales, malheureux !

— Bon Dieu de bon Dieu je suis encore en retard...

— Tu fais un drôle de lapin au pays des merveilles tiens !... Cours !

Corinne, mariée à un vigneron, ne tenait rien pour sacré – à part le vin – et surtout pas les enfants, les maris, la condition de la femme ou la musique.

Elle allait jusqu'à pester contre l'abbaye qui faisait de l'ombre à sa maison "là-haut". "Là-haut, en haut de cette satanée côte !" Elle habitait une des plus belles et des plus vieilles maisons du village, façonnée dans les restes des vastes dépendances de l'abbaye qui avait connu, certes il y avait mille ans, ses heures de gloire. Il y avait dans sa maison des caves profondes aux arches sculptées où dormaient déjà au temps des croisades, le nectar de l'année et les pèlerins ivres de prières et de vin.

Elle s'emportait contre l'unique tour de l'abbaye, qui, les jours d'hiver où le soleil n'était déjà que trop chiche, empêchait la bonne chaleur de l'astre de réchauffer ses vieilles pierres. "Puisque l'autre a brûlé… ben ne me regarde pas comme ça ! C'est pas moi : c'est un orage, très vieux. On pourrait bien mettre à bas la deuxième tour, ça lui redonnerait de l'assurance à notre abbaye, de l'aplomb ! Regarde-moi ça, la tour rasée a l'air d'un moignon !"

Comme Clothilde argumentait que l'été, la tour avait l'avantage de lui faire de l'ombre : "Ah non, ça c'est pas une excuse, Spar m'offrirait un beau parasol…". Éclats de rire.

Clothilde s'était assise pour mieux sourire et penser à leur duo improbable, penser à ses conversations badines ou caustiques et toujours hachées par quelque client. Hachées… pas tant que ça : car Corinne imperturbable comme un coiffeur coiffant, un chirurgien opérant, continuait la conversation avec sa cousine : au client d'y plonger ou non. Non ? Alors bonne journée ! À doses raisonnables, comme le vin, Corinne était un bienfait. Sa voix perdue, il faudrait pour un temps se passer de ces conversations, avec elle, comme avec Alix. Ce serait comme manger sans sel.

Enseigner dans un Conservatoire de musique ? Donner des cours particuliers de langues ? De piano ? Ouvrir le premier magasin Anima Mundi ? Combien d'heures par jour devrait-elle y consacrer ? Elle était seule pour les enfants les trois-quarts du temps, Vincent était absent. Question préalable : quand pourrait-elle à nouveau reparler ?

Clothilde dressait maintenant le couvert pour deux.

Vincent aimait le chemin du retour vers les siens. Ces deux cents kilomètres de route, plus étroite à mesure qu'il approchait du but, lui étaient palier de décompression : de l'aéroport à l'autoroute à quatre voies qui en devenait trois, de la route nationale à la départementale, jusqu'au chemin en boucle qui l'amenait devant sa porte. Il aimait revenir de la ville tendue vers le monde qu'il sillonnait à cette maison où sa femme l'attendait.

Les parents de Vincent étaient morts dans un accident de voiture quand il avait quatorze ans. Ils venaient de le déposer chez ses grands-parents pour les vacances. Les circonstances de l'accident n'avaient jamais été élucidées : la route à cet endroit était parfaitement droite, large, la visibilité optimale, aucun arbre, aucune trace de collision avec un autre véhicule. Le jeune garçon avait passé beaucoup de temps sur le lieu où avait été retrouvée la voiture plissée. Il n'allait plus se recueillir là-bas depuis qu'il avait des enfants mais il se refaisait encore parfois le film des instants qui avaient précédé la perte de contrôle, les tonneaux et la mort : un accident cardiaque ? Une dispute ?

Une poussière dans l'œil ? Une abeille dans l'habitacle ? Un chevreuil ?

Quand Vincent, après ses jours de service, revenait à Levayze auprès des siens, que parvenu devant sa porte il coupait le moteur, il savourait quelques secondes de jubilation et de gratitude comme s'il terminait un voyage commencé par d'autres.

Il avait toujours été fasciné par les avions. Après la mort de ses parents, il avait fait de cette passion un destin. Il deviendrait pilote de ligne, il suivrait des routes tracées "idéalement" dans l'immatérialité de l'air. Enfin par une sorte de provocation, dès ses seize ans, il avait commencé un parcours qui l'avait mené à la voltige aérienne.

Il avait toujours été excellent élève, organisé, rapide. Efficace. Une machine à zéro faute. Aucun de ses enfants ne présentait la même qualité de concentration, cet entêtement à répondre juste, à part Adèle peut-être. Écolier, étudiant, il ne se trompait, éventuellement, que lorsqu'il avait été absent au cours précédent. Mais si un fait, un théorème, un raisonnement modèle avaient traversé son cerveau, il y restait, disponible, exploitable. Il était cet esprit clair, mécanique.

Il était aussi aimant. Entre ces deux pôles, il comptait sur Clothilde pour lui expliquer les atermoiements du monde car lui ne les lisait pas. Clothilde avait des antennes pour décrypter, traduire, relier. Elle lui montrerait pourquoi tel individu avait réagi de telle manière dans telles circonstances, elle lui parlerait de leurs enfants et, à la lumière de ses mots, il les verrait dans des dimensions et des couleurs qu'il n'avait pas soupçonnées. Il ne se sentait un individu complet qu'au travers d'elle.

Dans une semaine, Vincent serait soumis, comme ses collègues, à ces entraînements sur stimulateur de vol qui gardaient les pilotes en condition de répondre à des pannes variées, des conditions météorologiques inhabituelles. Quand un ultime contrôle médical sonnerait le glas de sa carrière de pilote de ligne, il deviendrait instructeur de voltige aérienne, la chose était dite.

Depuis la naissance de Madeleine, il ne faisait plus les long-courriers. Si la mère de Clothilde n'avait pas disparu entre la naissance des deux grands, il aurait peut-être pu continuer. Le cancer avait passé outre le crève-cœur de ces deux femmes à se quitter entre deux grossesses. Au moins était-elle morte en sachant que l'enfant serait une fille et qu'elle s'appellerait Madeleine.

Les moyen-courriers étaient moins "exotiques" mais ce compromis permettait à la famille de respirer plus ou moins à l'unisson, alors il se sacrifiait de bonne grâce. Tout était bien.

La partie d'échecs et la bouteille grand cru devaient être terminées, Clothilde remit le risotto à chauffer, plaça ardoise et craie à côté de son assiette. Elle secoua le chiffon pour en ôter la poussière de craie blanche de tous ses mots effacés. Le vent passé par la baie la lui rejeta en pleine face. Elle se dépoussiéra, répéta l'opération coup de chiffon en feintant le vent. Elle considéra le bosquet de roses derrière les pommiers. Elle alla cueillir un bouquet qu'elle mit en vase et qu'elle déposa sur la table.

Le téléphone sonna, elle décrocha par réflexe, elle voulut dire "Oui?". Seule une colonne d'air fatigué monta de sa gorge.
C'était Vincent, son ami insistait pour qu'il reste déjeuner avec lui.
"Comme ça, tu peux te reposer, tu n'as pas besoin de préparer un repas et si tu l'as déjà fait, ce sera prêt pour ce soir?… À tout à l'heure."

Beau s'était levé, il gardait les yeux braqués sur sa maîtresse immobile.
Bien sûr, manger en face d'une épouse et muette encore, quel intérêt?
Bien sûr que Clothilde se fit pitié! Spectacle pathétique que la table dressée avec soin et qu'on dédaignait. Triste, ce face à face galant d'assiettes blanches sur la nappe brodée que monsieur ne salirait pas.
Pourquoi en éprouver un tel dépit? C'est vrai, elle se reposerait. Vincent déjeunait chez un ami, quoi de plus normal.
Il déjeunait chez un ami à qui il ne parlerait probablement pas de la fugue de Madeleine.
Il trinquait à la santé d'un ami à qui il ne parlerait ni de la voix perdue de sa femme à appeler une enfant qu'elle avait crue emportée par la rivière, ni de sa solitude à elle, à ce moment précis où se jouaient leurs vies à tous. Quand lui n'était pas là.

Non, il n'en parlerait pas. Les hommes entre eux ne parlent pas de leurs femmes ou de leurs enfants, ou si peu, de façon anecdotique, à la marge. Vincent disait que c'était de la pudeur. Clothilde rit d'un rire sinistre, silencieux. Elle rit d'elle-même surtout : elle qui voulait se faire pardonner la voix perdue ! Elle s'assit sur son "radeau", au milieu du salon, Beau à ses pieds.

Peut-être était-ce cela la différence entre les hommes et les femmes, une différence si menue : le monde de l'intime. Un abîme, un puits noir et étroit comme un larynx.

On sonna à la porte.

Clothilde n'entendit pas, Beau tira sa maîtresse par la manche. Elle se leva lourdement pour aller ouvrir.

Alix passait en coup de vent pour lui apporter un disque, *Opera Proibita*, le dernier enregistrement de la cantatrice italienne Cecilia Bartoli.

Alix :

— Tu connais ?

Clothilde fit non de la tête.

— Qu'est-ce qui se passe ? Tu as perdu ta voix ?

Clothilde acquiesça, prit un papier et écrivit en signe télégraphique l'histoire des vingt-quatre heures écoulées. Les yeux d'Alix, à mesure qu'elle lisait, balayaient l'espace entre le papier et les lèvres scellées de Clothilde qui termina par : *Appelle Vincent, il te racontera détails.*

Alix :

— Il va rentrer déjeuner là je vois… ?

— *Non, vient d'appeler, déjeune en ville.*

— Ah… je ne peux pas rester… j'aurais bien besoin d'une pause pour digérer la nouvelle mais je ne peux pas… J'ai rendez-vous à la distillerie… Tu m'appelles demain ? Après ton rendez-vous à l'hôpital ? Non, je suis bête, sans doute tu ne pourras pas encore parler… Je passerai… Embrasse les enfants pour moi… Tiens, donne-leur ces jeux de sept familles, je suis passée devant ce magasin, je n'ai pas résisté… Il y en a pour chacun. Je passerai demain… Je cours… Écoute cette chanteuse, écoute-la, je te le demande !

Alix déposa fermement dans la main de son amie le disque de la cantatrice italienne et partit.

Clothilde regarda distraitement la jaquette du disque. Elle connaissait cette artiste de nom. Elle n'avait jamais prêté l'oreille à l'opéra. Ce genre l'avait traversée sans la toucher, trop de perruques, de mouches, de fard, de théâtre, non, ce n'était pas sa musique.

D'ailleurs, qu'est-ce que c'était sa musique maintenant que l'envie l'avait désertée ?

Assise sur son radeau, le même sentiment de vacance qui l'avait saisie en quittant la cour d'école le jour de la rentrée envahit Clothilde pour la deuxième fois. Alix partie, elle se laissa submerger. Il lui semblait n'être plus rien, ne plus appartenir qu'au passé, un passé court, un passé composé de sa propre enfance, des naissances de ses enfants et de la mort de sa mère. Sa vie était tout cela et seulement cela. Ah, et elle avait oublié une chose : sa vie avait été bouleversée par l'amour et le désir de Vincent. Sa vie était cela.

La maison était rangée et vide, exaspérée par le vide. On peut composer avec le silence, pas avec un vide qui n'est pas de ce monde. Pouvait-on enfin lui dire pourquoi l'envie de s'entourer de musique avait disparu ? Parce que plus rien ne faisait sens depuis hier ?

Hier, quand quelqu'un parlait musique à portée de son oreille, même si ce discours ne lui était pas destiné, l'envie d'en faire l'aiguillonnait jusqu'à l'inconfort si elle ne pouvait concrétiser ce désir.

Elle n'avait d'ailleurs le plus souvent, elle se le rappelait, même pas besoin d'entendre parler de musique pour éprouver une envie impétueuse d'en faire. Elle n'y pensait pas et, impromptue, l'envie lui venait d'on ne sait où.

Les enfants pouvaient intégrer l'idée d'une maman momentanément défaillante, muette, qui devait ménager ses cordes vocales fatiguées, pour mieux guérir : la voix de maman est là, simplement elle est tue. Mais une maman vide, à quoi cela peut bien servir ?

Hier soir avant de s'endormir, comme ce matin avant de partir avec leur père, ils avaient posé encore plus de questions que d'habitude à leur mère, à propos de tout : des fruits et de l'absence de fruits, de la maladie et de l'absence de maladie. Ils demandaient : "Qu'est-ce que tu préfères, les fourmis ou les abeilles, les chats ou les chiens, le soleil ou la nuit, le rouge ou le bleu, mon dessin ou le sien ?" et "Qu'est-ce qui est meilleur, le salé ou le sucré, cette tomate-ci ou cette tomate-là ?", "Qu'est-ce que tu choisis ? Maman, qu'est-ce que tu préfères toi : ta maman ou ton papa, Beau ou papa ?"

Ils demandaient, exigeaient sans cesse, oubliant, se rappelant, oubliant à nouveau l'incapacité de leur mère à répondre, accumulant un temps les questions en geyser, qui ne pouvaient bientôt que jaillir vers elle.

Hier soir, elle avait écrit en gros sur une feuille :
1. Solution A.
2. Solution B.
3. Je ne veux pas choisir.
4. Je ne peux pas choisir.
Elle pointait du doigt la réponse. Les enfants avaient adoré l'idée et redoublé de questions. Pour qu'ils dorment enfin et que le jeu s'arrête, elle avait d'autorité chiffonné le papier et l'avait jeté à la corbeille. Dans la nuit, David et Adèle s'étaient relevés pour le ramasser et le défroisser. Un trésor.

Clothilde devait se reprendre, les enfants rentreraient bientôt. Elle voulait bien comprendre que Vincent veuille fuir son silence. Elle aussi l'aurait fui, si elle avait pu.

Du radeau, Clothilde flotta vers la terrasse. Elle y but le café du matin, froid.

Cette phoniatre lui avait plu : Clothilde redoutait moins le silence puisqu'elles se verraient le lendemain matin.

Douceur, paix du dehors. Le vide au-dedans céda la place.

Clothilde rentra à l'intérieur de la maison, se dirigea vers son radeau où elle avait abandonné Cecilia Bartoli. Elle ramassa le disque, nota de loin les couleurs du petit carré léger comme un rien dans la main. Du rouge et noir, un fond bleu ?

Elle marcha volontaire jusqu'à la chaîne stéréo, arracha avec ses dents le plastique qui condamnait l'ouverture du coffret, plaça le disque dans le lecteur et appuya sur la touche qui commandait la musique. N'attendant rien que le retour des enfants, elle tourna le dos et allait résolument débarrasser la table sans miette. Seulement, à mi-chemin, les premières notes chantées la figèrent sur place.

Le dos à la musique, la jeune femme resta pétrifiée. Des cuivres, des cordes, un rythme de scie qui allait et venait sur le fil de ses nerfs... Qu'entendait-elle ?

Au titre 1, *L'air de la paix* de Scarlatti, *All'arme si accesi, guerrieri che fate*, une cape sonore lourde comme le plomb venait de se poser sur les épaules de Clothilde, elle lui couvrait tout le dos. Tout en elle écoutait, guettait les sons, les assimilait, ses doigts, son ventre. Des voiles de couleurs tranchées dansaient devant ses yeux.

Elle s'assit à l'aveugle sur son radeau.

Ses pieds semblaient s'enraciner dans le sol, le creuser, chacun de ses cheveux se faisait antenne.

Au titre 2 de Scarlatti, *L'air de l'espérance,* elle s'absenta dans un pays où le temps n'existait pas, en apnée dans un monde de sons.

Au titre 3 de Haendel, *Un pensiero nemico di pace, air de la beauté, triomphe du temps et de la désillusion,* elle revint au monde pour prendre conscience de son système nerveux assiégé, elle aurait crié si elle avait pu.

Au titre 4 d'Antonio Caldara, *Vanne pentita a piangere* : elle pleurait sagement. Elle aurait suivi cette voix n'importe où.

Au titre 5, toujours de Caldara, *L'air de Flavia*, elle ne comprit rien, sinon que celle au nom de qui l'artiste chantait devait être en grand danger, tétanisé par la peur.

Au titre 6, *L'air d'Ismaël* de Scarlatti, elle n'était même plus assise sur le radeau, elle était à genoux.

Beau se coucha tout contre elle.

C'est ainsi que Vincent la retrouva.

— Clothilde !

Il releva sa femme prostrée, il nota alors la table dressée pour deux mais n'entendit pas la musique qui pourtant était partout.

— Qu'est-ce qui se passe ? Qu'est-ce qui te met dans cet état ? Ta voix ? Madeleine ? Je n'avais pas le droit de déjeuner avec un ami ? Réponds…

Clothilde se défit de son étreinte, chancela vers son ardoise et sa craie et lentement écrivit :

Tu iras chercher enfants. Dans deux heures, serai sur pieds.

De la même démarche épuisée, elle alla chercher le disque *Opera Proibita*. Dans un souffle elle appela Beau et se dirigea vers sa chambre accompagnée de l'animal. Elle referma la porte. Vincent entendit la musique envahir leur chambre. Il effaça vite les traces du déjeuner manqué.

Avant de partir faire les courses et chercher les enfants, il entra sur la pointe des pieds dans sa chambre où sa femme dormait. Beau veillait. La musique s'était tue. Sous la couette, il ne la voyait pas. Il s'approcha, souleva un coin… Elle dormait profondément. Madeleine lui ressemblait tant. Clothilde avait l'air si jeune à dormir ainsi. Aussi puéril que ce sentiment soit, il était bien là : Vincent lui en voulait d'être "malade", de ne pas être comme d'habitude, de soulever par son comportement inattendu, son mutisme et ses larmes, des craintes sur l'avenir de cette vie si bien construite. Qui ne tenait qu'à deux de ses cheveux : celui-là qui vibrait sous le souffle de son nez ? Cet autre qui s'enroulait si joliment autour du lobe de son oreille ?

Son amour pour Clothilde affleurait en lui comme les racines des vieux pommiers la terre de son verger. On sent la racine sous la plante du pied onduler la terre autour de l'arbre, elle affleure ni trop, ni trop peu, juste assez pour s'en émouvoir, pas assez pour trébucher et c'est parfait.

Il lui en voulait de ne pas sembler assumer la fugue de Madeleine, comme elle l'avait habitué à le faire d'autres événements, grossesse, naissances, chutes, maladies quand lui était absent.

Il se tramait quelque chose dans ce corps-là qui ne lui disait rien de bon pour son compte à lui. Il avait envie de la réveiller mais il ne le fit pas. Elle avait dit que dans une heure maintenant, elle serait sur pieds. Il y comptait.

Quand Vincent revint une heure plus tard avec les enfants, Clothilde était dans la cuisine, elle préparait le goûter. Vincent la jaugea du regard. Elle reprenait le contrôle. Il en était sûr maintenant, il repartirait le surlendemain. Mais pour la première fois, c'est ce qu'elle ne dirait pas, qu'elle n'écrirait pas qui occuperait ses pensées.

Vincent s'allongea sur le "radeau" de Clothilde. Il gageait toujours dans le brouillard la suite de la fugue de Madeleine, les variations qu'en déclinait sa mère, une Clothilde sans voix qu'il retrouvait prostrée au milieu du salon. Il se rappelait ses mains autour des épaules de la femme qu'il avait relevée tout à l'heure, le corps éteint et, aux antipodes, évoquait cette nuit quand le corps de Clothilde vibrait de tous les soupirs que cette gorge n'exhalait pas. Vincent était entré dans son silence, et dans les jeux de l'amour, s'y était trouvé bien. Oui mais cette nuit, le silence était un jeu.

Elle parlait de trouver du travail, de s'en inventer un. Il l'y encourageait mais pariait au fond que cela ne se ferait pas. Un master en linguistique comparée, ici, qu'en ferait-elle ? Les trois langues étrangères qu'elle parlait parfaitement : l'anglais, l'allemand, l'espagnol, ici qu'en ferait-elle ? Elle pourrait donner des cours particuliers ? Et son diplôme du Conservatoire supérieur de musique ? À moins qu'ils ne déménagent ? Ils pourraient se rapprocher de Paris. Mais la maison ?
Il n'aimerait pas du tout que Clothilde prenne la route tous les jours. Tellement de "choses" peuvent se passer sur la route. Elle était le soleil autour duquel tout gravite. Il lui semblait que cela la préservait, elle. Et puis abandonner leur maison ? Ce serait trop perturbant pour les enfants. Elle était

excellente musicienne, qu'elle fasse sa vie belle avec la musique ! Qui l'en empêchait ? Après dix ans de vie commune tout simplement heureuse, pourquoi faudrait-il que ça change ? Pour lui qui préférait toujours se demander "comment" à "pourquoi", admettre cette dernière question était déjà un fait d'armes.

Bercé par les bruits des enfants qui parvenaient de leurs chambres, par les va-et-vient de sa femme naviguant, son ardoise en main, de l'un à l'autre, il s'endormit. Quand il se réveilla, il ouvrit les yeux sur Madeleine qui, sous le piano, avait installé comme à son habitude tout son petit monde de monstres et de poupées. Une parure de berceau que sa mère lui avait donnée, maintenue sur la queue du piano crapaud par un métronome et des partitions, pendait le long des pattes de l'instrument, formant une tente où ses frères et sœurs passaient la voir après avoir murmuré le mot de passe du jour.

Vincent pensa que Clothilde avait interdit de se servir du métronome en guise de poids. Il n'intervint pas. En homme pratique et rationnel, il l'aurait fait un autre jour. Là, il ne le fit pas. Il attendit que la chose arrive.

Adèle amena à sa sœur un drap coloré qui devait selon elle remplacer celui que Madeleine utilisait.

— Le tien n'est pas beau, mets celui-là.
— Non.
— Si.

Adèle tira le drap laid, "affreux", qui était à Madeleine pour mettre le sien, qui était à elle "quand elle était bébé". Le métronome tomba, la pyramide de bois explosa littéralement. Clothilde accourut, prit le drap d'Adèle, le mit en écharpe d'autorité autour du cou de l'enfant et la poussa en direction de sa chambre sans ménagement. L'enfant, vexée, tapait du pied, claquait les portes.

Clothilde ramassa les morceaux du vieux métronome, en jetant un regard de reproche à Vincent qui se leva pour aller préparer un café, se demandant bien ce qui lui avait pris de ne pas intervenir pour sauver le métronome de sa chute programmée.

Madeleine :
— C'est ma faute. Tu m'avais dit de ne pas y toucher.

Clothilde écrivit sur l'ardoise :
— *Alors ? Pourquoi ? Puisque tu savais ? Je tenais à ce métronome.*

Elle effaça puis ajouta :
— *Vous saviez tous*. Et elle effaça aussitôt avant que Madeleine ait eu le temps de lire. *Comprends. Adèle veut une place sous le piano. Ne peux pas acheter un piano pour chacun de vous. Tu dois partager.*

— Elle n'a qu'à y aller quand je n'y suis pas.

— *Demain, je lui achèterai un cadeau rien que pour elle.*

Clothilde alla jusqu'à la chambre d'Adèle qui sanglotait sur son oreiller, elle versa à grand bruit les éléments du métronome brisé dans la poubelle de l'enfant.

Un métronome, offert à Clothilde par sa vieille professeur de piano, une Italienne qui avait été belle et célèbre et qui disait avec l'accent : "Je ne vieillis pas, le passé est un rêve, j'en fais ce que je veux !"

Elle entendait les pleurs de l'enfant. Elle s'assit sur le lit à côté d'Adèle et caressa ses cheveux longtemps. Adèle se calma. Clothilde embrassa, essuya ses joues baignées de larmes. Elle pointa le doigt pour signifier qu'Adèle attende, elle courut au salon, en revint avec son ardoise. Elle écrivit : *Demain, je rapporterai quelque chose rien que pour toi.*

Ce soir-là en s'endormant, Clothilde, pour ne pas penser à sa voix perdue, pensait aux enfants. Des enquiquineurs. Mais ils étaient beaux. Toutes les mères disent cela, mais les siens, c'était vrai, forcément. Quand ils ne se comportaient pas comme des enfants rêvés puisqu'ils n'en étaient pas, elle pestait contre eux et en bête déçue et jalouse, elle se consolait et se répétait : "Oui… mais ils sont beaux." Elle les passait en revue derrière ses paupières closes : David et Adèle avaient les yeux lilas de Vincent. David était châtain et Adèle blonde. Antoine était un mélange de "lui" et d'"elle". Il avait les yeux marron clair de sa mère, mais son squelette, sa démarche, il les tenait de son père. Madeleine était faite au moule de celle qui l'avait enfantée. De son père elle avait la bouche et le rire.

Elle s'endormit sur leur image et fond de chant de cette Cecilia rencontrée ce jour-là.

Dans la nuit, Clothilde fut tirée de son sommeil par des cris. C'était Madeleine qui appelait.

Clothilde s'assit et voulu crier "Madeleine!". Pas un son, même du lointain du sommeil, ne passa sa bouche. Beau de l'autre côté de la porte l'appelait aussi. Elle se leva, courut pour délivrer Madeleine d'un cauchemar sans doute, lié à la fugue. Beau lui emboîta le pas. L'enfant ne se plaignit pas d'un mauvais rêve mais de douleurs dans les deux oreilles. Elle les enfermait des deux mains en pleurant. Une otite.

Clothilde ne put retrouver le sommeil avant le milieu de la nuit, elle veilla Madeleine, cherchant quoi faire de la voix de cette diva, de cet *Opera Proibita* qui l'avait prise à la diable, cherchant ce qu'elle offrirait à Adèle, quelque chose d'unique, auquel sa sœur n'aurait pas accès si elle ne l'agréait pas : une tente de Sioux, où se réfugier, s'isoler au-delà de sa chambre. Oui, ce serait une tente de Sioux.

Au matin, Clothilde réveilla comme d'habitude les enfants pour l'école. Elle tirait les rideaux de la chambre d'Adèle quand elle découvrit sur le petit bureau de l'enfant encore endormie, un pot de colle blanche laissé ouvert, des fils noirs emmêlés, un pinceau séché par terre, et le bureau maculé de peinture… Trônait en son centre la pyramide de bois du métronome, ficelée et collée de guingois, réaménagée à la "cubiste". Adèle l'avait posée au centre d'un papier où elle avait écrit à la peinture rouge : *maman* et dessiné un cœur de la même couleur où l'enfant avait mis tout le sien. "Adèle, Adèle, mon trésor."

La table du petit-déjeuner prête, elle remit les enfants à la garde de leur père et fila. Vincent passerait d'abord à l'école, puis au cabinet de consultation de Benoît pour qu'il examine Madeleine.

À huit heures, Clothilde, ardoise, craie et ordinateur portable en main pour mieux communiquer, se présentait chez la phoniatre, la trentaine, les cheveux noirs au carré, frisés, grande bouche souple, peau brune. Une belle voix.

La phoniatre fit subir à Clothilde un examen des cordes vocales. Elle finit par réussir à introduire un tube dans la bouche de sa patiente permettant une vision à quatre-vingt-dix degrés. Elles crurent l'une et l'autre qu'elles n'y parviendraient pas, Clothilde menaçant de vomir à chaque intrusion.

Le médecin utilisa ensuite la lumière stroboscopique dont l'éclairage donnait un mouvement ralenti de la vibration des cordes vocales, que sous la direction du médecin, Clothilde réussit à faire vaguement vibrer. Les images recueillies, Clothilde put observer en gros plan ses cordes vocales. Elle découvrit cette chose étonnante de blancheur, large, engoncée au cœur d'un muscle charnu qui lui rappela le plus intime d'un corps de femme. Cette comparaison évidente était si inattendue qu'elle ravala une vague de pudeur comme elle n'en avait plus éprouvé depuis le temps d'avant la naissance de ses enfants.

La phoniatre ne constata la présence d'aucun nodule. Les cordes étaient libres. Elle expliqua ceci à sa patiente :

— Nous allons commencer une rééducation, les premiers résultats devraient être très rapides. Ils peuvent vous rendre votre voix "comme avant". Mais peut-être ne seront-ils qu'imparfaits, graduels. Je vous guiderai dans ce cas vers un excellent orthophoniste qui vous prendra en charge sur le long terme. Il se peut qu'à un moment de cette rééducation on doive aborder la possibilité de consulter également un psychothérapeute avec qui vous réfléchirez sur cette perte de voix. Nous allons travailler d'abord à relaxer votre corps tout entier et particulièrement vos muscles, ceux-là, pharyngo-laryngés, ce n'est pas un beau mot n'est-ce pas, mais ce sont eux qui libèrent la parole. Tout est lié, la position du larynx, les mouvements de votre tête, de votre cou, de vos vertèbres… Le phénomène de la parole met en branle une multiplicité de muscles, sans compter qu'il lui faut de l'air et un cerveau pour commander le tout. Tant que toute cette machinerie fonctionne de façon inconsciente comme la pompe de votre cœur, tout va bien. Quand il faut rouvrir consciemment le chemin de la parole, cela peut être long. Vous comprenez ?

Clothilde acquiesça.

Tout en expliquant, le médecin incitait Clothilde à imiter ses positions et ses mouvements. Clothilde se redressa.

— Parlons de votre respiration maintenant. Votre voix est un souffle… Ce mot vous fait pleurer madame ?

Clothilde écrivit sur l'ardoise : *La mort en prive.*

— Vous avez eu très peur… Redressez-vous, comme tout à l'heure… Votre voix est d'abord un souffle, redécouvrez-le.

Le médecin guida Clothilde pour joindre souffle et vibration, bouche fermée, par le nez, en douceur. Après un temps, la phoniatre invita Clothilde à surprendre, éprouver ses résonances encore si faibles dans les différentes cavités de ses joues, de son crâne… Souffle et vibration, toujours liés, "je respire donc je parle".

La séance se termina trop vite au goût de Clothilde.

Elle acheta une tente de Sioux dont Adèle ferait une île et deux métronomes, un pour elle, Clothilde, et un pour Madeleine.

Clothilde retrouva Madeleine et Vincent à la maison. Dès son retour, Vincent partit pour son club, à l'aérodrome régional. Il s'entraînait à nouveau à la voltige. Membre de la catégorie Élite, il avait, jusqu'à la naissance des jumeaux, pris part à toutes les compétitions au niveau national et international, puis il avait "levé le pied" pour rester aux côtés de Clothilde et s'occuper des enfants et de la maison quand il n'était pas de service. Il s'était ainsi contenté quelques années de la voltige en dilettante. Mais maintenant que les enfants étaient plus grands, il reprenait le large et réinvestissait sa passion.

En fin d'après-midi, Clothilde laissa Madeleine et son otite sous la garde de Beau, le temps d'aller à l'école chercher les trois autres enfants. Au retour, quand elle pénétra dans la maison, elle fut surprise de ne pas trouver Beau derrière la porte, comme il n'avait jamais manqué de le faire. Elle tendit l'oreille et des voix lui parvinrent de la chambre de Madeleine dont une qu'elle ne reconnut pas tout d'abord, une voix qui n'était ni d'homme, ni de femme. Elle se hâta vers Madeleine. Beau montait la garde au pied du lit, il sembla lui désigner Madeleine de la truffe : "Je ne pouvais pas t'attendre derrière la porte, c'est ici que je devais être."

Comme Clothilde pénétrait dans la chambre avec les sourcils froncés et un regard sévère, l'intrus, Baptiste, l'innocent du village, prit les devants :

— Clothilde ! Je suis passé par la vigne. La baie était ouverte alors je suis entré. Si c'est ouvert moi j'entre. Oh mais il y a Beau pour me garder. Ne fais pas les gros yeux Clothilde. Beau, il n'a même pas grogné, c'est qu'il était d'accord. J'ai entendu Madeleine. Je la soigne…

Baptiste de son mouchoir tamponnait gentiment les oreilles de Madeleine qui suintaient encore, elle, souriait des excuses empressées de Baptiste. Clothilde lui enleva le mouchoir des mains, doucement.

Baptiste :

— Je lui essuie l'oreille. Ça coule.

Clothilde chuchota quelque chose comme "merci" puis elle se pencha sur Madeleine et leva les sourcils en signe d'interrogation.

— Ça va mieux maman. Baptiste m'a fait rire.

Baptiste :

— Tu vois. On se promenait dans une histoire.

Baptiste était l'illuminé, la fatalité de Levayze, presque un drapeau. De cinq ans plus âgé que Clothilde, il avait les cheveux, à moins de quarante ans, tout blancs. Mais son sourire, ses sourcils, arcs de cercle parfaits, ses yeux ronds et bleus ne parlaient que d'enfance. L'adolescence à peine amorcée, le corps avait abdiqué. L'homme était resté petit et fluet. Il marchait toujours d'un pas pressé. Sous l'effet d'une lubie, il s'arrêtait net. Puis il reprenait sa marche au pas de charge, la jambe raide et le buste tendu vers l'avant.

Baptiste faisait la cour à toutes les femmes de Levayze comme aux visiteuses qui traversaient son territoire. Il aimait chacune, celle qui était en âge d'être aimée, celle qui ne l'était pas encore comme celle qui ne l'était plus. Et toutes, elles étaient flattées. Pour elles, c'était un jeu, une ébauche, un souvenir ou une promesse, pour lui, roucouler des douceurs au beau sexe était sa manière d'être homme. Il n'oubliait jamais leur prénom : "Bonjour Caroline… Caroline… jolie comme ma vigne!"

Il passait du temps dans sa vigne rien qu'à la regarder. Celle-ci se perdait, n'étant plus élaguée, elle donnait peu.

En se cachant de lui, les voisins vignerons, Corinne en tête, traitaient la parcelle du farfelu contre les parasites, trop soucieux que la maladie parte de là et contamine le reste du vignoble.

Baptiste en fait de vendange mangeait les grappes de raisin que sa terre voulait bien donner, à même le pied. Il le faisait goûter grain à grain à qui voulait. Le temps que durait l'agitation de la vendange sur les parcelles voisines, Baptiste, sourire aux lèvres, était lui aussi au milieu de ses sarments, à journée faite. Il donnait éventuellement un coup de main pour vendanger le raisin du voisin mais personne ne cueillerait le sien.

On le voyait assis, ou debout, au milieu de sa parcelle, considérant le monde alentour. Si on ne le voyait plus planté entre ses pieds de vigne, c'est qu'il était couché, pour sa sieste, la tête paisiblement blottie contre un sarment tourmenté.

Il gageait les caprices du ciel, caressait ses grappes de raisin, hélait l'un ou l'autre, partageait le pique-nique organisé, s'assoupissait à même la terre, c'était sa manière de vendanger.

Baptiste ne la louerait à personne. Quelques autres parcelles avaient été mises en location par la famille. Mais cette petite parcelle-là, le père avait voulu qu'on la laisse à Baptiste tout entière. Le reste pouvait bien être sous tutelle, cette vigne-là était la sienne.

"Quelle pitié!" pensaient les vignerons des environs.

Au temps des vendanges, ils le moquaient :

— Alors Baptiste, combien qu'elle va donner cette année ta vigne ?

— Beaucoup, beaucoup, et du bon !

Son père était mort aux premiers jours du printemps. Les fins d'hiver quand le temps tramait son grand chambardement, Baptiste n'était plus tranquille. On l'entendait pousser des cris sans prévenir, en secouant de grands coups la tête tout en marchant. C'est qu'il y avait dedans une bête noire à chasser.

Ces cris étaient lancés sur une voyelle "o", "a", "i", "é", ou sur un "han". Choqué, blessé, fâché, subissant le coup que le souvenir de la mort venait de lui porter, Baptiste lançait ce cri qui chassait "la bête noire du jevaismourir".

Il disait qu'il lançait son cri comme le "tonnefort" du grand verger sous les vignes, son explosion. Le "tonnefort" est un canon équipé d'une horloge qui permet de prévoir des détonations régulières. Puissantes, elles mettent en fuite les animaux, corneilles, corbeaux, lapins et étourneaux. Baptiste en criant faisait peur à la mort, qu'il appelait la "jevaismourir", pour ne pas la nommer.

— Je crie "pan!"... et elle court la "jevaismourir", elle détale comme un lapin que j'en vois son cul blanc !

Baptiste avait associé la mort de son père à une sorte de fin du monde : un phylloxéra personnel, intime. Il laissait la friche aller son chemin, la nature reprendre son bien comme elle avait repris son père.

Il ne travaillait pas la vigne, ne la louerait pas, ne la vendrait pas. Il avait trouvé une autre façon de vivre de sa terre. Débordaient toujours de ses poches des sacs plastiques colorés. Il y transportait un peu de la terre de sa vigne. Il la faisait couler à la cuillère, l'équivalent d'un verre ballon, dans ces sacs en plastique que les gens de Levayze gardaient pour lui. Et il troquait aux villageois un verre de sa terre contre le verre de vin que sa vigne ne produisait plus.

La terre de la vigne de Baptiste était répandue dans tout Levayze, dans ses jardins de fond de cour, sur les parterres des rosiers, aux pieds des glycines et dans les jardinières de géraniums des dames du bourg.

On était bon avec Baptiste. Et puis qui sait, peut-être serait-on un jour celui à qui la tutelle, poussée par une lubie de Baptiste, finirait par céder la vigne ?

Quelle que soit la qualité du verre de vin que l'on tendait à Baptiste en échange de ses quelques cuillerées de terre, pour lui c'était toujours le vin de Sa vigne, et le vin offert était toujours "bon".

Clothilde se rendait deux fois par semaine à Courcelles l'Orgueilleux pour consulter la phoniatre avec qui elle tentait de redécouvrir sa voix. Elle aimait ces face-à-face avec cette étrangère qui lui était si proche désormais qu'Alix semblait en prendre ombrage.

Son sentiment, lors de ces séances, était partagé. Si les progrès de sa voix étaient timides, et en cela frustrants, elle découvrait aussi que la quête du son, sa formation, l'intéressait pour elle-même, en dehors de tout contenu, en dehors des mots. Elle s'asseyait le dos droit sur le tabouret rond qui lui rappelait celui de son piano et commençait les exercices. Elle domptait la frustration qu'elle éprouvait à s'exprimer en faisant de chaque son émis un événement. Chaque sensation : la puissance du souffle, la vibration de tel son par rapport à tel autre, le chemin pour l'atteindre, la conscience de la position du larynx, haut, bas, de la position de la langue, tout était enregistré par son cerveau. Précieusement engrangé.

Les exercices de sons purs, de respiration, comblaient Clothilde. Elle n'osait pas le dire. Cachait son plaisir derrière son silence. Cela ne signifie pas qu'elle n'aurait pas voulu parler à nouveau comme avant. Simplement cette quête de son valait pour elle-même.

Après trois semaines de rééducation, elle avait progressé, au mieux, en fin de séance, cela donnait ça :

— Répétez Clothilde : "Ah mais là !"

Clothilde, les yeux fermés pour mieux se concentrer sur son souffle, d'un ton monocorde, sans intonation :

— … (…)… Ah mais là.
— Bravo. "Qui est qui ?"
— … (…)… Qui est qui.
— "Ah mais là qui est qui !"
— … (…)… Ah mais là… (…)… quiququi *est ququququi* (chuchoté).

"Là-bas", c'était aussi, visite après visite, la confirmation toujours plus appuyée que quelque chose clochait. Guidée par la spécialiste, la voix de la jeune femme revenait en effet mais un trouble du langage nommé dysphonie spasmodique s'était greffé sur le traumatisme physique initial.

La phoniatre-orthophoniste voulait rester encourageante, mais il fallut l'admettre : les progrès réalisés étaient figés au palier suivant : en respirant profondément avant d'articuler, Clothilde pouvait au mieux dire d'un trait trois mots comprenant chacun une ou deux syllabes. Respirer profondément, prendre son élan, et redire trois mots courts.

Si elle ne prenait pas le temps de marquer une pause pour inspirer profondément entre trois mots monosyllabiques, sa phrase n'était qu'un exercice à trous incompréhensible : une syllabe audible, pour une qui ne l'était pas, ou un mot court audible, pour le suivant qui se refusait à passer le cap des cordes vocales et qu'on distinguait au mieux à l'état de chuchotement. Quand tout ceci ne commençait ou ne finissait pas par une crise de bégaiement.

En dehors du cabinet, Clothilde n'essayait même pas de parler.

La phoniatre :
— Vous souffrez Clothilde d'une maladie rare, d'une altération de la voix due à des spasmes des muscles du larynx, ce qui a un impact sur les cordes vocales, d'où cette voix, rauque parfois, hachée. D'où ces souffles qui ne transportent soudain plus aucun son. Vous n'avez ni polype, ni nodule. À l'heure actuelle aucun médicament ne soigne cette maladie qu'on considère comme psychologique parfois. Elle est en tout cas d'ordre neurologique puisque le seul traitement qui aide est de cet ordre : il s'agit d'injecter de la toxine botulique dans les muscles du larynx. Cette injection se pratique sans anesthésie. Elle se fait directement sur les muscles responsables de la dysphonie. L'amélioration est spectaculaire. Elle s'estompe après quatre à six mois. Il faut alors proposer une nouvelle injection. Les effets secondaires à cette injection sont mineurs et toujours transitoires. Juste après l'injection, il y a une ou deux semaines un peu difficiles. C'est un traitement symptomatique qui fait oublier un temps la dysphonie mais qui ne la résout pas… En outre, nous devons traiter le phénomène du bégaiement qui est un des symptômes de

la dysphonie et qui peut être renforcé par votre frustration à ne pas pouvoir vous exprimer.

— … (…)… Et vous… (…)… voulez qu'on… (…)… praprapratique… (…)… cette injection *maintenant* (chuchoté)?

— Je pense que c'est encore prématuré, on peut attendre, travailler, mais il faut s'y préparer.

— … (…)… Je n'aime pas *l'idée*… (…)…

— C'est la seule béquille dont on dispose pour vous redonner un quotidien, votre place dans les conversations. Je vais vous confier à un excellent orthophoniste qui continuera dans le long terme le travail de rééducation que nous avons amorcé.

Le visage de Clothilde se décomposa :
— … (…)… Mais je… (…)… veux contin*uer*… (…)… avec vous.

Il y eut un long silence.

— … Bien. Vous serez mon exception… Nous allons continuer à travailler ensemble, ce n'est pas une punition, vous êtes une patiente si intéressante. C'est vraiment ce que vous voulez?

Clothilde acquiesça énergiquement.

— Alors nous nous reverrons la semaine prochaine. Nous aurons beaucoup de pistes à explorer qui peuvent vous apporter un soulagement. La prochaine fois, nous chanterons!

— Je n'arrive déjà… (…)… pas pas pas pas *à parler*…

— Chanter est peut-être un grand mot… nous chantonnerons… nous expérimenterons…

Clothilde leva les bras au ciel en souriant.

Sur le chemin du retour, elle pensait à Alix et à leur rendez-vous dans l'après-midi. La décision de Clothilde était prise, elle ne voulait plus la remettre, elle dirait, enfin, écrirait à Alix qu'elle ouvrirait Anima Mundi. Il y aurait toujours des excuses pour ne pas faire, pour ne pas dire. À quoi bon remettre. Elle n'avait pas besoin de voix pour concevoir Anima Mundi, organiser et surveiller les travaux. En face à face avec les interlocuteurs indispensables, elle trouverait bien un moyen de se faire comprendre, pour le reste elle aurait recours aux courriels.

Elle n'était pas anxieuse de ce que la phoniatre avait si clairement formulé sans rien dissimuler. Ce qui l'aurait abattue aurait été de recommencer ce voyage initiatique avec un autre orthophoniste qu'elle, "sa" phoniatre. C'est le soulagement qui prévalait donc lorsqu'elle rentra chez elle de Courcelles l'Orgueilleux. Elle joua du piano, une fantaisie de Mozart. Elle joua bien, concentrée, fine, précise.

À midi, elle quitta la maison pour aller rejoindre son père avec qui elle devait déjeuner. Elle ne lui dirait rien de ces injections de toxine botulique, un autre jour peut-être. Après ce déjeuner, elle passerait directement voir Alix pour lui dire qu'elle ouvrirait Anima Mundi au printemps.

M. Athilaire, le père de Clothilde, avait été un scientifique réputé. Il l'était toujours du reste, même maintenant qu'il était meunier. Ses derniers travaux visaient la réduction de la taille et du poids des satellites. Plus précisément, ses recherches portaient sur les nanotubes de carbone : feuilles de graphite de taille infinitésimale, enroulées de façon cylindrique, composantes des amplificateurs montés sur les satellites.

À quelques kilomètres de Levayze, au XVIIe siècle, un moulin à eau avait été construit, à cheval sur un bras de rivière bénéficiant du courant fougueux juste en amont. C'est là que M. Athilaire vivait seul. Né dans un village entre Levayze et ce bras de rivière, il y venait enfant, adolescent, pique-niquer, pêcher près des ruines. Sa passion était née là, dans ce moulin-pont, à s'essayer à faire tourner la roue de bois moussu et noir, à reconstituer en pensée les engrenages figés, mangés d'humidité et d'abandon.

Le scientifique, voyageur et grand professeur, n'en avait jamais démordu. Où qu'il aille, il gardait toujours une oreille, un œil, du jugement pour une meule, des courroies, des poulies, des roues, des pales.

Les moulins ne se collectionnent pas comme les stylos, les couteaux ou les gravures, il n'avait pas reculé pour autant. Patiemment il avait acheté différentes pièces, au fil des ans, produits de ventes réalisées dans toute l'Europe, puis il avait acquis "sa" ruine et reconstruit.

Il n'avait jamais désiré acquérir que ce moulin à eau qui reliait les deux rives.

À ce titre, il adhéra à plusieurs associations d'amis des moulins dont les membres l'honoraient comme un maître.

Avant de venir s'installer définitivement "chez lui", il avait pris soin de terminer sa recherche en cours sur les nanotubes et, lorsqu'il avait considéré qu'il l'avait menée à bien, il avait passé la main, sans état d'âme.

Le père de Clothilde avait emménagé, les gros travaux de restauration terminés, avec ordinateur, table, chaise, lit, réchaud et son violoncelle qui ne le quittait jamais.

Il ne prendrait pas de retraite. L'ayant devancée, il avait réglé le problème. Une fois par mois, il montait à Paris retrouver d'anciens collègues mathématiciens et physiciens, parrainait quelques étudiants, donnait encore des conférences et, le plus vite possible, revenait à son moulin.

Sous sa casquette de meunier, il avait développé un site sur Internet qui lui avait permis de rencontrer sa clientèle. L'engouement pour les céréales biologiques, pour les productions de céréales rares, pour des farines de moutarde, de châtaigne, de maïs, faisait son succès. Sa fierté était ses clients pakistanais et indiens qui venaient de la capitale pour les farines de blé complet de "M. Athilaire". Grâce à ces farines, le meunier s'enorgueillissait de fabriquer les meilleurs "chapatis" d'Europe.

Il vivait seul. Et c'était très bien ainsi, il était invivable. La seule qui avait pu composer avec lui était la mère de Clothilde.

Elle avait, l'année avant sa mort, passé des heures sous l'aulne de la rive, alitée sur une chaise longue améliorée par son mari. Elle campait là et regardait, écoutait son mari restaurer le moulin. Elle l'encourageait et mourait gentiment. Elle était belle, digne, souffrait en silence. Un théorème. Elle était devenue imparfaite du jour où elle était morte. Alors que jamais il n'avait critiqué sa femme du temps où elle vivait, maintenant qu'elle n'était plus, il en disait parfois du mal, d'une phrase rapide, cinglante, comme on se brûle. Si Clothilde était là, il baissait les yeux de honte sous le regard dur que sa fille lui lançait alors.

La mère de Clothilde avait connu le moulin presque restauré. Le savant-meunier apportait, quand il faisait frais, des bouillottes bien chaudes d'eau de la rivière, à mettre sous la couette de plumes. C'est avec sa femme, juste avant qu'elle ne parte, qu'il avait été saisi comme d'autres par un rhume, de sa passion des pique-niques, de plus en plus élaborés, à thème. Elle qui mangeait comme un oiseau trouvait la force de s'égayer à ses mises en scènes.

Elle était morte sur la rive, dans sa litière de reine carolingienne. Les engrenages démultipliant la force de la roue à eau venaient d'être mis en marche avec succès. Encore quelques réglages et ce serait l'apothéose. Il venait pour le lui dire.

Par une certaine fenêtre de l'intérieur du moulin, on voyait l'aulne de la rive. M. Athilaire disait à sa fille que par cette fenêtre, il avait la superbe illusion parfois de la voir s'avancer. Clothilde, comme son père, amalgamait au petit bonheur cette femme couchée, le moulin, le violoncelle et la rivière.

Clothilde arriva au moulin, descendit de voiture avec en main son "écran", son ardoise, son chiffon et sa craie. S'il fallait se lancer dans de longs discours, le traitement de texte, grosse police, s'imposait. Pour le reste, l'ardoise et la craie suffisaient.

Son père qui l'avait vue arriver venait à sa rencontre. Il n'était pas plus grand que sa fille. Il était mince, avait le visage long et anguleux, le sourcil clair, l'œil vert, les cheveux bien foncés encore. Enfin pour l'heure, il était blanc. Le meunier n'était en couleur que lorsqu'il ne moulait pas le grain.

— Bonjour Clothilde.
— … (…)… Bonjour *papa* (chuchoté).
— Tu devrais changer d'orthophoniste.

Elle fit non de la tête lentement et catégoriquement.

— Je viens de lui parler au téléphone à ta "phoniatre". Que ce mot est laid n'est-ce pas ? Elle m'a bien tout expliqué. Autrement dit qu'on n'est sûr de rien. La médecine n'est pas une science exacte : j'aurais fait un très mauvais médecin. Je préfère les sciences formelles… ou la musique, entre les deux rien ne vaut.

Après cette sentence et sans transition, pénétrant dans la seule pièce habitable du moulin, M. Athilaire se saisit d'un papier et souffla dessus pour en enlever la fine pellicule de farine qui ici recouvrait toute chose. Tout en parlant, il dessinait un système respiratoire qui illustrait son propos au fur et à mesure que sa mémoire reconstituait le discours de la "phoniatre-orthophoniste". Il tirait de grands traits, inscrivait les légendes et discourait…

— Au fur et à mesure qu'elle me parlait, je suivais sur Internet un schéma que je reproduis ici. Donc, elle m'a expliqué les nombreux muscles et ligaments qui permettent la mise en tension des cordes vocales, l'efficacité des injections de toxine botulique : toxine produite par une bactérie qui affaiblit le muscle, réduisant ainsi le spasme sans pour autant le paralyser… Et elle a conclu en disant que tout élément intervenant au niveau du muscle, de l'innervation, de la muqueuse ou du ligament vocal était susceptible d'entraîner une dysphonie. Chez toi les spasmes sont avérés… J'ai saisi que l'émission de la parole est un phénomène complexe : respiration, vibration, muscles, muqueuse, cerveau… Cela peut être long. Très long… Tu l'as compris ?

Clothilde acquiesça, le regard braqué sur le schéma du tronc humain flottant sur le papier. Ce tronc n'arborait que les organes et muscles nécessaires à la parole, dont la bouche. L'absence du cœur ou des yeux passe encore mais Clothilde emprunta le stylo que tenait son père et ajouta deux oreilles. Puis elle écrivit :

— *Sans cela, tout le reste aucun intérêt.*

— … Sans doute. J'ai préparé un déjeuner. Enfin, un pique-nique amélioré, mais il y a de l'excellent vin et de l'excellent pain. Que veux-tu de plus ?

— … (…)… Rien.

— Ton orthophoniste m'avait dit que tu progressais tout de même. Ton "Rien" était franc. Mais blanc. Machinal. C'est effrayant, tu ne sais plus mettre de points d'exclamation ou d'interrogation dans les quelques mots que tu dis.

Le couvert était dressé sur une table en chêne, blanchie par le temps et la farine, se détachant à peine sur le parquet de pin recouvert de la même poudre chaude. Le violoncelle se dressait dans un coin près de la fenêtre.

Clothilde avec précaution se risqua :

— … (…)… Tu joues… (…)… beaucoup… (…)… en ce momomoment ?

— Oui. La nuit tombée. Assieds-toi. Et toi ? Que fais-tu ? Ne parle pas. Tu m'étouffes quand tu parles. Écris-moi.

Clothilde tira son écran vers elle :

— *Je vais dire "oui" à Alix pour ouvrir le magasin de la distillerie.*

— … Pourquoi pas ? Je te connais, tu feras ça très bien… Tu as de l'imagination et le goût du détail… Mais après ?

— *Après quoi ?*
— Une fois le magasin ouvert ? Tu vendras les huiles essentielles et les savons ou tu te lances dans une vraie carrière ?

Elle écrivit :
— *Depuis quand tu veux que je fasse carrière ?*
— ... C'est vrai qu'au préalable, il faudrait que tu te résolves à ces injections de toxine botulique dont m'a parlé ton orthophoniste, c'est à l'heure actuelle la seule solution pour que tu puisses trouver un travail, ou t'en créer un dans des conditions satisfaisantes. Or l'orthophoniste m'a dit que tu ne paraissais pas convaincue par cette proposition. La seule qui vaille. Je ne comprends pas. C'était déjà la même marotte quand tu refusais les péridurales pour tes accouchements. Pourtant tu ne présentes pas les stigmates de la masochiste de base... Tu n'as rien à dire à cela ? À écrire ?

Clotilde fit non de la tête.

Il s'arrêta pour humer le petit pain qu'il avait en main, le brisa en deux morceaux, examina sa mie en la pressant de l'index et du pouce pour en jauger l'élasticité et la densité. Il tendit le plus gros morceau à Clothilde et reprit :
— Pour le reste Clothilde, j'ai perdu l'illusion que ma fille unique fasse carrière... pas quand tu t'es mariée... non... mais quand tu as eu des enfants... Je crois que c'est là que j'ai vraiment réalisé que tu étais une fille... Je me suis dit "c'est fini". Barbare n'est-ce pas ? Mais depuis que j'ai pris la tangente, c'est-à-dire, repris le moulin, je me dis que tout est possible. Je te vois élever tes enfants comme

on gère des mouvements de troupes sur un champ de bataille et je sais que tu étais décidée à orienter cette énergie ailleurs maintenant qu'ils sont tous scolarisés… Peut-être que tu vas trouver "ta tangente" toi aussi… Tu aurais pu devenir une grande pianiste, tu en avais tous les talents… Tu n'as pas voulu. Mon imagination à moi te concernant s'est arrêtée là-dessus. Mais peut-être y a-t-il autre chose qui t'attend… C'est ce que pensait ta mère. Elle qui après notre mariage et ta naissance n'a jamais cherché à travailler à l'extérieur, à faire carrière, elle pensait que tu avais une ténacité qui devrait trouver à s'employer "ailleurs"… Elle y croyait dur comme fer. Cet accident qui t'a privée de parole retarde les choses… Très ennuyeux…

Et il servit à sa fille une grande tranche de jambon blanc au torchon, se servit lui-même.

— *Je ne savais pas qu'elle aussi avait été déçue que je ne devienne pas pianiste.*

Il jeta un œil sur ce que sa fille avait écrit et commenta :

— Je n'ai pas dit ça. Ta mère n'a pas été déçue. Elle disait qu'elle n'avait pas à t'influencer, que tu avais suffisamment d'exigence pour avancer sans qu'on t'y pousse. J'aimerais bien voir ça et que tu me règles cette histoire de voix. Trouve une solution. Si ça doit passer par un changement de thérapeute, aussi sympathique soit l'actuelle, change. Encore un peu de vin ? Délicieux n'est-ce pas ? Mais quelle idée de devenir muette, de poser des problèmes alors que tout était si bien rangé ! Mangeons.

Au milieu de leur repas, le téléphone portable de Clothilde signala un message : Alix annulait le rendez-vous de l'après-midi. Elle serait absente quelques jours.

Clothilde se mordit la joue de déception.

— Tout va bien ?

Clothilde fit lire à son père le message inscrit au téléphone.

— Invite-la ! Pas ce dimanche mais le suivant : j'organise un pique-nique : un poème ! Je t'y promets des surprises ! J'ai vérifié, Vincent n'est pas de service, espérons que le temps soit clément, sinon, on s'installera sous le grand hangar... Midi tapantes. Respectez l'horaire, c'est important.

Après le repas, M. Athilaire ayant les paupières lourdes, Clothilde se retira. Il l'accompagna jusqu'à la voiture.

— Je suppose que je ne dois pas compter sur ta voix dimanche prochain ? Vas-tu te résoudre à ces injections ?

— *Non, pas encore.*

— Mais j'ai besoin d'une fille articulée ! Donne-moi un terme au-delà duquel tu t'y résoudras !

Clotilde fit non de la tête.

— Tu es aussi entêtée que ta mère.

Sans attendre que la voiture s'éloigne, il tourna le dos, et retraversa le pont pour s'enfermer dans son moulin.

En bon scientifique, M. Athilaire n'aimait pas les surprises – à part celles qu'il organisait – et était rendu fou par les mauvaises. Et sa fille, ou le sort comme on voudra, semblait lui en avoir joué une très mauvaise.

Clothilde, laissant le moulin derrière elle, pensait à son père. Elle mesurait sa contrariété à ce qu'il n'avait pas proposé, contrairement à leurs autres tête-à-tête, de lui jouer l'étude du moment. Monomaniaque de Bach, il retravaillait cycliquement ses suites pour violoncelle – et tout le temps qu'il jouait, il leur semblait qu'ils étaient à nouveau "tous les trois". Il jouait sur le fond sonore de la roue qui tournait dans l'eau et de la meule écrasant le grain. Ce rituel, d'avant la fugue de Madeleine, ne reviendrait pas avant longtemps. Clothilde le devinait. Pas tant qu'elle n'aurait pas retrouvé une élocution normale ou plié devant ces injections de toxine. Pas tant qu'il tiendrait pour une provocation personnelle le fait qu'elle ait perdu sa voix. La rigueur du scientifique ne valait que pour les mondes abstraits. Pourtant, entre la farine dont le scientifique-meunier portait toujours la trace sur les cils comme sur le cadran de sa montre et la poudre de craie blanche qui habillait Clothilde depuis qu'elle emportait partout son ardoise, père et fille auraient dû s'entendre.

Un nouveau message d'Alix annonça qu'elle serait absente pendant une semaine.

Le souvenir du père s'effaça devant les interrogations que portait l'attitude d'Alix depuis quelque temps. Sa réaction à lui ne l'étonnait pas. Mais Alix quant à elle restait d'humeur égale, un rien distante. La fuyait-elle ? Cela souciait autrement plus

Clothilde que les caprices de son père. Elle décida de commencer à travailler au projet d'Anima Mundi sans attendre, comme pour conjurer quelque chose.

Vincent appela ce soir-là comme tous les soirs quand il n'était pas à la maison. Clothilde décrochait, se contentait d'envoyer un baiser et se servait d'un petit gong qu'elle avait trouvé dans les jouets des enfants pour rameuter la troupe autour du téléphone. Elle, envoyait des messages écrits à Vincent.

Elle écrivait beaucoup aux enfants aussi. Elle utilisait pour eux plus volontiers l'ardoise où ce grand tableau noir qu'elle avait installé dans la salle de musique.

Clothilde réapprenait à dessiner. Ses rébus à la craie avaient donné lieu à tant de rires déjà, désamorcé tant de colères à traits obliques en pluies d'orages, que d'elle aux enfants, elle devait reconnaître que sa voix ne lui manquait pas tant que ça. S'asseoir pour prendre le temps d'écrire ou dessiner avec eux "la" chose importante lui convenait, et les enfants réclamaient ce temps que la mère prenait maintenant pour dessiner la question du jour.

Avant, elle parlait en faisant deux ou trois choses à la fois. Elle réglait plusieurs problèmes ensembles, en trois coups de cuillère à pot. Maintenant non. Quand le temps était venu de régler un problème, elle s'asseyait, écrivait, dessinait la chose à dire. De fait les enfants avaient changé, ils étaient plus calmes, faisaient plus attention aux choses autour d'eux. Ils écoutaient et regardaient mieux. Les enfants se montraient moins capricieux face à son incapacité à parler que son père ou Vincent. Qu'Alix même.

Quand Vincent revint le lendemain, après une absence de trois jours un quart, il fut, comme les autres fois, déçu que la voix de sa femme ne soit pas revenue. Il ne le disait pas mais elle le voyait au premier regard qu'il posait sur elle, lourd d'une interrogation à laquelle elle ne pouvait répondre.

Clothilde aimait maintenant cette route vers Courcelles l'Orgueilleux et sa séance chez l'orthophoniste comme Vincent tenait à la route de ses retours. Au fil des kilomètres, elle se dépouillait des déceptions et des attentes des autres. Que ces séances aient lieu à l'hôpital lui convenait. Dans cette enceinte, elle était une patiente comme une autre. Plus encore, ce lieu conférait la respectabilité à sa curiosité sur la naissance des sons. Le cabinet, sous cette lumière, était un laboratoire scientifique et elle à la fois l'instrument et l'objet des recherches.

Ce jour-là, la séance au cabinet de la phoniatre-orthophoniste commença comme d'habitude, puis le médecin demanda à Clothilde de tenir des sons de plus en plus longs, jusqu'au bout du souffle, puis de les moduler d'une façon précise qu'elle lui dicta, puis de glisser d'une voyelle à l'autre… Enfin elle lui demanda de se concentrer sur le fait que maintenant elle allait chanter. Adoptant une position propice, Clothilde nota que son buste se positionnait mécaniquement "autrement". Elle accorda son souffle à l'injonction du chant et elle chanta. Des chansons simples, très courtes, des comptines, mais elle chanta, sans spasme, sans que sa voix tout à coup ne plonge vers l'inaudible. Le chant était fluide, la voix comme un fil, dense.

— Je dois vous dire Clothilde que la beauté de votre voix chantée est surprenante… Que le bégaiement disparaisse dans le chant est connu mais étant atteinte de dysphonie spasmodique, votre simple capacité à chanter est étonnante, statistiquement improbable. Il est vrai que nous ignorons à peu près tout des causes de cette maladie. Quand je pense que j'ai essayé de vous faire chanter parce que l'autre jour comme à d'autres fois vous avez préféré l'emploi du terme "son" à "mot".

— … (…)… Comment est-ce… (…)… possible ?

— La voix chantée diffère de la parole en plusieurs points, physiologiques d'abord : le rythme respiratoire est modifié, l'inspiration est plus courte ou, au contraire, beaucoup plus profonde selon la phrase musicale à porter. La phase de la phonation est allongée. L'expiration doit être parfaitement soutenue, régulière. Le volume d'air en jeu est beaucoup plus important et enfin, lorsqu'on se prépare à chanter, tout le corps se positionne d'emblée de façon très différente par rapport à la simple émission de paroles.

— … (…)… et les autres… (…)… points ?

— Psychologiques… esthétiques ?

Intermezzo

C'était un dimanche d'octobre, doux et clair. Un été indien. Le long de la route, les arbres roux et or bruissaient sous une brise infime. La sérénité du paysage détonnait avec le vacarme de l'intérieur de la voiture où Antoine, Madeleine, David et Adèle menaient grand tapage. M. Athilaire leur avait tellement promis des merveilles de ce pique-nique que la curiosité des enfants était chauffée à blanc.

La famille Louris-Athilaire débarqua au moulin en grande attente de la surprise promise. Des braseros étaient allumés en plusieurs endroits de la rive où de grands draps blancs étaient tendus sur l'herbe, à l'ombre de l'aulne et du saule. Des coussins et des couvertures aux couleurs vives avaient été disposés tout autour de ces deux grands rectangles blancs. Clothilde et Vincent se regardèrent : à la taille des deux draps, on attendait ici de nombreux invités. Pas de voitures garées pourtant et personne alentour. Les enfants piaffaient devant la porte du moulin en criant "grand-père". Il ne répondait pas. On entendait du remue-ménage à l'intérieur mais la porte restait scellée.

Elle finit par s'ouvrir lentement, en mordant la dalle de calcaire. Antoine, Madeleine, David et Adèle ne se précipitèrent pas pour autant. Au lieu de cela, ils restèrent figés, roulant des yeux affolés devant quelque chose qui échappait encore à Clothilde et Vincent restés à l'écart. Beau voyait, sentait, s'agitait mais n'avança pas. Les enfants refluèrent du pont vers la rive et se débandèrent.

Face au pont, Beau protégeait les arrières des enfants de l'insolite procession éclose du moulin : car des hommes en turbans, des femmes en saris rouge, vert, or, safran, s'avançaient sur le pont, portant de grands plats de cuivre ronds brillant sous la lumière, gorgés de viandes, chapatis, riz, sauces à la menthe. Ils se dirigeaient vers les grands draps en riant de la bonne farce de leur ami Athilaire à ses petits-enfants. Le chien laissa passer, prudent d'abord, avant de s'écarter.

Ravi de son tour, M. Athilaire apparut alors sur le seuil. Les enfants envahirent à nouveau le pont pour se précipiter vers lui. Les pressant tour à tour dans ses bras, il se retournait vers l'intérieur du moulin pour appeler des noms que l'on n'avait jamais entendus sur ces rives. Intimidés, un groupe d'une dizaine de filles et garçons, aux cheveux noirs brillants, aux peaux brunes et cuivrées, habillés eux aussi en habits soyeux et colorés, tous entre six et douze ans, sortirent un à un du moulin. Les deux groupes d'enfants en reconnaissance l'un de l'autre furent abandonnés à leur sort par les grands. Ceux-là festoyaient déjà pendant que les enfants s'effleuraient encore des yeux et se saluaient du bout des doigts.

Les invités de M. Athilaire étaient ses meilleurs clients et parmi eux, un couple d'Indiens, avec qui il était devenu ami. Ils avaient organisé ensemble ce week-end à la campagne. Les hôtes avaient apporté des saris dont ils parèrent Madeleine, qui évoluait dans ce long bandeau de soie jaune comme si elle avait grandi dedans et Adèle qui, n'en revenant pas, marchait, émerveillée, dans son sari comme si elle avait été ceinte de verre. À Antoine et David on avait mis un turban.

Clothilde fut invitée elle aussi à se laisser parer d'un sari aux plis savants. Il était couleur ivoire, brodé de minuscules losanges d'or. Elle n'était plus si sûre que l'habit ne fasse pas le moine, elle bougeait autrement dans ce drapé. Elle regardait les femmes et épousait leurs gestes. Elle aurait contrefait leurs voix si elle avait pu parler, elle le savait.

À défaut d'imiter les voix et les intonations particulières qui habillent chaque langue, elle pouvait reproduire les saluts, les rendant à l'identique à ceux qui les lui adressaient, comme un écho.

M. Athilaire avait salué Clothilde, il l'avait jaugée un instant, quêtant un mot qui aurait signifié que la voix de sa fille, avec toxine ou sans, était revenue. Renseigné, c'est-à-dire déçu, il l'avait plantée là. Il avait beaucoup à faire.

Clothilde écoutait les invités de son père mâtiner d'anglais leur langue tous les quatre mots. Bredouillerait-elle dans une autre langue que la maternelle ? Elle n'essayait pas de parler anglais. Elle ne s'y risqua pas, elle préférait l'illusion que parler dans une langue étrangère la préserverait de ses hoquets respiratoires et de ses bégaiements.

De la lame d'un couteau, son père frappa sur le cristal d'un verre, tout le monde se rassembla, se tut, et écouta le discours de bienvenue qui disait combien l'atmosphère était à la fête. Toutes ces soies et ces parfums sur les rives de La Cure ! Soudain, juste avant de porter un toast à la santé de chacun, il désigna sa fille :

— Petit bémol, chers amis, je me faisais un plaisir de vous présenter ma fille Clothilde dont je vous vantais les talents de linguiste et de polyglotte. Eh bien elle est depuis quelque temps frappée de mutisme. Elle ne pourra même pas vous parler dans sa propre langue, ni jouer son rôle d'hôtesse. Veuillez l'en excuser. Finalement, elle aura hérité cela aussi de sa mère ! "Les grandes muettes !" Mais cela ne doit pas gâcher notre fête !

Les jambes manquèrent à Clothilde. Elle s'assit sous le coup alors que tout le monde restait debout pour lever son verre. Vincent, qui respectait et aimait M. Athilaire comme un père, avait hoché la tête en signe de réprobation et d'étonnement devant cette proclamation publique étrange et agressive. Vincent regrettait que Clothilde n'ait pas voulu annoncer à son père la grande avancée de la dernière séance chez l'orthophoniste : elle pouvait chanter, cela augurait bien de sa convalescence, M. Athilaire en aurait été apaisé. Mais comme cet exploit n'avait pour l'instant rien changé à sa capacité à parler, Clothilde avait préféré le taire. Vincent le regrettait.

M. Athilaire, le feu aux joues, énervé et fiévreux du peu de satisfaction qu'il éprouvait à s'être fait "justice", termina sa harangue et porta un toast :

— ... À ce pique-nique et au spectacle que voici !

Il fit signe à quatre des invités restés un peu à l'écart. Ceux-ci se levèrent et disparurent dans les dépendances du moulin pour revenir avec des instruments de musique : tous portaient des percussions, dont un double tambour, mais aussi une flûte et une vînâ, sitar du sud de l'Inde. Ces deux derniers instruments furent déposés dans un coin du rectangle blanc et, ne gardant que leurs percussions, les musiciens s'installèrent à l'angle opposé, face à Clothilde. Deux danseurs sortirent alors du moulin, ils portaient des robes courtes et amples, des chapeaux extraordinaires. Ces atours avaient des couleurs naturelles d'ocres bruns ou dorés, ils contrastaient avec leurs visages recouverts d'un masque, pour l'un vert criard, pour l'autre noir et rouge. Une femme qui se trouvait assise à côté de Clothilde se pencha vers elle :

— Ce sont des danseurs de *kathakali*. Cette forme de théâtre dansé est originaire du Kerala dans le sud de l'Inde. Ils vont illustrer des passages tirés du Mahabharata, notre ancien testament si vous préférez.

Les percussionnistes se mirent à jouer et à danser, les deux acteurs-danseurs s'animèrent.

Clothilde se tourna vers sa voisine :

— ... (...)... Masque ?

— C'est un masque et ce n'en est pas un : il est réalisé à même la peau à partir de pâtes de riz. Les couleurs du maquillage sont toutes codées, selon qu'il s'agit de jouer un prince vertueux ou un méchant, ou d'indiquer le rang des personnages, leur sexe. Il y a peu de rôles féminins et quand il y en a, ils sont tenus par des personnes de sexe masculin.

Clothilde inclina la tête en signe de remerciement pour ces informations courtoises. Elle nota le geste de la femme qui ramenait du plat de la main, du haut du crâne vers le front, le voile qu'elle avait dégagé de son visage pour mieux se faire entendre de Clothilde.

Clothilde se concentrait sur les chants de ces personnages masqués, pour oublier son père. Elle se trouva transportée en pensée sur un banc d'université en cours d'étymologie, dans une autre vie. Elle se rappelait qu'au Moyen Âge l'usage du mot "persone" désignait *"celui, celle qui parle, à qui l'on parle ou dont on parle"*. Savoir écouter, comprendre le message d'autrui suffisait donc à en être une.

Remontant le flot de ses souvenirs "étymologiques", elle se rappela encore : *Persona* du latin d'origine étrusque qui signifie le "masque de l'acteur". Ce masque avait pour fonction à la fois d'incarner un personnage, mais aussi de permettre à la voix de porter loin pour être audible des spectateurs. Quel confort ce devait être de porter un masque de temps en temps. *"Per-sonare"* : *parler à travers*.

Le drap était grand, le vent badin, les voix des chanteurs et le martèlement des percussions s'enroulaient autour, voyageaient au-dessus de la nappe parsemée de nourriture colorée comme autant de bouquets et enfin atteignaient les oreilles de la "muette". Les sauts vifs et courts, les gestes amples et ronds des bras des danseurs, le jeu de leurs regards noirs enchantaient Clothilde. Elle aurait pu pleurer sur le cadeau doux-amer que son père était en train de lui faire.

Les danseurs se retirèrent, emmenèrent avec eux quelques percussions, les musiciens restèrent, reprirent en main flûte et sitar. Les notes se détachaient des instruments comme des éclats de verre, de lumière, au hasard de l'air dans l'aulne. Clothilde était, le vin aidant, finalement si bien, rien qu'à entendre. Muette, elle pouvait continuer de jouer du piano, d'aimer et d'apprendre. Et elle n'avait rien à dire de cruel. Alors parler pour quoi faire ?

Elle eut tout loisir d'observer. Personne ne venait la troubler. Elle se détendait, un peu grise maintenant de tout ce vin sucré. Oui, muette n'était pas si mal, on la laissait en paix.

Les enfants étaient occupés ailleurs. Les invités ne s'adressaient à elle qu'à travers de grands sourires et des hochements de têtes polis, et ils parlaient d'elle à mi-voix aussi ce qui l'assurait d'être une personne au moins dans deux des trois acceptions du terme moyenâgeux. À tous ces personnages parés de soies colorées, Clothilde répondait en miroir. C'était déjà tout un théâtre.

Pourquoi son père avait-il pris à partie sa mère ?

À mesure que l'après-midi avançait, Clothilde comprit mieux les rythmes riches, variés de cette musique aux improvisations toujours revisitées. Elle mangea, finalement avec plaisir, les narines captant à l'envi parfums de feu des braseros, menthe, coriandre, curry, rivière. La musique allait toujours, forçait la place de son esprit et de son corps. Le vin animait ses lèvres et la pointe de ses doigts de fourmillements délicieux. Elle se berça du timbre de voix modifié de Vincent comme il parlait l'anglais, s'amusa de ses enfants évoluant dans leurs habits exotiques, regarda Madeleine écouter la musique qui s'égrenait, isolée des autres sur la balançoire, oublia qu'Alix ne viendrait pas, qu'elle avait à faire ailleurs, que son amie avait longuement parlé à Vincent et qu'ils étaient "d'accord à son sujet". D'accord sur quoi ? Cela lui échappait.

Clothilde trouvait extraordinaire que tous les trois affichent une telle hâte de lui voir injecter cette toxine. Cet acharnement à paralyser son larynx "juste ce qu'il faut" ! Mais pour l'entendre dire quoi ? Si les enfants souffraient de son silence, alors seulement pour eux, elle le ferait.

Coda

Clothilde n'entendait plus son père, même en bruit de fond. Il lui semblait entendre la voix de sa mère, posée et sereine, sourdre de la rivière. Elle finirait ce verre et n'en reprendrait pas mais, en attendant que l'effet du vin s'estompe, cette voix lui soufflait des choses : qu'elle ouvrirait Anima Mundi sans faire de bruit, qu'elle irait bien au-delà même, qu'elle ferait quelque chose d'étranger à leurs rêves à tous – même aux siens –, à l'image de ce pique-nique lumineux et exotique au bord de La Cure.

Elle était un peu saoule sans doute, mais comme c'était bon d'entendre de la musique déclinée sur un autre mode, de derrière des masques. Elle rêva de faire de la musique autrement.

Longtemps après ce pique-nique qui reçut la palme entre tous les pique-niques mémorables organisés par M. Athilaire, David dessina des moulins bourguignons d'où sortaient en procession des femmes en saris et des enfants dorés. À l'école on disait qu'il avait beaucoup d'imagination.

Ce pique-nique avait laissé aussi son empreinte sur les jeux d'Adèle et Madeleine qui suppliaient régulièrement leur mère en fin d'après-midi, de passer les saris qu'on leur avait offert. Elle agréait leur demande et enroulait ses filles dans les tissus chatoyants de soie jaune pour Madeleine et bleue pour Adèle. Puis les deux petites filles habillaient Clothilde de son sari ivoire et doré. Adèle conviait alors sa sœur et sa mère à un rendez-vous sous la tente de Sioux. Madeleine y apportait la musique de Ravi Shankar. Dans la lumière filtrée de la tente, dans les soies colorées du bouquet des "trois filles", dans les chuchotements et les rires, Clothilde prenait plaisir et éprouvait une gêne aussi, une pudeur, non pas à jouer ainsi avec ses enfants, mais à être revêtue d'un costume, d'un déguisement.

Vincent se réjouissait, Alix aussi : si Clothilde avait pu chanter chez la phoniatre, elle parlerait bientôt. Parler et chanter, c'était presque la même chose. La thérapie allait porter ses fruits. Le chant était un biais curieux mais pourquoi pas s'il devait rendre sa voix parlée à Clothilde.

Alix avait elle aussi accueilli "l'exploit" avec enthousiasme et avait insisté pour que Clothilde attende une semaine ou deux, qu'elle soit "parfaitement" rétablie avant de se lancer dans le projet d'Anima Mundi. Une ou deux petites semaines et tout serait rentré dans l'ordre. Clothilde avait dit "oui" pour lui faire plaisir mais s'était mise à l'ouvrage sans attendre son assentiment. Elle dessinait déjà les plans de la boutique sur le tableau noir.

Seul M. Athilaire avait fait la moue à la nouvelle de cette étrange faculté pour une muette : chanter.

Suspicieux, il attendait de voir, ou plutôt d'entendre.

Clothilde attendait elle aussi, avec une impatience presque douloureuse, de retourner explorer avec la phoniatre ces exercices chantés, le compte à rebours avait pour cible la prochaine consultation. Elle était dans l'attente de ce rendez-vous quand, quelques jours après le pique-nique au bord de La Cure, un événement survint qui changea tout.

Sous le ventre du piano, Madeleine jouait. Elle avait improvisé une scène de théâtre dont le rideau était la soie de son sari bleu. Pour animer ses poupées également enturbannées, elle avait emprunté la stéréo portable de sa mère, trouvée à la tête du lit de ses parents, abandonnée là depuis bientôt deux mois.

Certes Clothilde s'était remise à écouter de la musique et à jouer du piano comme avant la fugue de Madeleine, mais elle n'avait plus écouté cette "Cecilia". Plus de chant qui flanque les gens par terre sans prévenir.

Madeleine avait branché la petite stéréo et appuyé sur PLAY, ignorant la qualité du disque tapi à l'intérieur. L'ignorant ?

Clothilde était occupée à classer des papiers lorsqu'elle entendit la voix. C'était le titre 3 d'*Opera Proibita*. Haendel, *un pensiero nemico di pace*, air de la beauté, triomphe du temps et de la désillusion.

Elle se leva précédée de Beau, marcha dans la direction d'où venait le son, monta les quelques marches jusqu'au palier où se tenait le piano et sous lui, le théâtre de Madeleine. En haut des marches, elle s'agenouilla, observa sa fille qui faisait mine de l'ignorer et écouta.

Adèle, qui à deux pas de là était occupée à défaire les nœuds de sa corde à sauter, vint s'asseoir, comme si de rien n'était, sur le giron de sa mère pour terminer de la dénouer.

♪ ♪ ♪ La voix parlait de guerre ou de paix?... Violon violent, mitraille. Parler italien...
♪ ♪ ♪ Partie lente, douce... *Tempo più tempo non è*...

Clothilde aida Adèle à défaire le dernier nœud de la corde à sauter, la petite aussitôt courut, traversa le salon, et sur la terrasse, face à la forêt, sauta, sauta, sauta, les yeux braqués droit devant.

Sous le ventre du piano, Clothilde se glissa le temps de déposer un baiser sur le front de Madeleine qui s'affairait à mettre en scène ses mini-femmes de celluloïd qu'elle faisait se croiser sur la musique. Clothilde se releva et marcha droit sur le secrétaire, du tiroir duquel elle sortit, d'entre les enveloppes aux dents de lait adressées à une souris, la carte de visite de Mme Maisonneuve, professeur de chant.

Clothilde envoya aussitôt un courriel à l'adresse indiquée sur la carte pour demander rendez-vous. La réponse fut immédiate : *Lundi à onze heures, à mon domicile (adresse ci-jointe). Je me réjouis de vous rencontrer.* Le rendez-vous pris, Clothilde se laissa tomber sur le grand canapé du salon.

Elle avait l'impression d'avoir accompli en quelques minutes une démarche qui aurait pu lui coûter vingt ans. La pensée de Vincent, de son père et d'Alix fit voler en éclat son bien-être. Elle aurait voulu pouvoir ranger l'image de leur trio au milieu des dents de lait. Elle chassa les yeux violets de Vincent de son esprit, renoua avec cet apaisement bienfaisant. Madeleine planta son regard dans celui de sa mère, abandonna sans façon son théâtre et ses poupées pour aller rejoindre Adèle qui sautait toujours sur la terrasse.

♫ ♫ ♫ Cecilia Bartoli en était au titre 6, *Caldo sangue* de Scarlatti, Clothilde distinguait les paroles juste assez pour comprendre qu'il s'agissait de sang et d'adieux.

Chant : intonation particulière de même nature que la parole, à la différence que dans le chant, la voix s'élève.

♫ ♫ ♫ Titre 9, Scarlatti, *Qui resta… L'alta Roma.*

Sur son radeau, Clothilde à la parole empêchée se préparait à explorer la voix en musique. Avant de se lancer, elle écoutait, dressée sur les accords du violon, cette Romaine qu'elle guettait et craignait comme un feu.

Mme Maisonneuve enseignait au Conservatoire de musique mais Clothilde opta d'emblée pour le cours privé. Le premier face-à-face sur le pas de la porte fut maladroit. N'osant proférer le moindre son de peur de bégayer, Clothilde sourit beaucoup, enfla le dos, fit des gestes d'excuses enjoignants à la patience, sortit son écran, l'alluma, entra le code secret qui ouvrait l'accès au sésame et invita du geste Mme Maisonneuve à lire le trouble dont elle souffrait. La professeur de chant ouvrait de grands yeux ronds et lisait :

— *Anomalie dans l'anomalie : si je ne peux pas parler, avons découvert, l'orthophoniste et moi, que je pouvais chanter, sans que le son ne soit interrompu.*

— Bien… Avez-vous chanté auparavant madame Louris ?

— *Appelez-moi Clothilde.*

— Bien Clothilde.

— *Je n'ai jamais travaillé ma voix.*

— Vous êtes musicienne ?

Elle acquiesça.

— Mais encore ?

— *J'ai joué du piano en Conservatoire de l'âge de sept à dix-huit ans. Je n'ai jamais cessé de jouer.*
— Mais c'est un très bon début pour chanter. Est-ce que vous chantez en vous accompagnant ?
— *Oui, mais du jazz plutôt.*
— Je peux vous demander quel âge vous avez ?
— *Trente-trois ans… et quatre enfants.*
Mme Maisonneuve s'installa au piano :
— Chapeau bas… Alors voyons cette voix chantée qui passe par-dessus la parole. Nous allons commencer par des vocalises, tout simplement, sans pousser la voix. Chantez après moi…

Clothilde recula de deux pas, essuya sur son jean ses paumes moites. Aux premières vocalises, elle ne pensait qu'à contrôler sa pudeur à chanter, à ne pas trop ouvrir la bouche, ne pas penser à cette image imprimée de ses cordes vocales évoquant un autre organe. Elle recula encore d'un pas.

Quand elle fut accoutumée à ces premières sensations, au regard de cette femme sur sa bouche ouverte, sur son ventre et ses reins gonflés d'air, elle put les mettre de côté et faire appel au souvenir des séances chez l'orthophoniste, aux découvertes qu'elle y avait faites, à ce qui l'avait menée jusqu'au pied de ce piano qui n'était pas le sien et de cette femme blonde au chignon crêpé. Clothilde se redressa pour libérer son cou et son larynx. Elle repoussa le souvenir de la voix de la diva italienne qui ouvrait en elle des abîmes qu'elle ne voulait pas sonder avant d'avoir compris, elle, la muette, ce qu'était une voix. Elle captait la phrase émise par son guide, se concentrait sur son souffle, depuis le ventre jusqu'aux lèvres, elle suivait le chemin du son projeté loin d'elle.

— C'est très bien, le son a déjà changé, continuez… Ou plutôt attendez… essayez de me parler… que j'entende le son de votre voix parlée…
— …(…)… peuxpeuxpeux *essayer* (chuchoté)… (…)… air passe… (…)… après quququelques *mots* (chuchoté)… (…)… sans faire… (…)… vibrer corde *vocale* (chuchoté).
Mme Maisonneuve resta bouche bée.
— Effectivement… ce doit être difficile…
Clothilde rougit.

La professeur de chant proposa des vocalises lèvres fermées ou bouche grande ouverte, invitait Clothilde à les moduler selon des consonnes, des voyelles, des arpèges dans le registre grave, puis aigu, des crescendos et decrescendos.

Au bout d'un temps, Mme Maisonneuve fit une longue pause, Clothilde attendit les yeux rivés à ses lèvres.
— Clothilde, vous avez une belle voix, de mezzo-soprano sans doute, mais il me semble que vous pouvez monter assez facilement. Vous soutenez votre souffle avec une maîtrise que d'autres mettront des années à porter à cette maturité. Je suppose que le travail avec l'orthophoniste vous y a beaucoup aidé. Alors qu'est-ce que cela veut dire, "une belle voix"? Outre ce souffle que vous dominez, vous avez un

timbre riche, des graves veloutés, des aigus brillants ou qui le seront. Votre voix est ample, agile. Tout cela vous a été donné. Si vous voulez travailler techniquement ce don, vous qui avez déjà une longue histoire musicale, ça peut devenir très intéressant.

Clothilde marcha jusqu'à son écran :

— *Est-ce que l'on va continuer à travailler aujourd'hui ?*

— Vous le voulez ?

Clothilde acquiesça énergiquement.

La novice aurait voulu chanter deux fois par semaine. La professeur temporisa. Il n'y aurait qu'une heure hebdomadaire de cours particulier dans un premier temps. Clothilde compensa en notant dès cette première séance un programme de travail soutenu pour la semaine qui s'étirerait jusqu'à la prochaine leçon.

— Vous me faites penser à un assoiffé devant une source…

— … (…)… Oui.

"Je respire donc je chante", se répétait Clothilde.
En bas de chez Mme Maisonneuve, elle passa devant sa voiture garée là sans s'arrêter. Elle descendit et remonta d'un pas rapide et rythmé la petite rue pentue de derrière le centre-ville qui liait le presbytère de la cathédrale aux quais en contrebas. Pour se dégriser. Elle aurait volé tant elle se sentait légère et chargée d'énergie tout à la fois. À cette femme qui n'avait parlé depuis deux mois que par rébus, le souffle contrarié toutes les trois syllabes, cette heure de chant, ses vibrations aiguës, sombres, longues dans ses os, réinsufflaient une deuxième vie. "Je respire donc je chante."

Plus sobre, elle rejoignit Levayze et s'arrêta à la distillerie.

Alix n'était pas là? À la serre près de la rivière?

Dans sa hâte à annoncer "la bonne nouvelle", au lieu d'emprunter le chemin tout tracé pour atteindre la serre, Clothilde coupa à travers une parcelle fraîchement labourée… et menaça de s'enfoncer dans ces vagues de terre grasse à laquelle elle avait déjà abandonné un soulier.

Cette fois-ci la glèbe ne lui engloutirait pas ses chaussures, Clothilde se fit légère, courut sur les sillons, les effleurant à peine. Elle n'avait pas couru comme ça depuis l'enfance. Plus vite elle allait de crête en crête, plus elle était maîtresse de ce qu'elle cédait de son poids à la terre et de ce qu'elle ne lui céderait pas.

Du fond de la serre, Alix, en voyant Clothilde passer le seuil, sourit. Le visage soudain éclairé de son amie galvanisa encore un peu plus la jeune femme. N'était-ce pas Alix qui voulait que Clothilde chante ? Essoufflée, elle sortit son écran :

— *Je reviens de chez Mme Maisonneuve... J'ai pris mon premier cours. C'est grâce à toi que je suis allée chanter.* Opera Proibita. *Tu te rappelles ? Je revis Alix. Pour* Anima Mundi, *j'ai déjà commencé à travailler. Dans une semaine le rapport sur ce qui existe comme magasins similaires, en France et à l'étranger, sera prêt. La semaine suivante, soumettrai mes idées. Déjà pour local, une piste.*

Alix :
— Oui, tout ce que tu veux, mais parle-moi... Tu as fait des progrès... Montre ?
Clothilde se détourna de son écran et, déroutée, voulut faire bonne figure, montrer sa voix parlée, elle s'appliqua :
— Oui... (...)... Jejeje tra*vaille* (chuchoté)... (...)... à ma voix... (...)... parlée, jejeje... (...)... fais *tout ce*... (...)... que je pepepepeux.
Alix, avant même que Clothilde ait terminé sa phrase sciée, détourna la tête.
Clothilde écrivit et planta l'écran sous les yeux d'Alix :

— *Toi parle-moi!*
Alix baissa les yeux.

— Je croyais vraiment que si tu pouvais chanter, tu pouvais parler... Je suis déçue et surtout je ne sais pas quoi penser Clothilde. Je ne comprends pas ce qui t'arrive. J'ai l'impression que tu me caches quelque chose. Tu me caches quelque chose?

Clothilde fit non de la tête. Alix poursuivit.

— Moi je voudrais que tu ailles voir un psy – ton orthophoniste t'y encourage aussi, elle nous l'a dit – et pourquoi tu n'acceptes pas les injections? On a l'impression que tu éludes le problème, tu viens ici le feu aux joues pour me dire que tu prends des cours de chant quand tu ne peux pas me parler... Je connais ton amour pour la musique mais ça semble pourtant... secondaire... Tes enfants, cela les amuse pour l'instant de t'écrire et de dessiner des missives mais cela ne durera qu'un temps. Vincent pense comme moi. On en a beaucoup parlé ensemble. Réagis! Tu as tellement de chance d'avoir cet homme qui t'aime à tes côtés, ces enfants adorables... Ne boude pas cette chance... Cherche à te soigner. C'est fou cette attitude. Je me dis qu'il aurait presque mieux valu que tu ne puisses pas chanter et que tu te concentres sur ta voix parlée! On évite de te pousser, de te provoquer mais il fallait que je te le dise.

Clothilde resta les bras ballants en face de son amie, elle pensa: "Même quand vous n'en parlez pas, votre attitude exaspérée me le répète à l'infini." Mais elle écrivit seulement cela:

— *Et Anima Mundi?*

Alix, la voix lasse :
— On y va. C'est entendu. Je préférerais que tu règles ton problème d'abord. Mais bon. Je suis prête. Je sais que tu vas inventer un lieu inattendu et "beau". Je le sais. Mais c'est pas ça qui va me rendre la voix de mon amie et nos discussions à bâtons rompus, pour rire, sans parler des autres… Viens, le contrat est prêt, on va le signer.

Clothilde referma l'écran et suivit Alix.

Dans la voiture, la copie du contrat signé sur le siège passager, Clothilde pleura tout le long du chemin de retour. Les amitiés meurent. Même la leur?
Elles meurent souvent de mort naturelle, rarement ravalées par de grandes fâcheries. Elles meurent parce que l'équilibre se rompt, sans drame, parce que c'est la saison, parce que le chemin inconscient et singulier qu'empruntait telle amitié est soudainement coupé, par un éboulis, une veine de terre étrangère au chemin qu'elle recouvre.

Quand Vincent rentra ce soir-là, Clothilde le confronta avec un *"j'ai pris mon premier cours de chant"* qui lui gâcha le rituel du retour.
— Vraiment? Chant lyrique? Ta découverte chez l'orthophoniste t'a donné des ailes? Très bien. Je veux bien que tu chantes mais je préférerais tes conversations. J'aimerais retrouver mon interlocutrice à la maison. Ton orthophoniste t'emmène où là? Tu ne crois pas qu'il est temps de voir d'autres spécialistes?!

— *Je ne changerai pas. Je continue de travailler avec elle pour retrouver ma voix parlée. C'est grâce à Isabelle que j'ai découvert que je pouvais chanter.*

— Tu l'appelles Isabelle maintenant, c'est devenu une amie alors ?

— *Une amie, oui, peut-être.*

Vincent cynique :

— Cette relation promet d'être très professionnelle… Oui : quelle bonne idée elle a eu en effet de découvrir que tu pouvais accessoirement chanter. On va nager encore un peu plus dans l'incompréhension de ce qui nous arrive. Et tu…

Clothilde brandit son écran sous le nez de Vincent :

— *Coupé.*

Leçon de chant

— Ouvrez, non seulement votre bouche, mais votre gorge, ouvrez vers le haut et vers l'arrière, imaginez quelque chose de très chaud, votre bouche veut fuir cette chose, éviter la brûlure. Cherchez les limites de ce volume... Allez.
— ... ♪ ♪ ♪ ... Non.
— Non, ce n'était pas ça. Est-ce que vous entendez cet aigu?
— *Oui. Très bien. Je sais que je peux l'atteindre, mais je ne sais pas par quel chemin.*
— Détendez-vous, ancrez-vous dans la terre. Pensez cet aigu, entendez-le très clairement et dans la foulée, projetez-le vers l'avant, pensez à la trajectoire d'une parabole... Allez je joue la note.
— ... ♪ ♪ ♪ ... ... (...)... Nonpasça.
— Tu as raison... Tiens je dis "tu"... Est-ce que je peux?
— ... (...)... Oui.
— C'était mieux, mais ce n'était pas encore ça. Comment se fait-il que si je te chante cette note, tu sois capable dans l'instant de la reproduire exactement et que lorsque je me contente de la jouer, tu ne retrouves pas le chemin qu'instinctivement tu avais suivi?

— *Je suis un bon singe mais je ne maîtrise encore rien.*

— Essaie encore, entends cet aigu que je ne te chanterai plus, que tu vas devoir produire sans modèle.

— *Cette note me fait peur, je n'aime pas ouvrir trop grand la bouche.*

— On ne va pas jouer au chat et à la souris, Clothilde. Je détourne pudiquement la tête cette fois-ci, après il faudra bien que vous supportiez le regard. Emplissez votre tête de ce son. Dites-vous que vous n'ouvrez pas la bouche, mais plutôt que vous laissez tomber votre mâchoire. Laissez le son monter.

— … ♪ ♪ ♪ … (…)… nonpasça… (…)… tellement… (…)… d'énergie.

— Oui. Et vous l'avez cette énergie. Énorme. Laissez-la jaillir hors de vous. Vous retenez le son mais on s'approche. Je te dis "tu" à nouveau et je vais te regarder. Ton corps se rappelle tout ce qu'on vient de dire et de faire. Comprends encore une chose : ta respiration est bien synchronisée mais elle n'ose pas porter ce son, la respiration descend et le son monte, comme un mouvement de piston. Tu as eu quatre enfants, rappelle-toi quand tu es debout et que la contraction vient, ton cri monte mais ta respiration pousse vers le bas.

Clothilde comprenait très bien cela. Elle prit un moment pour y penser puis chanta la note.

— … ♪ ♪ ♪

Mme Maisonneuve :

— Alors ?

Clothilde :
— … (…)… C'était ça.
— Nous sommes d'accord, ce son, cette chose que l'on cherchait, c'était "ça".

Lorsqu'elle chantait, qu'elle était occupée d'aigus et de graves, Clothilde ne pensait pas à Alix, ni à Vincent, ni à son père qui avait dit aux deux autres : "Je m'en doutais. Elle est comme l'eau qui dort avec son air de ne pas y toucher ! Regardez sa lubie d'avoir un chien du jour au lendemain après la naissance d'Antoine, son refus des anesthésies aux accouchements, son refus de poursuivre une carrière de pianiste contre tous les avis et pas seulement le mien ! Tout ça pour faire de la linguistique ! Il n'y a qu'elle pour voir du sens à tout ça !"

Et quand elle ne chantait pas, elle les chassait tous les trois de sa pensée pour ne garder en tête que les enfants et Anima Mundi.

Elle était tendue vers un objectif : ouvrir le magasin en mai.

Étrangement, ballottée entre silence et chant, elle était sûre d'elle. Dans ce projet d'ouverture de magasin, elle avançait vite, déterminée. Soudain au hasard d'un message laissé sur son ordinateur ou son téléphone, elle se cognait à la formalité polie d'Alix. Cela lui faisait l'effet d'être un oiseau en plein vol qui s'éclatait contre une vitre fixe. Elle secouait la tête un grand coup et reprenait la route.

Quand Clothilde chantait, elle oubliait qu'elle bégayait si elle voulait aligner plus de trois mots courts, qu'au-delà de trois syllabes, elle murmurait déjà. Elle oubliait qu'Eux trois détournaient pudiquement ou franchement la tête quand elle cherchait par la parole à exprimer quelque chose. Elle n'essayait plus devant eux de parler, du tout.

Heureusement Madeleine allait bien. Elle soutenait sa mère à sa façon, en musique. L'otite n'était plus qu'un mauvais souvenir et Cécile passait souvent les mercredis chez les Louris, avec son violon.

Madeleine improvisait toujours sur les partitions qu'interprétait son amie, mais plus à la flûte, elle avait décidé de commencer le violoncelle. M. Athilaire lui avait donné son vieux violoncelle, lui gardait celui que sa femme lui avait offert.

Il ne fallait pas déranger Madeleine quand elle improvisait ainsi, violoncelle ou flûte. Si on le faisait, elle disait "qu'on lui gâchait tout". Elle retrouvait souvent le chemin de composition sur lequel elle était au moment de l'interruption. Mais pas toujours. Elle était rancunière dans ces occasions-là. Vincent et Clothilde lui avaient offert un magnétophone sur lequel elle enregistrait ses improvisations une fois qu'elles étaient à son goût. Elle commença, cette année-là, à les retranscrire sur papier. Ses compositions.

Madeleine avait rappelé à Clothilde que si elle avait commencé à cinq ans par vouloir jouer de la flûte, c'était à cause d'une histoire qu'elle leur avait racontée.

Madeleine :

— Raconte-nous-la encore une fois maman !

Les quatre enfants autour d'elle, assis, allongés, affalés sur le radeau du salon dans des positions improbables, Clothilde avait raconté, psalmodié, dessiné aux enfants :

— ♪ ♪ ♪ Il était une fois, une flûte, taillée dans un fragment d'os d'ours ♪ ♪ ♪.

Et Clothilde la dessina.

— ♪ ♪ ♪ Un vieil homme qui passait me dit qu'elle avait 43 25…9 ans. Il s'appelait Néandertal ♪ ♪ ♪.

Et Clothilde le dessina.

— ♪ ♪ ♪ C'est lui qui l'avait façonnée. Il était d'une espèce d'homme différente de la nôtre. Arcades sourcilières qui avancent ici. Carrure trapue. On s'est peut-être fait la guerre mais on a pu aussi bien jouer de la musique ensemble ♪ ♪ ♪.

Et Clothilde les dessina tous les deux, le Néandertalien et le Sapiens, face à face avec chacun sa flûte.

— ♪ ♪ ♪ Ces deux races d'hommes qui s'écoutent il y a 40 000 ans, qui font de la musique des os de la mort qu'ils sculptent, cela me fait rêver… Apprenez à écouter, regardez Beau écouter des sons que nous n'entendrons jamais… ♪ ♪ ♪.

Et Clothilde dessina Beau écoutant des sons inaudibles

— ♪ ♪ ♪ Les musiciens dans ces temps reculés étaient aussi sorciers, guérisseurs : ils avaient appris les vertus des plantes, comme Alix… Musicien, magicien, guérisseur… ♪ ♪ ♪.

Adèle :

— Maintenant, raconte-nous "Anima Mundi", maman, raconte-nous comment il sera le magasin d'Alix à Courcelles l'Orgueilleux…

Clothilde écrivit au tableau pour Madeleine et Antoine qui lirent à Adèle et David :

— *Je crois que j'ai trouvé un endroit. Le contrat sera signé avant Noël. Après il faudra trouver des maçons et attendre trois, quatre mois, avant qu'on passe aux couleurs, aux meubles à tiroirs, aux petites alcôves devant lesquelles on pourra s'isoler pour sentir différents parfums qui seront propulsés lorsqu'on aura pressé une sorte de petite pomme reliée à un tuyau sous le plateau de l'alcôve. Psch… lavande… Psch… menthe… thym… Il faudra bien sentir, comme on écoute…*

Et elle dessinait ce qu'était déjà pour elle Anima Mundi à la craie de couleur.

Clothilde avait déniché l'espace idéal dans une ancienne maison de couture du centre-ville de Courcelles l'Orgueilleux. La façade était décorée d'une devanture en bois peint, à moulures, si tarabiscotée qu'elle invitait au théâtre. Le couple de propriétaires qui avait passé l'âge de la retraite depuis déjà quelques années s'était décidé en faveur du projet d'Alix.

L'endroit était convoité depuis longtemps, un peu comme une vigne dont on sait qu'elle sera bientôt à céder. Chacun faisait sa cour. Dans le cas de la maison des tailleurs, les familles de commerçants de la ville qui avaient des enfants à "installer" étaient en rang depuis longtemps. Clothilde, l'air de rien, avec la grâce des innocents, doubla tout ce monde d'arrière-pensées en une visite de courtoisie avec pour seule introduction un grand panier dans lequel elle avait placé un échantillon des productions de la distillerie.

Elle expliqua, par écrit sur son écran, son incapacité à s'exprimer oralement le moment de surprise passé, le couple s'habitua. Clothilde usait de son sourire, de ses regards pour contrôler les vides que la parole eut comblé.

Les vendeurs se décidèrent dès la première entrevue, charmés par le projet de la botaniste que leur soumettait Clothilde, par l'esquisse de ce que serait l'aménagement de l'espace. Ils étaient même soulagés.

L'offre d'Alix était solide mais les autres candidats auraient surenchéri. Les tailleurs, en optant pour Anima Mundi, un prétendant hors les murs, s'évitaient l'embarras de choisir parmi les commerçants de Courcelles l'Orgueilleux, les renvoyant ainsi tous dos à dos.

Alix passa à la maison des Louris-Athilaire le soir qui suivit la signature de la promesse de cession avec une bouteille de champagne. Elle aimait l'endroit, si idéalement situé qu'elle n'aurait jamais parié en hériter. Elle s'occupa beaucoup des enfants, un peu de Vincent et très peu de Clothilde, si ce n'est pour la féliciter et insister pour qu'elle abandonne l'idée d'ouvrir en mai. Elle répétait que, fortes de l'acquisition du local, elles pouvaient se permettre quelques mois de délai, que l'idée d'ouvrir au printemps était folle, que Clothilde devait se concentrer sur sa thérapie, éviter tout surmenage et qu'encore une fois elle envisagerait plus volontiers une ouverture à la rentrée de septembre.

— … (…)… Si Anima Mundi… (…)… ouvre au *printemps* (chuchoté)… (…)… tu seras *prête* ?
— Il ne s'agit pas de moi. Bien sûr que je serai prête.
— … (…)… Alors moi aussi.
— Ce que tu peux être têtue… Alors vas-y.

Clothilde dut encore une fois se contenter de ce blanc-seing froid.
C'est ainsi qu'elle conçut un lieu divisé en deux.

Le local, large de huit mètres et profond de quinze, serait divisé dans le sens de la longueur par un long meuble à hauteur de table qui courrait sur toute la profondeur de l'espace, le séparant exactement en deux. Pourvu d'une multitude de tiroirs numérotés, ce meuble de dix mètres de long serait à intervalles réguliers coiffé d'alvéoles formées d'un demi-cylindre posé verticalement en paravent. Là, le visiteur s'isolerait et serait invité à deviner des parfums simples, vaporisés d'une pression exercée sur une série de six poires, petits ballons recouverts de tissu couleur brique. Un système de ventilation courrait au-dessus pour aspirer les parfums diffusés et faire place aux suivants.

Côté gauche de l'espace ainsi défini, la tonalité dominante des murs et des étagères, sobres de ligne et exposant les produits d'Anima Mundi, serait le blanc. Côté droit de ce long plateau coiffé d'alcôves : des panneaux seraient fixés sur rails parallèlement au mur duquel ils seraient distants d'une vingtaine de centimètres. Dans cet espace vide, seraient installées des lampes orientables aux couleurs diverses. Ces sources de lumières laisseraient filtrer par les jours laissés en haut, en bas et entre les différents panneaux, une couleur, et donc une atmosphère différente en fonction de la saison, de l'humeur ou du temps. Sur ces panneaux viendraient se fixer des étagères où on poserait différentes plantes aromatiques ou médicinales en jardinières et en pots.

Le processus de distillation fascinait Clothilde, c'est pourquoi dès qu'elle eut les clés du local en main, elle se rendit à la distillerie et en ramena un alambic en cuivre à plusieurs chambres et becs en arc de cercle du XIXe siècle. Alix l'avait remisé sur la mezzanine. La botaniste considérait que c'était une belle pièce de musée, mais étant hors d'usage, elle l'avait oubliée. Clothilde passa des heures à astiquer l'alambic jusqu'à ce qu'il brille. Il trônerait à l'entrée d'Anima Mundi, comme un bijou à cette longue table coiffée d'alcôves. C'est lui qui s'offrirait d'abord au regard du passant, jouant des reflets de lumière sur le métal roux. Cette "chose" à distiller, bossue et semblait-il articulée, rappelait à Clothilde les danseurs et musiciens aux cheveux tentaculaires sculptés sur un des chapiteaux de l'abbaye de Levayze.

Clothilde avait rencontré un entrepreneur en maçonnerie, un jeune homme qui venait de créer sa société. Elle l'avait abordé à la banque après avoir saisi des bribes de conversation entre lui et son banquier, révélant la nouveauté du projet et donc un carnet de commandes qui ne demandait qu'à se remplir. Elle avait dû le convaincre du peu de temps que prendrait la rénovation des locaux d'Anima Mundi.

Il accepta l'idée de faire passer ce projet avant deux autres chantiers plus ambitieux qui lui étaient acquis. Alix accepta son devis. Il se mettrait au travail dès le début du mois de janvier.

C'est début janvier également que Mme Maisonneuve annonça à Clothilde que la petite communauté de moniales bénédictines de Levayze avait décidé de se constituer en chorale, ouverte aux femmes laïques. Elles lui avaient demandé de les guider dans leur travail de chant.

— *Registre religieux évidemment ?*
— Oui, grégorien.
— *Pourquoi vous ?*
— Il y a longtemps, j'ai étudié le chant grégorien. Mais je ne dirigerai pas le chœur. J'assisterai sœur Magdalena, elle a fait des études poussées en conservatoire, d'orgue, c'est elle qui va diriger. Je ne ferai que travailler la voix, équilibrerai les différents pupitres, en chantant moi-même si besoin. J'expliquerai autant que je le pourrai ce que c'est que le chant grégorien, remettrai les pièces chantées en perspective… Mon temps est passé pour les récitals et les concerts. Ce temps nouveau qui s'ouvre, je vais leur en consacrer un peu…

— *Elles chantent si bien, je viens les écouter parfois quand ils tiennent l'office dans la chapelle.*
— L'idée est née de là. Les laïcs ont été demandeurs et les bénédictines se sont laissé convaincre :

le chant ne sera que le prolongement de leurs prières. Et puis se mêler aux laïcs dans le cadre de la chorale ne les fait pas sortir hors des murs de leur chère abbaye ni de ses dépendances. Sur une vingtaine de moniales, dix ont décidé de se consacrer à la chorale et elles ont bien choisi, ces dix femmes savent ce qu'elles font. L'abbaye est très visitée, elles donneront des concerts sans doute, susciteront des vocations ?... Hier j'ai repris contact avec Alix !

— *Et ?*

— Elle sera des nôtres. Et vous Clothilde ?

— *Non, pas maintenant, pas encore. Le magasin d'Alix doit ouvrir en mai. Les enfants, l'orthophonie, le chant et les travaux au magasin qui vont commencer : tout ça me prend tout mon temps. Plus tard peut-être.*

— Bien, vous vouliez deux cours de chant par semaine. Je pense qu'au stade que vous avez déjà atteint, c'est tout à fait possible puisque vous grillez allègrement les étapes. On peut organiser cela maintenant et on peut le faire à Levayze, le vendredi, une heure avant que je ne prenne en charge la mise en voix de la chorale, c'est-à-dire que nous pourrions nous retrouver à 18 heures, dans la chapelle. Et nous gardons le mardi comme d'habitude, à Courcelles l'Orgueilleux.

Clothilde se réjouissait de cette heure de chant à l'abbaye de Levayze. Elle aimait ce lieu, s'y sentait chez elle et à chaque fois dépaysée. Elle avait l'impression sur le seuil de pénétrer son propre mystère. Elle y allait parfois promener les enfants. L'abbaye était un but de promenade comme la forêt pouvait en être un. Ils s'amusaient à faire le tour des chapiteaux comme ils l'auraient fait des arbres d'une clairière. Les enfants s'aventuraient seuls maintenant à l'abbaye, comme elle l'avait fait petite fille.

"Une heure de chant en plus ? avait dit Vincent. Pourquoi n'investis-tu pas ce temps pour consulter un psychanalyste ?"
Clothilde :
"Pourquoi tenez-vous tous les trois tellement à ce que je parle comme avant ? Qu'est-ce que je disais de si important que vous voulez entendre ?"

"Tous les trois" étaient retournés en procession au cabinet de l'orthophoniste. Isabelle les avait rassurés, les avait exhortés à la patience, convaincus que les progrès étaient là, que tout cela allait mûrir. Que la dernière des choses à faire, ce dont ils étaient conscients disaient-ils, était de pousser Clothilde à des solutions qu'elle ne voulait pas : injections de toxine botulique ou psychanalyse. Clothilde voulait retrouver la parole, à sa façon, elle y travaillait. Le chant ne la détournait de rien, l'aidait seulement à passer ce temps du réapprentissage, et lui apportait peut-être bien au-delà. Non elle n'était pas dépressive.

Après cela, Clothilde avait bien vu une amélioration dans leurs attitudes vis-à-vis d'elle mais, comme les effets des injections de toxine botulique, cela n'avait duré qu'un temps. Leur suspicion, comme une eau qui suit la pente, était réapparue.

Quant à Corinne, elle était toujours aussi rafraîchissante :

"… Tu ne te sépares plus de ton ardoise ? Tu devrais te l'attacher autour du cou, comme d'autres le font avec les lunettes. Non ?… Pourquoi tu pars pas une semaine ? À Paris, ou non tiens : sur une île ? Tu payes pas les billets d'avion, avec Vincent qu'est bien placé. À l'autre bout du monde, personne ne te demandera d'explication. Mets-toi au vert quelques jours loin des enfants, de Beau, de Vincent, d'Alix, de ton père, de Levayze. Va respirer l'air ailleurs. Je les garderai moi, tes mômes."

Bien sûr, elle aurait pu répondre autre chose qu'une caresse sur le coin de la joue de sa cousine. Elle aurait pu lui dire : … *(…)… Pas besoin… (…)… Pas le temps… (…)… trop occupée… (…)… Anima Mundi… (…)… Et je chante.*
Mais Corinne n'aurait peut-être pas compris.

Le jour du premier cours de chant à l'abbaye, par un après-midi de janvier craquelé de froid, Clothilde remonta à pied le chemin d'enceinte derrière chez elle. Il tournait en tête d'épingle au niveau du vieux cimetière et s'arrêtait au pied de larges marches calcaires mouchetées de mousses. Quelques mètres plus haut, elle était au milieu des arbres du parc : tilleuls, chênes et marronniers. Chemin large, dur de froid. Chemin gris et blanc, de terre battue et de pierre mêlée. Clothilde le suivait. Se retrouvant sans transition le nez au mur de l'abbaye, il lui sembla que le chemin montait à la verticale vers le ciel, qu'il n'était que le prolongement de celui qu'elle venait d'emprunter, tant la lumière de ce jour-là harmonisait la terre battue à la pierre taillée.

Elle contourna le chevet gothique de l'abbaye pour longer la façade nord. C'est sur cette façade qu'une porte aurait été laissée ouverte.

C'est côté sud que, accolées perpendiculairement à la nef, au niveau du transept, se trouvaient les dépendances de l'abbaye. Ce qu'il en restait. Ce que les guerres de religion et le dépeçage de la révolution avaient épargné. La chapelle où Clothilde retrouverait Mme Maisonneuve se situait à la jonction du transept et des dépendances où s'étaient installées les sœurs bénédictines.

Clothilde pénétra dans l'abbaye par une porte basse voûtée. Quand elle appuya sur la langue plate de l'humble loquet forgé, un écho métallique prit corps sous l'immense voûte de pierre. Était-ce un orgue qu'on entendait derrière cette vague de résonances du métal sur le minéral ? Le son venait du côté du cloître. C'était Mme Maisonneuve qui jouait en l'attendant.

Clothilde s'engagea dans le bas-côté nord, le traversa nimbée de l'écho de ses pas sur le fond de fugue diffusé par l'orgue.
Elle émergea à découvert dans la nef. Elle leva les yeux vers les vitraux du chœur, bleus et rouges, collés au noir de la nuit. Ici, de jour, la lumière était rose, ocre, parfois d'une blancheur spectrale. De nuit, au-dessus et en dessous des quelques lampes laissées allumées, les piliers de pierre se métamorphosaient en forêt rousse et verte, les ombres des chapiteaux en couronnes d'arbres se jouaient d'ocres profonds et de bruns.
Baissant les yeux, elle vit bien au pied de quel pilier le hasard la faisait passer. C'était celui coiffé du chapiteau figurant la tentation que saint Benoît avait d'une femme.
Elle savait par cœur cette femme sans expression, sans intention, qui regardait droit devant elle, figée

entre saint Benoît et le démon. Sur cette autre face du chapiteau, on voyait le saint se jeter nu dans les orties pour exorciser la tentation qu'il avait d'elle. La petite femme de pierre regardait toujours droit devant, nullement concernée, ni par le désir de Benoît, ni par le diable qui lui tirait le bas de la robe. La femme était là, pourtant elle n'existait pas. Elle était "prétexte à".

Étaient gravées en dessous de ces représentations, sous Benoît : *Benedictus*, sous le diable : *Diabolus*, et sous la femme qui ne voulait rien, qui n'attendait rien : *Diabolus*. Plus c'est absurde, plus c'est miraculeux.

Clothilde allait chanter, elle était au plein cœur de la nef quand, de derrière un pilier, surgit comme un diablotin de sa boîte : Baptiste…

— … (…)… Oh Baptiste !… (…)… *peur* (chuchoté) !

— Hein ? Moi ? T'a fait peur ?

Et il partit d'un grand rire tout gondolé d'aigus et de graves qui résonna sous la voûte comme le petit loquet. Baptiste était ravi de l'écho de sa puissance révélée, et bras en croix, il tournait autour du chapiteau de Noé.

Clothilde :
— … (…)… Oui. Peur… (…)… Mal au cœur.
— Les femmes ont des ventres, pas de cœur.
— … (…)… Et les hommes… ils ont quoi…
— Les hommes ? Ils ont des mains pour travailler la vigne et pour caresser les ventres des femmes. Baptiste n'a pas de mains…

— … (…)… qui a un… (…)… cœur.
— Que moi. Et de grandes oreilles comme les nains de pierre là-bas.

Et il désigna le narthex de la main.

Clothilde :

— … (…)… Que fais-tu… (…)… ici… (…)… seul.

— Ben j'ai entendu la porte qu'on n'a pas fermée, si c'est pas fermé, moi, je rentre tu sais. Je sais pourquoi ce soir on n'a pas fermé. Clothilde…

Et il chuchota à l'oreille de la jeune femme :

— Elles vont chanter… même Alix la blanche aussi…

— … (…)… Tu veux rester… (…)… Écouter… (…)… Silen*cieux* (chuchoté).

Il cria :
— OUI !!!!

Et les échos de son "oui", expirant en éclat de rire, emplirent l'immense abbaye lourde de nuit.

Clothilde :

— … (…)… Moi… (…)… aussi je vais… (…)… chanter… (…)… Tu veux venir ?

— Oui. Oui. Je te suis.

Et il la dépassa.

Clothilde lui indiqua du doigt la direction à prendre.

Baptiste pressait le pas, devançait Clothilde le long de la nef. À trois bons mètres devant elle, il s'arrêtait net et la laissait le dépasser. Elle l'avait deux secondes sur les talons avant qu'il ne la double à nouveau sur sa droite à fond de train. Et le mouvement d'attente, puis de reprise de la marche se répétait.

Clothilde nota le rythme de Baptiste. Il en avait un, indéniable, compliqué.

À hauteur du transept, ils prirent à droite et descendirent quelques marches pour accéder au vestibule roman qui reliait l'abbatiale au cloître. Cette galerie desservait sur sa gauche la "chapelle du cloître" et une salle adjacente, la "petite chapelle". Ces deux salles se dévoilaient au travers de larges arcs en plein cintre ouverts dans la paroi.

À main droite, le mur était à hauteur de buste, lui aussi percé d'arcs, deux fois plus étroits que ceux à qui ils faisaient face de l'autre côté du vestibule. On les avait vitrés pour préserver du vent et du froid car les offices de la semaine et souvent du dimanche se tenaient non dans l'abbatiale mais dans cette "chapelle du cloître".

Ce passage finissait à une porte que ne franchissaient que les bénédictines. À droite de cette porte, la galerie se terminait en englobant un appendice carré qui protégeait le puits. À l'angle du péristyle et du cloître, une porte basse menait au potager par une allée qui le longeait. Cette allée était bordée d'un mur. À mi-hauteur, une grille montait à plus de quatre mètres, entièrement recouverte par une alternance de buis, de charmille et de laurier serrés. De l'esplanade côté sud, on ne voyait que ce mur de verdure, pas l'ombre d'un voile, mais on entendait, l'été, les roues du petit chariot crisser sur le gravier de l'allée, chargé d'arrosoirs.

Au bruit des pas, l'orgue avait cessé. Dans la petite chapelle, attendait Mme Maisonneuve, toujours assise devant l'instrument mais lui tournant le dos pour mieux faire face aux deux visiteurs.

Baptiste alla s'asseoir au fond comme il l'aurait fait à l'office. Puis à chaque pause entre deux chants, il se rapprocha, pour finir au premier rang, sa place désormais.

Clothilde changea de corps et chanta. Sa voix montait claire sous les pierres. Elle aima cette voix au point qu'elle ne la reconnut pas pour sienne.

Du silence absolu – ou du pis-aller de sa voix parlée et morte, inhabitée – à cette voix chantée mélodieuse, inspirée et puissante qui donnait vie à la pierre, la musique faisait la différence. L'enchantement fut si fort que Clothilde le renia :

— … (…)… son traître… (…)… ici… (…)… voix… (…)… embellie.

— Comment ça "embellie"? Transformée. La pierre n'est pas un artifice, elle est le corps contre lequel les vibrations de ta voix viennent résonner. La matière, l'air qui t'entourent, absorbent le son et te le renvoient. Ici, le son te flatte, dans un autre lieu, une autre église, pleine ou vide, le son reviendra à tes oreilles et tu te diras qu'il est "enlaidi"? Non, il sera transformé au point même que tu croiras peut-être devoir l'ajuster alors que tu es juste. Fie-toi à ton appréciation "de l'intérieur", des résonances dans tes joues… Que penses-tu de l'acoustique ici, est-elle large ou sèche?

Clothilde alla à son écran, écrivit :

— *Elle monte comme un fil, je ne crois pas qu'elle élargisse le son, je dirais "sèche".*

— Oui. Mais rappelle-toi : le cou bien ouvert, la voix bien ajustée dans le masque, ta respiration contrôlée, ample, et enfin l'absence d'efforts rendue par le contrôle de tous ces éléments, c'est cela qui t'indiquera la qualité de ton chant.

Baptiste qui assistait à un cours de musique pour la première fois de sa vie écarquillait les yeux à en pleurer. Quand Clothilde et Mme Maisonneuve arrêtaient de chanter ou de parler, il frottait ses paumes sur ses genoux très vite à de nombreuses reprises, se rasseyait encore et encore, pour trouver la "bonne position", disait-il aux deux femmes qui s'étonnaient de son agitation. Dès que le chant montait ou que les conseils de la professeur se faisaient entendre, Baptiste ne bougeait plus d'un cil.

Le cours n'était pas tout à fait terminé qu'une bénédictine vint s'asseoir à côté de Baptiste qui l'ignora. Il écoutait, il ne pouvait pas tout faire.
C'était sœur Magdalena, née en Bohême et musicienne. C'était elle qui dirigerait la chorale.
Une habitude prit corps ce jour-là. À chaque répétition, sœur Magdalena rejoindrait Mme Maisonneuve et Clothilde avant que les autres chanteuses n'arrivent. Elle s'assiérait dans sa longue tunique, le visage enserré dans sa guimpe blanche, lumineuse sous le voile noir flottant. Elle prendrait place au côté du fou pour écouter la jeune femme chanter.
Le temps que les autres chanteuses, parmi elles Alix, s'installent dans le chœur de l'abbaye et que Mme Maisonneuve mette leurs voix en forme, Clothilde et sœur Magdalena "parleraient" ensemble, de la règle de saint Benoît – encore lui –, des églises, de

cette abbaye en particulier où on cultivait le silence pour mieux entendre la parole de Dieu.

N'était-ce pas intrigant que ce lieu consacré au silence soit aussi celui où se révélaient le mieux le chant de l'Homme et son cri magnifié par la pierre ? Une pierre savante certes mais qui imitait si bien les résonances des entrailles de la terre. De la grotte. Jusqu'à en reproduire les ombres : parmi tous les spectacles où sa mère l'entraînait depuis l'enfance, Clothilde préférait ceux qui se tenaient dans des églises, la nuit tombée. Car sous les projecteurs – comme sous les lampes à huile de nos ancêtres troglodytes –, les ombres de ceux qui jouaient de la voix ou d'un instrument dansaient sur les hauts piliers. Le son n'était pas policé ici, il faisait ce qu'il voulait, surprenait, voyageait. Pour Clothilde, une cathédrale était un lieu de spectacle inégalé, une pierre scrupuleusement "jardinée" qui, par ses résonances, ses ombres, gardait à la nature et au corps de l'Homme en elle, toute sa place.

Pour sœur Magdalena, l'église était un écrin à la prière vers le créateur, elle s'indignait de la désacralisation que Clothilde lui faisait subir : "Dieu est verbe, disait sœur Magdalena, l'Homme est doué de parole. Dieu et nous ne nous voyons pas, nous nous entendons. Cette forêt de pierre ne vaut rien hors de la prière."

Clothilde avait l'oreille chercheuse et le goût des langues étrangères, pourtant elle n'avait jamais entendu la voix de Dieu. Elle croyait que la mort était la mort, bêtement. Quand, petite, elle venait dans l'abbaye, et voyait quelqu'un prostré dans la prière, tout seul, le dos voûté, les yeux clos, elle avait envie de pleurer. Aujourd'hui, elle ne pleurait plus, mais elle avait cet instinct de vouloir prendre cette personne dans ses bras, pas comme une mère, comme une sœur. Cette solitude assourdissante était la sienne aussi. Le jour où sœur Magdalena comprit que Clothilde ne croyait pas en Dieu, elle lui dit :

— Oh non Clothilde, pas vous…

Clothilde avait écrit :

— *Merci. Pour la douceur et l'amitié de ces mots-là mais ne vous désolez pas, peut-être est-ce comme le solfège, la foi, il faut l'apprendre tout-petit. Ou peut-être suis-je comme Baptiste le "fou" qui ne croira jamais en Dieu. Pourtant avez-vous vu comme il sait se recueillir ? Comme il se sonde quand il écoute de la musique ? Il en titube quand elle s'arrête, saoulé de pressentiments. Il n'est pas plus proche de Dieu dans ces moments-là, il n'est plus proche que du meilleur de lui-même."*

"Levayze" pour Clothilde enfant, c'étaient les vignes et l'abbaye. Qu'elle soit à Levayze à l'année ou seulement en vacances – car cette alternance entre la grande ville et la campagne avait rythmé son enfance –, l'abbaye était le centre des jeux, hiver comme été : au-dessus, en dessous des pierres des ruines, à espionner les nonnes derrière la haie, à jouer dans les vignes ou autour des piliers de la nef. Clothilde était de ceux qui épousaient le lieu en en franchissant le seuil. En pénétrant, fillette, dans le narthex, elle arrêtait net de courir, les bras lui tombaient le long du corps. Comme au détour d'un chemin sombre de forêt on pénètre dans une clairière, comme on se comporte autrement dans une grotte : l'enfant changeait d'allure. Le tempo du corps changeait. Ici, elle écoutait autrement. Sans doute ces voûtes gothiques étaient-elles plus propices au plain-chant, à la chorale, qu'au solo vocal ou instrumental. Mais quel son ! Dont les vibrations, absorbées puis renvoyées par la pierre, pénétraient la peau comme un baume.

Lors de cette première répétition, Clothilde attendit pour partir que la chorale de femmes trouve sa place dans le chœur. Magdalena fit manœuvrer ses troupes. On avança en rangs serrés, recula et enfin on marqua au sol l'endroit d'où la chorale chanterait désormais. Face aux chanteuses, un seul homme, un auditeur : Baptiste, qui avait pris place au premier rang des chaises paillées, solennel comme un pape qui vient d'être désigné par un bouquet de fumée blanche. Sur ce tableau dont le centre était les yeux bleus d'Alix qui l'avait poliment saluée, Clothilde s'était éloignée.

Lors de la répétition suivante à l'abbaye, Mme Maisonneuve raconta à Clothilde comment, la dernière fois, l'acoustique ne convenant pas exactement à Magdalena, elle avait entrepris de bousculer l'ordre habituel de positionnement des voix les unes par rapport aux autres. Elle avait fini par placer les sopranos, les voix les plus aiguës, au centre, les contraltos plus loin sur sa droite, et les mezzo-sopranos sur sa gauche.

Enfin, le point d'équilibre lui paraissant parfait, sœur Magdalena avait remercié le Seigneur. Mme Maisonneuve, impressionnée par l'oreille musicale de la sœur mais agacée par son action de grâces, avait prosaïquement remis les choses dans leur contexte :

— Savez-vous la particularité d'être un chœur de femmes dans cette abbaye, mesdames ? Vraiment, vous ne savez pas ?... C'est qu'il n'y en a jamais eu... "On" n'aimait pas que la femme chante à la messe, on n'aimait pas qu'elle soit entendue. Dans cette veine, on attribue à un homme nommé Aribon – il a vécu au XIe siècle – une démonstration des modes musicaux sous forme de cercles. Il y note la place des femmes dans le chant de l'office, on ne sait pas s'il le note par souci d'exhaustivité bien que dans la réalité les femmes ne soient pas admises à chanter ou si cette "organisation" des voix a été pratiquée. Ce chœur féminin, virtuel ou non, chante selon Aribon, les notes graves. Car les voix aiguës, celles qui montent vers Dieu, sont réservées aux hommes, on appelle ce mode, qui tord la nature, "authentique". Le grave, "plagal", tendant vers le diable, on le réservait aux femmes. Mais il n'y a pas que dans le monde chrétien qu'on trouve cette anomalie : dans les civilisations orientales, il est courant que les hommes chantent très aigu, et les femmes, grave. Cela est vrai également des traditions arabo-andalouses ou tziganes. Résumons : chantez haut, mesdames, chantez haut !

En fin de répétition ce soir-là, Clothilde rangea ses partitions, salua sœur Magdalena. Elle allait la suivre dans la galerie pour rejoindre la nef quand elle vit Vincent, debout, appuyé contre le montant d'un arc en plein cintre, à l'écart.

Elle rougit. Elle avait bien chanté. L'avait-il entendue ? Depuis combien de temps était-il là ? Mme Maisonneuve était passée près de lui, ils s'étaient salués sans se présenter, Vincent n'avait pas fait le pas. Mme Maisonneuve avait compris qui il était mais avait continué son chemin vers le chœur.

Vincent, comme Clothilde le rejoignait :
— Bonsoir. Un vol a été annulé, c'est pour ça que je suis déjà là. J'ai passé un moment avec les enfants et j'ai eu l'idée de venir te chercher…

Il l'embrassa un peu maladroitement sur la tempe, d'habitude ce baiser du retour était toujours donné à la maison. Il marchait à côté d'elle. Elle attendait un commentaire qui ne venait pas sur ce qu'il avait entendu, elle sortit l'ardoise de son sac et griffonna :
— *Alors ?*
— Alors quoi ?
— *Le chant ? Tu as écouté ?*
Vincent, évitant les yeux de Clothilde :
— Oui. C'est une voix que je ne connais pas. C'est étrange… Tu as une voix si douce quand tu parles, enfin quand tu parlais. Je crois que je m'en souviens encore… Et là, il y a une telle violence, enfin je veux dire, puissance… Je comprends d'autant moins que tu ne puisses pas parler… Allez on rentre, je t'aide à préparer le dîner ? Il faut faire quelques courses ? Acheter du pain, non ?

Clothilde et Vincent n'abordèrent plus le sujet du chant ce soir-là. Et les autres jours, ils s'ingénieraient à l'éviter. Vincent n'aurait pas su comment en parler. Il ne comprenait pas ce que Clothilde y cherchait, encore moins ce qu'elle y trouvait, et restait bloqué sur le mystère de son incapacité à parler opposé à la force de son chant. Il n'était pas plus aveugle ou sourd, lourdaud, butor, que la plupart des autres, hommes et femmes confondus. Que celui ou celle qui ne s'est jamais irrité, impatienté, qui n'a jamais eu la tentation de nier petites et grandes souffrances d'un proche aimé, lui jette la première pierre.

Vincent comprenait les machines, Alix, les plantes, M. Athilaire se promenait dans le monde abstrait des mathématiques comme Corinne dans sa supérette. Clothilde, elle, était une faiseuse de lien et son domaine était la musique. Elle commençait à comprendre la déception d'Alix à son égard, à percevoir le fantôme qui hantait son père. Elle acceptait la passion de Vincent pour la voltige, ce pendant aventureux à son travail de pilote de ligne. Elle comprenait cette provocation au destin à qui il servait sur un plateau toutes les bonnes raisons de justifier un accident, ce même destin qui n'en avait fourni aucune sur celui qui avait coûté à ses parents la vie.

Elle avait tenté un jour un parallèle entre la voltige et le chant mais Vincent l'avait reprise, lui rappelant que sa voix perdue n'était pas l'effet d'une aventure choisie mais d'une mésaventure dont, avec le chant, elle ne faisait que gérer les suites. On était loin, pensait-il, de l'exactitude mécanique du pilote de voltige.

Clothilde l'avait exhorté à l'humilité, lui avait rappelé que les meilleurs marins mouraient en mer, et avait gardé pour elle sa lecture de l'interprétation des "suites".

Le lendemain matin de ce cours de chant à l'abbaye où la curiosité l'avait poussé, harnaché de son parachute, Vincent retrouva sous le hangar de l'aérodrome son Cap 232, un avion monoplace nouvelle génération en carbone, disposant d'un moteur de 300 cv.

Tout en se préparant, il se répétait qu'il ne comprenait rien à ce qui arrivait à sa femme. Et il continuait de tirer sur les mêmes nœuds, les serrait toujours en prétendant les défaire. Même après avoir étalé devant lui comme on prépare un plan de vol toutes les données de l'équation, même en réduisant la complexité de cette maladie rare – dysphonie spasmodique – à un cas de bégaiement – qui, c'était connu, permettait à certains individus de chanter –, comment comprendre qu'elle refusait les injections de toxine botulique seules capables de lui redonner la parole ! Avant le chant, elle les refusait "par principe" et maintenant par crainte que ce traitement l'empêche de chanter ?! "Quelle absurdité !"

Avant de l'entendre chanter hier, il pouvait encore se contenter de cette vue de l'esprit. Seulement entre-temps, il l'avait entendue. L'absurdité était hors sujet. La chose était encore plus inquiétante que ce qu'il avait cru : Clothilde ne poussait pas la chansonnette. Son chant était sûr, puissant, tenu, maîtrisé, ses intonations si troublantes alors qu'elle ne pouvait en parlant qu'enfiler des mots blancs… Mais quand elle chantait… C'était Clothilde normalement qui comblait pour lui le vide entre les deux pôles, entre le monde idéal de Vincent où les questions posées trouvaient leur réponse méthodique et celui des sentiments et des sens. Elle était cette fois à l'origine du vide entre chant et silence.

Les maximes des voltigeurs lui faisaient face, affichées à l'entrée du hangar : *Atteindre la perfection du geste – Ne faire qu'un avec l'engin – Ne jamais se fier à ses sensations physiques, s'en remettre à la seule lecture des appareils.* C'était un art difficile qui requérait, de la part des pilotes, connaissance intime des avions, dextérité, précision, acuité, rapidité d'interprétation et de décision. Vincent aimait la voltige parce qu'à chaque instant du vol, une fois le risque pesé, contrôler la situation lui procurait des sensations auxquelles on ne pouvait plus renoncer une fois qu'on y avait goûté : couper les moteurs, s'abandonner au vide et, quand le vide croyait avoir gagné, lui ravir la partie : remettre les gaz, sentir la machine qui répond, vous arrache à la gravité, obéit. Voilà qui consolait de bien des impuissances.

La météo était belle. Frédéric, son ami joueur d'échecs et Benoît, le cousin et médecin de famille, étaient venus assister à l'exercice. Vincent suivit le protocole de vérifications d'usage, s'entretint dix bonnes minutes avec son entraîneur et prit son envol.

En contact permanent avec celui-ci, Vincent tombait en piqué, virevoltait entre 75 et 200 mètres d'altitude. Il évoluait depuis vingt minutes peut-être quand ses deux amis au sol observèrent comme d'autres fois, l'avion débuter une descente vertigineuse. Jusque-là, tout était normal, mais lorsque l'appareil aurait dû remonter, juste après avoir effectué un certain virage, il continua sa chute accélérée vers le sol… Frédéric et Benoît, effarés, eurent à peine le temps de comprendre qu'il n'y avait pas eu de reprise de contrôle de l'avion, qu'ils virent l'appareil se placer à l'horizontale juste avant de toucher terre pour partir dans un gigantesque dérapage. Les ailes se désolidarisèrent du fuselage et le corps amputé de la machine se retourna sur le dos, ventre en l'air, comme un poisson mort.

Les sauveteurs atteignirent l'avion trois minutes après l'accident. Le feu se déclara alors qu'ils sortaient le corps inanimé de Vincent de la carcasse.

C'est Benoît qui prévint Clothilde, une fois qu'à l'hôpital tous les examens furent effectués. Benoît avait voulu qu'on attende avant de la prévenir de disposer de tous les éléments. Elle reçut le message suivant sur son téléphone : *Vincent a eu un accident. Rien de grave. Il ne souffre que d'un traumatisme crânien mineur, brûlures région cervicale supérieure, traumatisme main droite et jambe droite cassée, pas de fracture ouverte. Serai chez toi dans trente minutes. Resterai près des enfants. Tu pourras le rejoindre à l'hôpital.*

En route vers l'hôpital – "son" hôpital, où elle venait consulter Isabelle Pietri –, Clothilde se laissa aller à des cris-à-la-Baptiste qui chassaient l'idée de la mort, à quelques invectives aussi et des envies de battre Vincent, comme on gifle un enfant pour avoir couru ou fait courir un risque mortel à autrui.

Elle n'eut plus envie de le punir quand elle le vit entouré de bandages, la jambe dans le plâtre, tourné sur le côté pour préserver le haut de son dos brûlé qui le faisait souffrir. Elle ne pouvait pas parler, cela tombait bien, elle s'assit à ses côtés, approcha son visage tout près du sien et essaya de lire dans ses yeux lilas voilés de noir, grands ouverts.

Après dix jours d'hospitalisation, quand l'évolution de ses brûlures en haut du dos le permit, Vincent rentra à la maison. Qu'il soit là tous les jours pendant deux mois serait une nouveauté. Les enfants, marqués par l'accident de leur père, eurent besoin de ce délai autant que le convalescent. Antoine faisait des cauchemars, Madeleine s'asseyait souvent à côté de son père pour jouer. Il fallait toujours une main, sa jambe, quelque chose de son corps qui touche le sien. David dessinait la scène de l'accident avec insistance, demandant à chaque dessin d'être plus précis sous le contrôle de son père qui devait rectifier à chaque ébauche : l'authenticité de la trajectoire, l'état de l'épave. Adèle jouait à l'infirmière, sérieuse, en tenue : "D'ailleurs, je ne joue pas !" Vincent restait à leur disposition, patient encore plus qu'avant à leur répondre, à les prendre dans ses bras, à jouer avec eux. Clothilde les observait tous les cinq, entassés sur le canapé du salon, s'arrêtait pour respirer autour d'eux une étrange atmosphère de retrouvailles.

Vincent souffrit surtout des effets secondaires de son traumatisme crânien qui entraîna des pertes d'équilibre et des problèmes de surdité ponctuels. Il souffrait plus précisément d'une fistule périlymphatique à l'oreille droite qui se caractérisait par un écoulement du liquide contenu dans l'oreille interne. Les médecins étaient rassurants, l'exhortaient à la patience. Lorsque ces sensations de quelque chose explosant dans son oreille le prenaient, qu'il serait absolument sourd pendant une heure, requêtes d'enfant ou non, il se réfugiait en claudiquant dans sa chambre et fermait à clé derrière lui. Comme il redoutait les pertes d'équilibre, il se déplaçait très peu sur ses béquilles et il maugréait contre la nature qui voulait qu'on se servît de ses oreilles pour marcher, plus encore que de ses pieds.

Clothilde et lui coordonnaient leurs rendez-vous dans le même hôpital, l'un chez la phoniatre-orthophoniste, l'autre chez le kinésithérapeute : la muette et le sourd, loin des enfants, se permettaient d'en rire.

Une enquête était menée pour clarifier les raisons de l'accident. Vincent avait d'abord déclaré avoir estimé trop long le délai entre son action sur la commande de reprise des gaz et la mise en puissance effective. Puis il s'était repris pour admettre que cette première réflexion n'avait peut-être été le fruit que d'une illusion. En même temps que de s'étonner du temps de réaction de l'appareil, il s'était demandé : "Et si c'était moi qui étais intervenu trop tard ?" Il était donc possible que sa concentration n'ait pas été à cet instant totale et qu'il ait été la seule cause de l'accident. Il attendait les résultats de l'enquête en se préparant à cette conclusion. Il trouvait cher payé la leçon d'humilité mais affrontait l'épreuve avec un certain panache.

Pendant sa convalescence, Vincent apprit à réserver les questions ou les sujets qu'il souhaitait aborder avec Clothilde, à les noter sur son portable. Entre ses allers-retours à Courcelles l'Orgueilleux, pour

Anima Mundi, pour le chant, l'orthophoniste et les soins que requéraient les enfants et la maison, ils s'asseyaient côte à côte pour parler et écrire. C'était plutôt agréable tant qu'ils n'abordaient pas le sujet du chant ou de la thérapie de "Clothilde et Isabelle". Des deux côtés, si le discours allait dans ce sens, ils devenaient instinctivement plus froids, calculateurs, biaisés, comme si chacun y risquait quelque chose.

Clothilde ne chantait pas à la maison quand Vincent y était. Elle ne travaillait que ses vocalises et seulement quand il faisait la sieste ou qu'il était sur la terrasse. Elle jouait du piano comme elle l'avait toujours fait mais en mettant la sourdine pour ne pas gêner son oreille malade.

La dernière chose qu'elle souhaitait était de provoquer une confrontation dont la musique et le chant auraient été les cibles. Certainement pas tant qu'il avait une excuse pour être sourd et puis, dans ces jours-là, elle réalisa surtout que le chant ne regardait qu'elle. L'assentiment de Vincent lui aurait donné de la joie mais elle chanterait avec ou sans. Ce n'était pas pour les siens qu'elle voulait chanter mais pour elle, et enfin quand elle serait "prête", elle chanterait au-delà des siens, pour les "autres", peut-être.

Ils continuaient donc d'éviter tous les deux soigneusement le sujet.

Si Vincent évitait le sujet, M. Athilaire l'affrontait. Ces deux mois où Vincent fut à la maison, il passa souvent. Il venait tenir compagnie au convalescent, jouer une partie d'échecs. Clothilde revenait d'Anima Mundi ou de l'école avec les enfants, elle les trouvait face à face, de part et d'autre de l'échiquier.

M. Athilaire, qui persistait à ne supporter ni le silence de sa fille, ni ses bégaiements, ne manquait jamais non plus de la provoquer : "Chanter est une forme de thérapie, je suppose…"

Clothilde, patiente, allait quérir son écran pour écrire, comme elle l'avait fait d'autres fois :

— *Non, je t'ai déjà dit que ce n'était pas une thérapie. Si demain je parle à nouveau, je continuerai de chanter. Je fais de la musique papa. Viens m'écouter !*

— Je viendrai… Et bien sûr tu ne veux toujours pas lâcher ton gourou Pietri. Moi qui ne suis pas pour ouvrir des béances qu'on ne saurait pas refermer, j'en viendrais à souhaiter que tu suives une psychothérapie pour voir si cela débloque la situation.

— *Ce n'est pas un gourou, c'est une orthophoniste. Et comment ferais-je la conversation avec un psychothérapeute ?*

— Mais comme tu le fais avec moi, en écrivant. Tu te complais dans le chant qui t'isole encore un peu plus de la nécessité de la simple parole. Mais tu vas devenir folle à faire le grand écart ainsi !

— *Mais viens m'entendre chanter ! Vois si j'ai l'air absente ou pâmée quand je chante ! Qu'imagines-tu ? C'est vous qui allez me rendre folle. C'est quoi votre problème à la fin ! Vincent qui regrette je ne sais quel ordre ancien ! Toi, le père tranquille dont l'avenir de la fille était un exercice clos ! Et Alix qui se tait, frustrée par mon silence ! Et tous les trois en chœur et les gens au village : "Pourtant elle avait tout celle-là, jolie voiture, jolie maison, jolis enfants, joli mari..." Vous me faites tous...! Une fois pour toutes, papa : pas de psychiatre. Pas de toxine botulique : parler ? Pour dire quoi ? + risquer de paralyser mes cordes vocales pendant deux semaines, peut-être ne plus pouvoir chanter du tout : jamais. Je ne suis pas folle papa : je n'ai jamais aussi clairement su ce que je voulais. J'ai du travail, Anima Mundi. Je vous laisse à vos échecs et vos calculs sur la probabilité.*

Elle ne se soucia pas de savoir s'il avait terminé de lire et referma l'écran sur le clavier d'un coup sec.

Même Corinne à l'esprit large mais terre à terre, se satisfaisait mal d'une maladie qui ne ressemblait à rien. "Un cancer, ça, ça parle aux gens tout de suite ! Ça se passe même de commentaires ! Mais ce que t'as, c'est quoi ?"

Heureusement que Clothilde bégayait, cette insupportable bride au langage, cette prison, avait au moins des barreaux repérables de loin.

Puis il y eut Antoine. Antoine, qui jusque-là avait, comme les autres enfants, trouvé des compensations inattendues à l'absence de parole de sa mère, s'impatientait. Il la blâmait même depuis l'incident survenu alors qu'ils étaient sortis tous les deux faire des courses à Courcelles l'Orgueilleux : ils étaient sur le chemin du retour vers Levayze quand ils se rendirent compte qu'ils avaient oublié le pain. Clothilde s'arrêta à une boulangerie dans un village à mi-chemin, elle oublia son ardoise dans la voiture.

Tant pis, elle désignerait le pain qu'elle voulait. Antoine était à ses côtés. Quand leur tour était venu, il n'y avait plus sur l'étagère le pain aux noix qu'elle aimait acheter dans cette boutique.

De cette voix absolument dépourvue d'intonation, elle avait tenté :

— … (…)… S'il vous plaît… (…)… painpainpainpain…

Impossible. Quelques gloussements ravalés et hoquets de rire se firent entendre dans la queue derrière elle. Antoine avait réagi très vite et demandé : "Un pain aux noix s'il vous plaît." Clothilde avait payé, fait tomber des pièces par terre. Le garçon avait ramassé.

Il n'avait pas adressé la parole à sa mère de tout le chemin du retour vers Levayze. Le silence de l'enfant pesait à Clothilde plus que son embarras de tout à l'heure dans la boulangerie. Elle avait posé une main sur le genou d'Antoine qui l'avait repoussée. Il avait ensuite résolument détourné la tête de sa mère en se mordillant les lèvres.

Alix avait raison, la voix parlée perdue allait finir par manquer même aux enfants, même à Baptiste un jour ? Même à Beau ?

Mais comment faire ? À part consciencieusement travailler avec Isabelle et Mme Maisonneuve, reconstruire pierre à pierre l'édifice complexe de la parole dont l'usage naturel et instinctif lui avait été enlevé ? Découvrir la voix du chant puisque celle-ci s'offrait à elle ? Et leur montrer en assumant l'ouverture d'Anima Mundi qu'elle n'était ni dépressive, ni foldingue. Et si rien de cela ne valait, au moins Anima Mundi était-il un lien entre Alix et Clothilde, même si celle-ci savait qu'il ne suffirait peut-être pas à renouer le fil rompu.

Et puis comme un paroxysme d'isolement, il y eut "l'affaire du clou".

Clothilde avait cinq ans de suivi de travaux derrière elle, des fondations de sa maison, en passant par la plomberie, jusqu'à la pose des tringles à rideaux. Dès que l'entrepreneur Nicolas Martin s'était mis au travail dans le local d'Anima Mundi, elle avait vu que ce jeune homme discret savait ce qu'il faisait.

Plus étrange était l'acolyte qui le secondait. Adroit et précis, l'homme était d'une lenteur hors gravité : Clothilde pensait qu'il ne manquait à cet ouvrier qu'une tenue de cosmonaute sur fond d'univers pour justifier la rondeur et la lenteur de ses gestes. Le jeune patron ne se plaignait jamais de son ouvrier appliqué jusqu'à l'obsession.

Elle n'osa poser aucune question sur cette ombre d'homme aux gestes amples, à la parole rare. Où avait-il perdu sa voix celui-là ?

Clothilde n'aurait eu qu'à demander à Nicolas. À demi-mot, eux s'entendaient, pourtant elle ne demanda pas.

Elle était sur le chantier tous les jours, mettait la main aux travaux pour "rester dans les temps", au besoin nettoyait, allait faire une course pour un produit ou un outil qui manquait. Elle était là pour prendre des décisions au fur et à mesure que l'application du plan se cognait à la réalité du lieu, comme elle l'avait fait pour sa maison. Quand elle ne pouvait plus aider, elle restait à disposition, s'installait dans un recoin à sa table pliante où elle avait son ordinateur. Là, elle travaillait à l'inauguration, concevait les cartes de visite, les invitations, les affiches publicitaires, les brochures, amorçait les contacts avec la presse.

Une fin de matinée d'avril, Nicolas lui demanda d'aller faire une course pour lui : il lui manquait certains clous et vis dont il avait un besoin urgent pour avancer. Il confia à Clothilde quelques exemplaires, modèles de ce qu'elle devait lui rapporter. Elle les glissa dans la poche de son jean, sauvegarda à la va-vite son travail sur ordinateur et se hâta vers le magasin de bricolage sur les hauteurs de la ville.

Elle hésita longtemps devant les rayonnages à tiroirs. Il fallait bien vérifier : hauteurs de pas de vis, les têtes… Elle s'impatienta d'un importun qui semblait l'épier, pensa à un dérangé, à un flatteur même. Elle trouva enfin ce qui lui fallait, compara longuement avec les modèles de Nicolas, glissa à nouveau ceux-ci dans sa poche et se dirigea vers les caisses avec les clous et vis adéquats répartis dans leurs petits sachets de papier. Elle posa ceux-ci sur le plan de caisse. Elle paya, mit ses achats et la facture dans son sac et ce faisant, quittait le magasin, quand un homme à forte carrure et à l'allure compassée d'un employé des pompes funèbres lui barra résolument le passage en lui présentant bien à hauteur des yeux, beaucoup trop près pour qu'elle y voie, une petite carte à laquelle elle ne comprit rien.

— Bonjour, madame. Sécurité du magasin. Pourriez-vous vider vos poches s'il vous plaît ?

Clothilde rougit, vida ses poches, en sortit quelques centimes, les sachets de clous et vis payés... et ceux que lui avait confiés Nicolas en modèles.

— Alors ? Expliquez-vous. Vous en êtes réduite à voler des clous ?

L'homme qui l'avait épiée surgit soudain : "Voler des clous ! Et je l'ai vue la bourgeoise sortir de sa voiture tout à l'heure ! Il faut la voir sa voiture !"

Clothilde fit signe qu'elle ne pouvait pas parler.
— Répondez, madame !

Depuis l'incident à la boulangerie avec Antoine, elle s'était pourtant promise de ne plus jamais oublier son ardoise et sa craie. Clothilde se rappela qu'à la caisse, il y avait sur une petite étagère de côté, un bloc de papier et un crayon posés dessus. Elle recula et fit deux pas précipités dans cette direction. L'homme crut peut-être qu'elle voulait braquer la caisse : il se rua sur elle et lui maintint le bras derrière le dos.

— On se calme, madame, vous allez me suivre !
Clothilde essaya de dire qu'elle voulait écrire.
— ... (...)... Jejeje veuveuveu...
— Allez, allez suivez-moi.

Une voix de femme de derrière un rayonnage :
— … C'est une dérangée… une si jolie femme… c'est dommage… peut-être qu'elle boit…

Sous le regard des clients qui tous affichaient des mines compétentes à juger l'incident et les quolibets de certains teigneux, elle fut poussée à travers tout le magasin. Il était immense. La traversée de ce désert d'outils dura comme une note coiffée d'un point d'orgue.

Autre "commentaire-client" :
— Je l'ai déjà vue en ville, elle a un grand chien blanc et plein d'enfants… Il y a pas d'excuses à des gens comme ça.

Le vigile la conduisit jusqu'à un local où on lui demanda de vider toutes ses poches et son sac aussi. Puis elle dut payer les clous et vis "volés", sinon on appellerait la police. Elle paya et quitta le magasin par une porte de secours.

Clothilde s'enferma dans sa voiture, vérifia plusieurs fois que les portes étaient bien verrouillées. Elle agrippa le volant du véhicule immobile. Beau passa du siège arrière au siège passager à côté d'elle, tendit sa grosse tête vers sa maîtresse, la renifla longuement, la lécha.

Elle se sentait soudain seule et fatiguée de lutter depuis des mois. Ce n'était pas une lutte pour la survie bien sûr. Quand on lutte pour sa survie physique, on n'est pas tenté par la folie. Or la folie faisait de l'œil à la jeune femme. Clothilde avait bien envie de se laisser tenter.

L'image de ses enfants s'imposa alors à elle. Elle y ancra son âme pour ne pas tout larguer vers une mer de musique qui la protégerait de l'absurdité, de la culpabilité, du silence mortel et des "boîtes à bricolage".

Ah pourtant, se diluer dans la musique ! Y suivre une trace, comme celle qui menait vers Madeleine le jour de la fugue.

Clothilde alluma le lecteur de disque : Ornette Coleman, "Ornette" quel joli petit nom inoffensif pour un homme à musique magicube. *Lonely woman*. Clothilde monta le son, traquait le thème.

Beau, alarmé du chaos qui émanait de sa maîtresse, avait doucement plaqué sa truffe contre le cou de Clothilde. Elle ne perçut bientôt plus de son corps que ce confetti de chair sous le souffle du chien, humide et chaud, rythmé, apaisant.

Au diapason de Beau, elle démarra la voiture et reprit la route d'Anima Mundi. Elle se passa Eartha Kitt : *I want to be evil*, et elle riait toute seule. Qu'on lui laisse sa musique, qu'on n'y touche pas, et elle s'émerveillait de cette femme qui chantait comme on respire. Elle pensait à son ardoise, aux dettes, à la double peine, une femme paye toujours deux fois, pour ce qu'elle a et pour ce qu'elle n'a pas, les deux.

De retour à Anima Mundi, Clothilde attira l'œil de Nicolas qui avait demandé : "Que s'est-il passé ? Vous avez l'air de quelqu'un qui vient d'avoir un accident…"

Clothilde avait écrit et ri d'un rire agité, plein d'aigus et de graves, tout gondolé, comme celui de

Baptiste. L'homme, muet et lent, comprit aux questions de Nicolas qui réagissait à la lecture du récit que faisait Clothilde, le quiproquo survenu. Il posa son outil, se leva. De l'autre côté de l'espace en chantier d'Anima Mundi, il s'approcha lentement d'elle qui, assise devant son écran, le regardait venir. Il lui mit la main sur l'épaule. Lui dont elle ignorait le nom et jusqu'au timbre de voix, sans parler ni sourire, sans faire tomber le masque de cire qui paralysait ses traits, abandonna sa main lourde sur l'épaule gracile de la jeune femme, et cette main abandonnée, s'imprima en elle avec le regard de l'homme, et toute l'humanité, dont ceux du "bricolage" l'avaient volée, lui fut rendue.

Clothilde se remit au travail, elle distilla l'aventure du clou comme le reste.

Elle ne raconta pas l'incident survenu au magasin de bricolage à Vincent. Elle avait trop peur qu'il l'utilise pour pousser l'avantage, pour tenter de la convaincre de se conformer à leurs exigences thérapeutiques, à lui, à Alix et à M. Athilaire.

La vie étant gorgée d'occasions manquées, si Vincent avait retrouvé l'équilibre avec l'usage de son oreille interne, il n'en entendait pas mieux Clothilde pour autant. Ils passèrent l'hiver sur des routes parallèles. Clothilde évitait le sujet de sa thérapie et du chant, et lui, à vrai dire, y pensa à peine cet hiver-là. Il tirait les conclusions de son accident, le seul qu'il ait jamais eu et elles l'emmenaient loin de Clothilde, le ramenaient toujours à l'accident de ses parents. De ces deux conjonctures différentes – une voiture qui roule seule à une vitesse moyenne sur une route large et parfaitement dégagée opposée à un bolide qui fait des figures acrobatiques en recherche permanente des limites – le dénouement aurait pu être le même, la mort. Vincent considérait les deux expressions de cette équation, y trouvant un étrange apaisement, juste à la poser. D'eux à lui, ils avaient vécu une même chose. Il s'était arrêté sur cette identité.

Quand le souvenir de la scène du magasin de clous et la honte assaillaient Clothilde, elle secouait la tête un grand coup comme Baptiste, poussait même un cri si elle était seule.
Elle prit le pli de ces cris, au début pour chasser la peur ou un souvenir insupportable, et bientôt simplement pour matérialiser un son, de la conception à l'évidence. Quand elle travaillait le chant en pensée, où qu'elle soit, dans la cuisine, dans la salle de bains, au jardin, elle lançait soudain une note comme pour la voir. Dans la rue les passants se retournaient sur cette femme qui accompagnait d'un geste en parabole, une, deux ou trois notes puissantes qu'elle décochait comme une flèche. Aux regards braqués sur elle, Clothilde sortait de sa concentration et s'excusait en hâtant le pas.

Clothilde observait Nicolas peaufiner ses derniers essais de peinture. Si la base était blanche, du côté des jeux de lumière, les panneaux qui habillaient la cloison seraient consacrés au bleu lavande, au vert de l'ortie, au rouge du coquelicot, au jaune du bouton-d'or. Elle le regardait avancer, touche après touche vers le jaune du bouton-d'or. Comment rendre à la fois le brillant et le velouté du pétale, l'ardeur de ce jaune dangereux ?
Il cherchait la couleur, comme elle tâtonnait pour rendre ce ton, cette note dont elle se languissait.

Clothilde avançait dans un temps musical qu'on ne coche pas sur une frise linéaire : comment prononcer ce "a" ou ce "o", sur cette note très haute ou très basse pour son registre, comment adapter son souffle, l'espace défini par sa bouche ? Où diriger le son ? À la verticale de son crâne ou dans ses joues ? Une seconde de lucidité pouvait lui apporter une réponse dont trois mois de tâtonnement l'avaient privée.

Elle se rappelait du temps des bébés, entre deux siestes, quand elle jouait une certaine fantaisie de Mozart et que la musique s'infiltrait dans la faille de cette demi-heure de paix accordée. La musique ouvrait des béances dans le temps… douze minutes seulement, vraiment ? Clothilde avait le sentiment d'avoir fait un voyage, bien plus loin, bien plus longtemps.

Nicolas allait avoir un enfant bientôt. Sa femme était passée à la boutique. Petite et fine, vingt-cinq ans et un gabarit de jeune adolescente. Un ventre comme une pastèque entre ses hanches étroites. Nicolas et elle étaient l'un à côté de l'autre, à parler doucement, à se taire ou se sourire, à être ensemble. Clothilde se souvenait de cet autre temps comme d'un passage dans une autre dimension.

Un soleil printanier pointait le nez, Vincent prenait un café sur la terrasse. Les conclusions de son accident allaient être rendues. Il espérait le compte rendu de l'enquête officielle pour le jour même, peut-être.

Il serait temps alors de remettre Clothilde au cœur des choses.

Elle allait rentrer d'un moment à l'autre de Courcelles l'Orgueilleux, d'Anima Mundi, bientôt prête pour le grand jour de l'ouverture.

Il attendait Clothilde.

Il reconnut le moteur de sa voiture qui amorçait la descente du chemin d'enceinte.

Elle fut bientôt en face de lui.

Vincent :

— Assieds-toi. J'irai chercher les enfants.

Clothilde tira une chaise, ouvrit son portable, l'alluma :

— *Tu as l'air anxieux. As-tu reçu les résultats de l'enquête?*

— Non. La personne en charge m'a dit aujourd'hui ou demain. J'ai peur d'avoir toujours ce doute, même si le verdict rendu est en ma faveur…

Qu'est-ce que c'est que ce plâtre dans tes cheveux ?… Qu'est-ce que tu deviens Clothilde ? Jusqu'en milieu d'après-midi tu es à Courcelles aux côtés de ce jeune… Nicolas ? Décoratrice ? Maçonne ? Chanteuse lyrique ? Qu'est-ce que tu deviens ? Sérieusement, je m'y perds un peu.

Clothilde se redressa, tira à elle son écran :

— *Alors c'est une conversation sérieuse ? Je pensais qu'on allait parler de toi ? Qui je suis ? Décoratrice et maçonne, oui : j'ai promis à Alix que le magasin ouvrirait au printemps. Je dois être sur le chantier le plus souvent possible pour aider autant que je le peux. Rester au plus près du projet que j'ai dessiné. Alix veut un magasin clé en main, elle l'aura. J'ai surveillé jour après jour les travaux dans notre maison pendant des années, tu trouvais cela normal à l'époque, le plâtre et la peinture dans mes cheveux, tu trouvais même cela attendrissant n'est-ce pas ? Maintenant, je le fais pour Alix et je suis payée pour cela. Alors oui, décoratrice et maçonne.*

— La priorité pour Alix est que tu te soignes. Tu aurais pu prendre ton temps jusqu'en septembre. Ce défi que tu t'es lancé d'ouvrir coûte que coûte en mai ne concerne que toi.

— *Peut-être bien. Comme toi et la voltige. Je me soigne, Isabelle Pietri continue de me soigner.*

— Dis-moi en quoi la consultation de ce matin t'a aidée ? En décembre dernier déjà elle me disait que si sa thérapie ne marchait pas tu devais aller voir un psychologue et parallèlement accepter ces injections de toxine botulique. Et ne me dis pas que je t'en parle sans cesse, je n'y ai pas fait allusion depuis Noël. Elle avait dit que ce serait une bonne idée de consulter un neurologue ! Quel neurologue es-tu allée consulter Clothilde ? Ah et j'oubliais son étonnement devant ta capacité à chanter, à laquelle il est évident qu'elle ne comprend rien…

— *Voilà, tu te réveilles après des mois de sommeil et rien n'a changé. Mais ma parole ! C'est un bégaiement collectif ! Une fois par mois, toi, Alix ou mon père me resservez la même litanie. Isabelle ne se contente pas de ce que je chante. Elle essaie par des exercices de souffle, de concentration, de relaxation, de me faire retrouver un "souffle parlé". Elle évoque régulièrement la possibilité de consulter un psychothérapeute. C'est moi qui ai du mal à faire le pas. Laissez-moi le temps. Et dire quoi et comment à un psychothérapeute ?*

— Dis-lui que tu n'es pas heureuse. Que ce que nous avons vécu toutes ces années était un fantasme de bonheur familial.

— *Comme tes regrets te font dire des bêtises Vincent… Ce "bonheur" était peut-être un fantasme pour toi alors, vu du ciel. Pas pour moi. Bien réel : porter les enfants, les mettre au monde, les séquelles des accouchements dont je te fais grâce, les allaiter, les élever… Bien réel… Comme mon bonheur à les voir grandir. Ce qui a fini ce jour de la rentrée scolaire de David et Adèle, c'est leur petite enfance. Après dix ans de grossesses, d'allaitement, à n'être qu'à eux et à la maison où toujours quelque chose était en travaux : ce jour de rentrée cumulé à la fugue de Madeleine a été pour moi : tremblement de terre…*

Comme elle continuait d'écrire, Vincent déplaça sa chaise pour venir la coller contre celle de Clothilde, il se pencha vers son écran et lut à mesure qu'elle écrivait :

— *... Je ne savais pas si j'avais envie que tout change ou si je devais prétendre qu'il ne se passait rien et ne rien changer. Tout ce que j'ai à dire à un psychothérapeute tient en ces mots, ni plus ni moins. Je n'ai pas envie de parler de ma mère qui me manque, je n'ai pas envie de parler de mon père qui m'empoisonne et que j'aime. Je n'ai pas envie de lui parler de nous deux. Je n'ai pas envie de lui parler de la musique. La musique j'ai envie de la faire. Ceci dit, à tout prendre, je préfère encore le psy à ces injections : des prothèses qui ne résolvent rien. Ça ne me servirait qu'à donner le change. À faire comme si la Clothilde d'avant, la tienne, celle de mon père, même celle d'Alix était de retour !*

— Et c'était qui cette Clothilde-là, la "Clothilde d'avant" ?

— *Quelqu'un qui convenait bien à tout le monde, à commencer par moi. La fugue de Madeleine a mis un terme à ce temps-là. Regarde Alix, elle aimait me voir incarner la part de bonheur qui lui manque : un compagnon comme toi, de beaux enfants, la sécurité financière, la maison pleine de vie. Elle aimerait elle aussi, l'entrepreneuse, se reposer à cette perspective "naturelle". Mon silence lui gâche le tableau alors elle m'en veut. Elle s'en défend bien sûr mais avant, elle s'arrêtait prendre un café en coup de vent et repassait plus tard. J'attendais ses visites comme une respiration. Elle amenait le monde à ma porte avec toutes ses histoires et elle trouvait l'apaisement chez moi. C'est à toi qu'elle écrit et qu'elle envoie des courriels maintenant. Elle te parle depuis la fugue de Madeleine beaucoup plus qu'elle ne communique avec moi. C'est sa façon de garder un lien avec "nous". Je réalise cela là maintenant en t'écrivant. Quand elle passait la porte, c'était toujours la joie.*

Beau gronda. Quelqu'un allait d'une minute à l'autre sonner. Clothilde anticipa et se leva. Vincent la regarda s'éloigner au cœur des ellipses de Beau puis il sauvegarda machinalement ce que Clothilde venait d'écrire.

Clothilde faisait-elle des sauvegardes des parts de dialogue qu'elle écrivait depuis des mois ? L'homme aux yeux lilas dégagea vivement le dos de son dossier et fit une recherche dans les fichiers de sa femme, il se hâtait. Il l'entendait ânonner deux mots au facteur qui portait un colis ou un recommandé ? Elle allait revenir. Clothilde n'avait rien gardé de toutes ces conversations écrites depuis huit mois ? Ni avec lui ? Ni avec Alix ? Ni avec Nicolas, ce jeune entrepreneur ? Non. Rien. L'écrit n'avait laissé aucune trace, pas plus que les mots qu'elle aurait dits à leur place.

Clothilde revint les mains vides :

— Qu'est-ce que c'était ?

— *Colis pour C. Loures pas pour C. Louris. Erreur sur la personne.*

Leçon de chant

— Tu fais très bien d'enregistrer les cours. Ne t'impatiente pas, tu engranges. Ta voix, de leçon en leçon, prend de l'assurance, de l'ampleur, se charge de nuances. Tu distilles tranquillement ce que tu as d'emblée compris. Tu dis que tu es toujours inquiète de ce que ton oreille te trompe ? Rappelle-toi du premier cours à l'abbaye dans la petite chapelle. Ce que tu entends de ta voix ne correspond pas à ce que tu as produit ? Sans doute. C'est le résultat de ce que tu as chanté et de ce que l'acoustique de la salle renvoie à ton oreille. Ce que tu entendras du son que tu as émis sera le résultat de l'environnement dans lequel tu l'émettras : voûtes ou non ? Briques ou pierres ? Grand ou petit espace, matériau nu ou tapissé ? Le son que l'air autour te renverra dépendra de tout cela et du nombre de personnes dans la salle : quelques auditeurs ou une salle bondée ? Voilà ce que ton oreille perçoit, le son émis dans un milieu donné en un temps donné. L'air qui l'absorbe, le porte, le transforme, ou le déforme si tu veux, puisque tu parlais de tromperie, puisque oui, ta voix peut en être radicalement modifiée.

C'est comme lorsque tu es en conflit avec quelqu'un auquel tu tiens, ce conflit doit cesser et tu es persuadée qu'après avoir expliqué telle chose clairement, la lumière se fera, le conflit cessera. Non. Car tes mots résonnent dans l'esprit et le corps de l'autre, et l'autre est un monde en soi, dont les perceptions sont liées à des contingences, des circonstances qui t'échapperont toujours.

Et puis il y a l'oreille du dedans, qui perçoit les vibrations de l'onde sonore à travers tes os, tes cartilages, ce que tu en perçois est "grave" : ce timbre intérieur est riche en fréquences graves, c'est un autre filtre, qui ne t'aide pas, lui non plus d'ailleurs, à gager la qualité du son que tu émets.

— … (…)… Alors on est… (…)… condamné à… (…)… ne pas entendre… (…)… ce qui est.

— La seule clé est le temps que tu passes à éduquer encore et encore ton oreille… Ce temps de la compréhension, de la sensation est propre à chaque individu. Sois attentive aux résonances que la vibration des cordes vocales imprime à ton corps. Où se produisent-elles ? Par rapport à quel son ? Selon que tu chantes grave, aigu, quelle voyelle ?… Et estime-toi heureuse, ce sont des sensations que tu perçois, toi, très vite. Mais il faut que tu sois détendue sinon le chahut à l'intérieur t'empêtre, tu ne peux plus alors "entendre" ces résonances.

— … (…)… Vincent a les… (…)… résultats de l'en*quête* (chuchoté)… (…)… faute de l'accident… (…)… c'était lui… (…)… presque soulagé… (…)… de le savoir… (…) mais secoué… (…)… heureusement Anima… (…)… Mundi… (…)… en place… (…)… ordonné.

L'avant-veille de l'inauguration d'Anima Mundi, on réceptionnait encore les marchandises, Clotilde savait qu'elle travaillerait tard ce jour-là, ils avaient convenu avec Vincent que sur le chemin de retour de l'aéroport il s'arrêterait pour découvrir le magasin.

Les grandes baies vitrées sur la rue étaient encore totalement voilées. Clothilde était occupée à arranger des flacons sur une étagère :
— … Oh… (…)… tu étais là… (…)… depuis… (…)… longtemps ?

Vincent :
— Non, c'est la jeune fille qui vient de sortir qui m'a fait rentrer.

Vincent regarda autour de lui :
— J'avais vu tes plans…
— … (…)… Alors…
— J'imaginais plus de contrastes entre les deux espaces blanc et coloré…
— … Et…
— La lumière qui filtre là-bas baigne aussi le passage blanc… Le divorce en est moins grand, c'est vraiment bien… Ça ne ressemble à rien de ce que j'ai pu voir…

Clothilde se leva et courut aux commandes des lumières...

— ... (...)... Quelle couleur... (...)... veux-tu... (...)... Froide ou... (...)... chaude...

— Chaude... Il me semble que tu parles plus qu'avant? Non?

Clothilde ne répondit pas, elle changea l'atmosphère lumineuse en manipulant des boutons sur un tableau, elle opta pour l'orangé, celui d'un soir d'été...

— ... C'est beau... Mais pourquoi as-tu voulu ces jeux de lumière?

Clothilde se dirigea vers son écran :

— *La lumière : énergie première des plantes. Lumières de l'été, de l'hiver, du soir, de l'aube, du midi, de la nuit. La qualité de la lumière et sa durée déterminent les cycles de vie des plantes. Elle a la même importance chez l'humain. Les visiteurs j'espère se le rappelleront en venant ici. La lumière attire. Les passants : des papillons. Ils entreront.*

Clothilde :

— ... (...)... Ça te plaît?

Vincent s'approcha et la serra contre lui, plaqua la tête de Clothilde contre son cou, moins par tendresse d'abord que pour pouvoir parler sans qu'elle le voie :

— Oui... Je suis devenu jaloux Clothilde. Jaloux d'Alix maintenant. Jaloux de ton entrepreneur, jaloux du chant...

Elle le repoussa doucement pour écrire :

— *Si tu n'avais pas aimé, mon plaisir aurait été gâché... Je ferai ce que j'ai à faire mais si c'est sans toi, ce sera sans joie...*

— Tu n'es pas trop déçue par ton "M. zéro faute" comme tu dis ? Par ce pilote admirable qui n'avait jamais eu à se reprocher la moindre défaillance et qui se retrouve, après enquête, pris en flagrant délit d'incompétence ?

Elle se dégagea encore de son étreinte pour écrire :

— *Au contraire. Dès le jour de l'accident, tu as dit qu'il y avait une forte chance pour que ta réaction ait été trop tardive. Il fallait du courage pour l'admettre, encore meurtri. Je trouve que nous n'avons pas payé cher cette leçon et je souhaite qu'à chaque fois que tu remonteras dans le Cap 232 tu t'en rappelles. Je me demande même si tu n'es pas soulagé toi-même de t'être trompé, une fois.*

Vincent s'approcha à nouveau d'elle, ôta les doigts de Clothilde du clavier pour replacer ses mains sur ses épaules à lui et cette fois la regarder dans les yeux.

Sur le chemin du retour vers Levayze, chacun dans sa voiture, ils se suivaient. Clothilde roulait, souriait les yeux au rétroviseur et chantait. Ils allaient vers la maison et les enfants. Vincent avait aimé Anima Mundi. Demain Alix découvrirait le lieu fini et l'aimerait sans doute aussi. Elle crut à la pérennité de la trêve, elle y crut tout le soir et la nuit avec lui.

Le lendemain, veille du grand jour, en fin d'après-midi, Clothilde mettait la main aux derniers détails avant l'arrivée d'Alix. La maîtresse des lieux n'était pas venue depuis deux semaines et avait encore en tête un espace en chantier.

Quand Alix passa le seuil, Clothilde rougit et laissa tomber son regard sur ses chaussures. La botaniste s'arrêta un long moment stupéfaite devant l'alambic à huit têtes qu'elle peinait à reconnaître, monstrueux et superbe sur son piédestal. Un brin intimidée aussi, elle alla poser son sac derrière le comptoir, puis, regardant tout autour d'elle, s'avança vers l'espace blanc. Clothilde passa à droite de l'alambic côté verdure. De part et d'autre du grand meuble à alvéoles qui s'étirait sur toute la longueur de l'espace, elles marchaient. Clothilde regardait Alix regarder autour d'elle, elles se croisèrent au fond de la salle avec un petit rire nerveux. Elles échangèrent d'espace, Alix passa dans la tranche verte et Clothilde dans la blanche, elles firent le chemin inverse. Au bout de l'allée, la boucle terminée, Alix s'assit face à la première des niches où l'on pouvait libérer d'une pression des petites touches de parfums…

— Violette… Jasmin… Oh la menthe !… Clothilde ? Où es-tu ?

— Là ! (…)… Quelle lumière (…)…veux-tu ?

— Montre-les moi toutes !…Tu parles mieux on dirait ? Non ?

Elles visitèrent les réserves, réglèrent les derniers détails pour le lendemain, fermèrent le magasin, se dirigèrent ensemble vers le parking en silence. Avant de se séparer, Alix :

— Il y a une chose qui m'étonne.

— … (…)… Quoi ?

— Tu as oublié une chose chez Anima Mundi, une chose qui est toi et qui n'y est pas…

— … (…)… Quoi ?

— Mais la musique !

— … (…)… C'est ton espace… (…)… pas le mien… (…)… pourtant… (…)… une chose en… (…)… commun… (…)… couleurs… (…)… et distillation.

— … Tu sais qu'on m'avait prédit que nous allions échouer ? Que parier sur une amie pour concevoir un lieu de vente c'était navrant de naïveté. Qu'il me fallait des architectes d'intérieur et spécialisés encore… Pas seulement les engager comme je l'ai fait pour compléter ton projet d'un point de vue technique et légal. J'ai hâte de voir la réaction de nos premiers visiteurs demain…

Clothilde aurait souhaité que la conversation prenne un tour plus intime mais dut se contenter d'une bise plus appuyée que les autres jours.

L'inauguration d'Anima Mundi fut une réussite. Les gens s'attardaient aux alvéoles, reniflaient ici, sentaient là. Les quelques enfants présents, ceux de Clothilde et de Vincent en tête, étaient aux lumières, faisant onduler l'atmosphère qui passait de blanche à rosée, de violette à orangée... Beau attendait dehors, jetant de temps à autre un regard inquiet vers le tohu-bohu du magasin et cette débauche de gestes, de sons, de couleurs et d'odeurs. Entraient même ceux qui n'étaient pas invités.

Clothilde s'était réfugiée au coin, tout au fond, assise. De là, elle pouvait embrasser la scène. L'acolyte du jeune entrepreneur, l'homme muet aux gestes amples et exacts, était venu s'asseoir à ses côtés. Ils avaient échangé un sourire.

M. Athilaire passa la féliciter.

— Tu as de la... ressource ma fille.

Baptiste, batifolant des lumières aux parfums, tour à tour agité ou figé, s'était finalement replié dans ce coin où se trouvaient déjà Clothilde et l'homme muet. Les trois restaient là, côte à côte, observant le chahut céder la place au silence, au fur et à mesure que les invités se retiraient. Vincent parlait toujours avec Nicolas Martin qui portait contre sa poitrine son bébé endormi, lové dans un grand châle noué par la mère autour de ses reins à lui. Alix vint les rejoindre après avoir salué les derniers visiteurs, Clothilde remarqua que l'homme muet regardait son amie avec intensité.

En chemin vers Clothilde, Alix croisa le regard de l'homme qui l'observait sans ciller.

— Monsieur? Nous nous connaissons? Il me semble vous avoir déjà vu?

Il lui tendit la main :

— … Gilles de Vincelles. Vous êtes venue deux fois pendant les travaux. Je travaille avec lui.

Et il désigna le jeune entrepreneur.

Clothilde sursauta. Il parlait.

Alix :

— Ah oui, bien sûr, je me souviens maintenant. Êtes-vous content du résultat?

— Oui. J'aime ces poches à odeurs dans lesquelles on fouille. J'avais oublié que j'avais un nez.

L'homme entretint une courte conversation. Miracle.

Très vite cependant, Gilles de Vincelles, la sueur au front, salua en inclinant la tête et se dirigea vers la sortie, le jeune entrepreneur le suivit du regard sans cesser de parler à Vincent.

Vincent :

— Votre collègue est sous médicaments?

— Oui…

Et Nicolas serra un peu plus le bébé contre lui. Alix s'était approchée, espérant des détails. Il n'y en eut pas.

Le magasin marchait bien, les clients venaient de loin. C'était devenu, comme Alix le voulait, un lieu animé où adultes et enfants s'arrêtaient pour voir et sentir. Et acheter savons, shampoings, infusion, onguents.

Certains couples rappelaient les pensionnaires que M. Hulot fréquentait en vacances. Madame était excitée de tous les achats qu'elle allait faire, tandis que monsieur passait le seuil en affichant un air supérieur et suspicieux. On retrouvait ces couples-là à deviner les parfums derrière la niche du fond et à se disputer pour savoir qui avait identifié le premier telle ou telle plante derrière tel parfum.

À madame, Alix parlerait le plus souvent de "vertus", au monsieur dubitatif de "propriétés".

Pour l'homme "carré" qui croit que la nature n'est ni bonne, ni mauvaise – ce en quoi il a raison – mais qu'elle est "bête", Alix racontait des histoires de fourmis, car il faut à ces esprits forts de la science exacte :

— Jardinez-vous, monsieur ?

— Non...

— Eh bien les fourmis Atta, si. Il y a 50 millions d'années, elles "cultivaient" déjà le champignon dont elles se nourrissent encore aujourd'hui. Elles le cultivent dans un jardin délimité et soigné. Toute mauvaise herbe osant poindre en ce lieu sacré est déplacée sur-le-champ dans des sortes de décharges à l'écart de la colonie. Tout irait pour le mieux dans le meilleur des mondes si un parasite n'avait décidé de vivre aux dépens des cultures des fourmis Atta : celles-ci mettent donc au point une coopération ciblée avec un antibiotique : un actinobactérie qui, en échange de son aide, est logé, nourri et protégé au sein de petites cryptes dans la cuticule des fourmis – une membrane très mince au niveau de la queue. En contrepartie, il débarrasse nos laborieuses du parasite.

On croisait aussi chez Anima Mundi le client naïf, "croyant" en la nature, comme on croit au Père Noël ou aux cloches de Pâques. Alix guidait ceux-là vers un petit tableau explicatif sur les cyanures produits par des bactéries, des moisissures ou des algues, présents dans les racines du manioc par exemple : il fallait ébouillanter cette nature-là ! On pouvait aussi pour échauder les plus crédules leur parler de ces vaches, chevaux ou moutons à la peau brûlée par le soleil pour s'être gavés de millepertuis qui a cette propriété néfaste de transformer la peau en capteurs solaires.

La vérité est que ce lieu était si réussi que chacun y trouvait son compte, qui des odeurs, des manipulations des lumières changeantes, qui des vertus ou propriétés des plantes, qui de la découverte des processus de fabrication de ses produits qu'ils appliquaient sur leurs peaux depuis l'enfance. Jusqu'aux grands-mères et grands-pères qui étaient encouragés à consigner des recettes de cataplasmes, sirops, inhalations sur un ordinateur auquel chaque client pouvait avoir accès. Les visiteurs étrangers étaient encouragés à partager leurs savoirs. Alix commentait régulièrement ces recettes et leur efficacité en fonction des propriétés avérées de la plante et de l'effet recherché.

Les clients-visiteurs, après avoir déambulé quelque temps, pouvaient venir s'asseoir aux fauteuils du fond de salle, gavés d'odeurs de jardins. Ils contemplaient, détachés, le petit monde qui s'agitait, de l'autre côté des voiles de lumières éphémères, là-bas dans la rue.

Alix avait confié la responsabilité du magasin à une employée, que Clothilde lui avait présentée. La botaniste passait toutes les fins d'après-midi à Anima Mundi, mais ses journées et ses soirées, elle les passait aux champs et sous ses serres. C'est là que peu de temps après l'ouverture du magasin, un jour de juin, Gilles de Vincelles, l'homme lent et mutique, était venu la voir.

Elle était sous une de ses serres à aérer et arroser, quand Gilles lui était apparu, elle avait sursauté. Il avait gonflé le torse en passant le seuil sous l'effet de la chaleur soudaine, dilaté ses narines aux parfums des roses. Alix la blanche avait rêvé de cet homme, elle parla la première :

— Bonjour, nous avions rendez-vous ?
— Non…
— Que puis-je faire pour vous ?
— Je voudrais travailler avec vous.
— … heu… Vous vous y connaissez en plantes ?
— Un peu. Avant.
— Avant ?
— Ma femme avait un jardin.
— Aidez-moi à terminer d'arroser cette serre et

puis nous irons si vous voulez nous asseoir au bord de la rivière, j'y ai fait installer un banc.

Il l'aida lentement mais, semblait-il à Alix, ses gestes avaient plus d'allant que le jour de l'inauguration. Leur précision était toujours remarquable. Alix pensa aussitôt au travail de greffe qu'elle lui confierait volontiers…

L'arrosage terminé, ils marchèrent jusqu'à la rivière et à cette minuscule clairière et son banc de bois. Ils s'installèrent, l'homme posa son regard sur l'onde, vers l'amont, et l'y laissa.

Alix :

— Vous êtes de la région ?

— Oui, de Courcelles l'Orgueilleux. J'y suis né. Je n'y suis pas resté longtemps, je suis parti tout jeune. J'avais une lubie : la mer. Je suis parti dès que j'ai pu, enfui quoi. Je me suis réconcilié avec mes parents après. J'ai sillonné très jeune les océans. À vingt ans j'ai eu un fils avec une jolie Malgache. J'étais le plus heureux des hommes. J'ai transmis ma passion à mon fils. À vingt ans, il avait la confiance des propriétaires de bateaux qui lui demandaient de les rejoindre avec leur voilier de plaisance à tel ou tel endroit du globe. Un jour, un type lui a confié son bateau, mon fils devait l'amener depuis Buenos Aires jusqu'en Colombie de l'autre côté. Il n'est jamais arrivé à destination. On a retrouvé le bateau sans mât, les hublots calfeutrés. Les deux autres hommes d'équipage ont disparu aussi. Attaqués par la mafia. J'y suis allé. J'ai passé un an à chercher, dans la jungle, dans les ports, les bars à marins, j'ai demandé partout, montré sa photo. Témoignages contradictoires. Certains disaient l'avoir vu après la date du dernier contact avec le bateau… Alors j'ai gardé l'espoir.

— Il y a combien de temps ?

— Il y a eu cinq ans. Les médicaments m'ont un peu ralenti mais je m'accroche au cas où il reviendrait… Quand je rentre dans ma cour, à chaque fois, au coin, je me dis que peut-être il est rentré, que je vais le voir là… Je ne sais même plus si j'ai envie de savoir… parce que comme ça… je me dis que peut-être demain, je vais le voir dans la cour… Je sais comment la mafia balance les corps aux requins mais plusieurs vieilles femmes et une jeune aussi, m'ont bien dit qu'elles l'avaient vu après la date de sa disparition. Je rêve qu'il fait sa vie dans la jungle avec une belle Indienne… Peut-être est-ce cela que la jeune comme la vieille voulaient que je croie.

— Votre femme ?

— Je ne l'ai jamais revue. Elle dit que c'est moi qui suis responsable, qui ai transmis le virus de la mer. Je ne la reverrai pas, c'est encore plus sûr que pour mon fils. Mes parents sont morts. Je suis revenu ici. Il saura, s'il vit.

— Et le jeune entrepreneur ?

— Nicolas est mon voisin. Quand il a voulu s'installer, il m'a demandé de l'aider. Il a l'âge de mon fils… et me demander de l'aide à moi, un moitié clodo, un marin perdu au milieu des terres… Comment vouliez-vous que je refuse ? Ils allaient avoir un petit. Ça m'a aidé de travailler. Et puis je vous ai vue l'autre jour. Le médecin m'a diminué les médicaments parce que je veux travailler avec vous.

— Pourquoi ?

— Pour rien. Je m'en fous de l'argent. Avec l'argent que j'ai gagné avec Nicolas, j'ai de quoi m'acheter une mobylette. Jusque-là je ne pouvais pas conduire à cause des médicaments.

— Mais pourquoi voudriez-vous travailler ici ?

— … Les odeurs, ça m'a comme libéré, ça m'a remis dans le monde. Vous me comprenez ? Tout était écrasé, informe en moi à cause de ces trucs que je prenais contre l'anxiété. Le jour de l'inauguration d'Anima Mundi, ça a fini de me réveiller. Ce qui avait commencé à me réveiller, c'était de voir Clothilde murée dans son silence elle aussi, mais avec une énergie ! Et puis ces petites ruches à odeur qu'elle a imaginées… Elle a dit à Nicolas que ce magasin, c'était vous toutes les deux, ensemble. Quand je vous ai vue… c'était évident… Avant j'attendais mon gamin… maintenant, en plus, j'aimerais travailler pour vous, comme Clothilde l'a fait.

— Et Nicolas ?

— Je vais pas le laisser tomber, je m'arrangerai entre vous deux.

Gilles de Vincelles commença à travailler le lundi suivant. La douleur se distille. Un peu de millepertuis ? Nom latin : *Hypericum,* mot qui viendrait du grec *hyper eikona* : "qui chasse les fantômes". Au Moyen Âge, on l'appelait "chasse-diable". Cette plante est riche en mélatonine, un neurotransmetteur qui joue un rôle essentiel dans les rythmes biologiques. Elle en est plus riche que toutes les autres plantes connues. Plante de plein jour, c'est pourtant la pacificatrice de la nuit. Plante du cœur de l'été, elle est l'alliée de l'hiver contre sa dépression saisonnière.

Gilles de Vincelles buvait volontiers, parce qu'elle le voulait, les infusions de millepertuis qu'Alix lui préparait. Il travaillait dès l'aube dans les serres, il réservait l'après-midi à Nicolas, et le soir, tard, il revenait à la distillerie. Là il s'occupait à étaler, sécher les fleurs, trier les racines, attendre Alix. Ils faisaient ensemble le dernier tour des serres, les fermant, les aérant au gré du temps, comme père et mère donnant le baiser du soir à leurs enfants. Jour après jour, Gilles de Vincelles se redressait, reprenait des forces, ses gestes toujours aussi précis accéléraient leurs rythmes.

Alix et lui eurent vite des manières de couple, à travailler quotidiennement l'un à côté de l'autre. Un soir, Alix vint se planter à ses côtés et lui donna la main qu'il attendait.

Clothilde était passée les voir, Gilles avait dit à Alix :

— Tu es moins exaspérée par son silence qu'avant, tu es plus douce, tu lui souris, tu fais des progrès… Mais tu ne lui parles pas beaucoup. Tu n'es pas obligée de faire écho à son silence.

Alix :

— Mais qu'est-ce que tu racontes ? C'est elle qui ne parle pas !

— Non, c'est toi.

Il ne vendit pas sa maison natale. Il ferma les volets mais avant cela les repeignit, refit le toit et sur la porte d'entrée désormais close, il cloua un écriteau de bois. Il y avait gravé au feu deux adresses, celle de la maison où il vivait avec Alix et celle de la distillerie.

Intermezzo
Le conte de Baptiste

Le quotidien était rythmé par les contes du soir. Depuis que le discours de Clothilde était "haché menu comme chair à pâté", le rituel du conte avait changé de forme. Il y avait quelques mois de cela déjà que les enfants avaient suggéré : "Mais chante-le !"

Clothilde avait donc appris un art difficile : chanter un conte sur le fil : il fallait que la mélopée soit suffisamment modulée pour qu'elle s'oblige à ce souffle particulier qui fait naître le chant : car en deçà, la voix morte reprenait ses droits. Si, au contraire, elle se tenait trop près du chant, si la mélodie était trop élaborée et qu'elle hésitait un seul instant à l'entraîner là-bas plutôt qu'ici, le souffle s'interrompait et la dysphonie spasmodique reprenait ses droits aussitôt. Clothilde ponctuait son récit psalmodié de mots uniques projetés dans l'air et de dessins vite croqués qui laissaient pleuvoir la craie du tableau noir.

De retour d'un cours de chant à l'abbaye, Clothilde trouva les enfants déjà installés près du piano, au pied du tableau. Vincent était là, les enfants avaient déjà dîné, ils attendaient le conte du soir.

Vincent s'installa avec un journal à l'écart, sur le radeau du salon.

Clothilde décida de raconter une histoire que les enfants connaissaient déjà, un "classique" dans la famille : le conte de Baptiste.

♫ ♫ ♫ *... Il connaissait la colline sur laquelle s'élevait Levayze comme sa vigne, comme un vieux moine ses prières, il connaissait Levayze sans pensée, par cœur...* ♫ ♫ ♫

♫ ♫ ♫ *Si quelqu'un perdait quelque chose, une montre, une bourse, un foulard, on demandait à Baptiste. Jusqu'à la frontière formée par la rivière, les dernières vignes et les vergers qui s'enroulent au pied de sa colline, Baptiste était chez lui. S'il devait aller "ailleurs", il s'en remettait corps et âme à celui qui le conduisait, en aveugle, sans rien voir ni de l'aller ni du retour. L'au-delà de Levayze n'existait pas.* ♫ ♫ ♫

♫ ♫ ♫ *Un jour, Baptiste s'était perdu. C'était au début du printemps quand chacun se réjouissait du renouveau et que Baptiste avait l'âme lourde comme une pierre. C'était la saison où était mort son père, celle où il lançait des cris pour chasser la mort de sa tête. Ce jour-là, il avait trop creusé la terre de sa petite cuillère, il en avait trop fait couler dans ses sacs colorés et trop échangé contre du vin.*

Baptiste avait bu, chanté à tue-tête et disparu. ♫ ♫ ♫

♪ ♪ ♪ *À la nuit tombée, Baptiste n'était pas revenu. On savait qu'il n'allait pas bien en cette saison. Les villageois s'alarmèrent. Même les enfants avaient cherché le fou dans un grand jeu de cache-cache sans rire. On l'avait cherché dans tous les greniers, dans toutes les caves séculaires, les arrière-cuisines, dans les vergers et les vignes.* ♪ ♪ ♪

♪ ♪ ♪ *La nuit passa. Alix, au loin, au pied de sa distillerie alors en construction, l'avait la veille entendu chanter, l'avait vu passer le pont, ce qu'il ne faisait jamais. On appela les gendarmes et, au matin, les plongeurs sondaient la rivière.* ♪ ♪ ♪

Clothilde éprouvait ce qu'elle chantait et trembla aux souvenirs des cris qu'elle avait poussés sur une certaine rive, quand elle croyait avoir perdu sa fille. Elle se hâta vers la fin de l'histoire qui, on le sait, finissait bien.

♪ ♪ ♪ *On n'apprit rien de la rivière. Des gendarmes en voiture, en moto, à cheval parcouraient les champs et les villages, les routes, les chemins des bois à la recherche du fou. Levayze était sens dessus dessous.*
Pour Baptiste, un hélicoptère s'envola.
À la fin du deuxième jour, on le retrouva à cinquante kilomètres de Levayze, dans une grange, hagard, sale, raide de froid, affamé, assoiffé. Passé la rivière et les effets de l'exaltation du vin, il n'avait plus rien reconnu du paysage. Il était assez

loin pour que depuis un vallon encaissé, un tout petit bois lui cache sa colline. Perdu pour perdu, il avait continué tout droit. ♪ ♪ ♪

♪ ♪ ♪ *Les villageois ne purent pas lui faire la fête tout de suite parce qu'il resta à l'hôpital quelques jours. Il y eut des délégations pour aller le voir.* ♪ ♪ ♪

Coda

Voilà ce que lui, Baptiste, raconta de l'aventure et tout ce passage, Clothilde fit mieux que le psalmodier, elle le chanta : ♪ ♪ ♪ *J'ai bu le vin de la vigne du Seigneur, c'était du bon, j'ai bu comme un homme, un peu trop. J'ai chanté fort ! J'ai traversé tout le pays des champs et des morts, j'ai chanté pendant deux jours. Le monde est grand, il n'y avait personne. J'ai vu un avion qui vole comme un frelon, j'ai eu peur que ce soit la mort qui vienne me chercher. Mais je me suis bien caché et j'ai chanté encore pour avoir quelqu'un à qui causer.* ♪ ♪ ♪

Vincent avait posé son journal depuis longtemps à ses pieds. Il écoutait. S'il l'avait déjà entendue raconter le conte de Baptiste, il ne l'avait jamais entendue ni le psalmodier, ni le chanter. Il observait, hypnotisé, ses enfants assis au pied de leur mère écouter une histoire qu'ils avaient entendue dix fois. Beau était couché au milieu du bouquet d'enfants et semblait écouter aussi.

Plus tard, au lit, avant de sombrer, Clothilde nota les yeux grands ouverts de Vincent, rivés au plafond.

— … (…)… Je peux ét*eindre* (chuchoté).
— Oui.
Elle éteignit.

Vincent aurait voulu trouver les mots pour lui dire la beauté et l'étrangeté de ce qu'il avait entendu. Ce soir-là, ce n'est pas qu'il ne voulait pas parler de chant, au contraire, pour la première fois il le désirait mais il ne trouvait pas les mots pour le faire.

Au même instant, la parole faisait insupportablement défaut à Clothilde car elle aurait bien aimé pouvoir partager avec Vincent, à bâtons rompus, les pensées qui l'agitaient, qui toutes ce soir, concernaient Baptiste et son lien à la musique. Dans quel pays se promenait l'esprit de Baptiste lorsqu'il assistait aux répétitions qu'il n'aurait manquées pour rien au monde ? Quand il écoutait, il s'immergeait totalement. Impatient entre deux chants, mais sage à écouter dès que la musique résonnait. Il croisait les bras doctement sur sa poitrine, se calait bien droit sur sa chaise paillée puis il fermait les yeux. On voyait les globes oculaires rouler sous les paupières closes. Parfois, Baptiste s'endormait. On le notait aux yeux qui avaient cessé de ribouler sous leur voile rose.

Pourquoi Clothilde pouvait-elle se passer de communiquer au quotidien avec les siens par la parole mais n'aurait-elle pas su se passer de chanter ou jouer du piano ? Qu'est-ce que c'était que la musique ?

Du gong de la cymbale aux cuivres de la fanfare, de la chanson populaire à la comptine qui émeuvent malgré soi, du rythme imposé à la fourchette qui bat les œufs dans le bol, au bébé qui glousse de plaisir, lève les bras au ciel dans sa chaise haute et hoche la tête au rythme de l'ustensile sur la faïence, de la marche militaire écervelée, qui ne parle qu'au corps, à la belle architecture de la fugue à quatre voix, à la symphonie…

Prenons la musique militaire : Baptiste qui n'avait pas toute sa tête était-il sensible à la musique militaire ? Non. Il n'y entendait rien. Elle lui faisait même un peu peur avec tous ses cuivres et ses rythmes martelés. Non pas que Baptiste "n'ait pas le rythme", non, on l'a vu. Simplement, il ne reconnaissait que le sien, telle sa démarche : étrange fugue de dix pas en avant, suivie d'une pause abrupte d'un temps indéterminé, et puis encore une projection en salve de dix pas. Ce rythme qui lui était propre ne l'excluait pas seulement des défilés. Cela l'excluait des musiques qui ponctuent les rites des hommes en société. Il ne savait jamais quand chanter "joyeux anniversaire", il entonnait la marche nuptiale chez le poissonnier, et la marche funèbre dans les bras du Père Noël. Il ne différenciait pas un générique d'émission quotidienne ou hebdomadaire d'un autre. De toute façon il ne regardait plus la télévision chez lui depuis que son père était mort. Le rite était celui-là : regarder la télévision avec papa, peu importait quoi. La musique, rituelle pour une grande part, Baptiste n'y avait pas accès. La musique qu'il entendait était à ses oreilles toujours nouvelle, unique.

Baptiste avait ses rites qui, comme son rythme, ne concernaient que lui. Ce rendez-vous hebdomadaire à l'abbaye pour écouter les femmes chanter en était un. Il irait encore même quand les femmes ne chanteraient plus. Il s'assiérait sur cette chaise et attendrait. Il aimait les mélodies qui parlent au cœur, ils les appelaient "la voix", c'est ce qu'il entendait du chant grégorien. Mais il aimait aussi les beaux accords que Mme Maisonneuve plaquait à l'orgue de la chapelle quand elle accompagnait le chant de Clothilde. Ces accords, il les appelait "le pas", parce qu'ils structuraient la pièce qu'il écoutait. "Voix" et "pas" à la mesure de son corps.

Les femmes avaient raconté à Clothilde comment Baptiste, à la fin des répétitions, disait en s'étirant :

— Oh je suis bien fatigué, j'ai trop "chanté"… Ahhhhhhhhhhhhhh !

Il avait écouté si activement qu'il avait la sensation d'avoir émis le chant. La première fois, les bénédictines et les autres femmes présentes avaient ri, la deuxième répétition, Magdalena d'abord, puis toutes les autres, avaient applaudi Baptiste qui avait "si bien chanté". Ce remerciement, de ceux qui chantent à celui qui écoute et reçoit, était devenu une habitude. Il savait mériter l'honneur qu'on lui rendait. Baptiste s'inclinait solennellement la main sur le cœur vers la chorale qui l'applaudissait, sans modestie, en parfaite diva.

Une fois même où les femmes chantaient divinement, Baptiste s'était levé au milieu de la pièce qu'elles interprétaient. Exalté, les yeux perdus dans un pays hors les murs, il avait coiffé le chant des femmes d'un cri : "Tout ça c'est à nous !" Il l'avait crié comme lorsqu'il était au plus haut point de sa vigne et qu'il tournait sur lui-même, embrassant de ses bras ailés l'horizon, sa colline émergeant de sa mer de terre : "Tout ça c'est à nous !"

Un jour, Baptiste était arrivé en retard à la répétition de l'abbaye, essoufflé, les larmes aux yeux et au bord de la crise de nerf. Il avait dû aller à une visite médicale et le couple de Levayziens qui l'avait accompagné avait voulu s'arrêter au grand supermarché de Courcelles l'Orgueilleux au retour. C'est pour ça qu'il était en retard. En plus, ces gens n'avaient acheté que des choses pas bonnes, et il n'avait même pas eu le droit de grignoter un quignon de pain pour ne pas mettre de miettes à l'arrière de leur voiture où il avait eu mal au cœur.

— Sale voiture ! Elle m'a fait manquer la répétition…

Magdalena :

— Mais non, mais non, regarde Baptiste, nous allons recommencer, rien que pour toi, tu n'as manqué qu'un chant, et nous allons le chanter à nouveau pour toi…

— Mais Clothilde, elle est déjà partie Clothilde ? C'est fichu pour Clothilde.

— Oui, elle n'a pas pu rester. Ses enfants l'attendent.

— Oui… j'ai raté…

Baptiste pleurait en se tenant la tête à deux mains :

— Elle chantera pour toi un chant en plus, la semaine prochaine. Juste pour toi. Comme nous maintenant, pour rattraper le temps. Oui ?

— Rattraper le temps. Oui, alors, comme ça, ça marche... Alors je m'assois... là ? Ou là ? Où c'est mieux ?

— Où tu es d'habitude, c'est mieux.

Avertie par sœur Magdalena, Clothilde avait demandé à Baptiste, le vendredi suivant, de choisir un chant. Il avait choisi un chant tchèque, plus précisément un chant traditionnel morave transcrit par Martinu. Clothilde, tournée vers Baptiste, l'avait interprété en le regardant dans les yeux et, pour une fois, il les avait gardés grands ouverts. Il avait dit merci en serrant vigoureusement la main de Clothilde comme on secoue une branche pour la libérer de ses prunes. Il avait dit que cela avait été son meilleur anniversaire. On était en mai et tout le monde savait, à part lui, qu'il était né en septembre.

L'endroit de l'abbaye que Baptiste préférait était le narthex. Il y avait là dans les sculptures des personnages de pierre qui le fascinaient. Le narthex était sans aucun doute l'endroit le plus intrigant du grand bâtiment consacré. Un lieu entre deux, entre la place publique et l'intimité de la prière. Baptiste se plantait devant le tympan central du narthex, pas pour la Pentecôte qui y était représentée mais pour la bande dessinée de pierre en dessous : ce linteau montrait une galerie de personnages minuscules qui s'agitaient dans le néant d'un temps pré-chrétien : Scythes, Romains étaient mêlés aux légendes des Macrobii sans âge et des Panotii aux oreilles démesurées. Y était aussi représenté un joueur de cornet, les joues gonflées d'air, il faisait danser des créatures au corps d'homme et à la tête démesurément grande, aux cheveux tentaculaires. Leur univers était parsemé de fleurs gigantesques.

Clothilde, à l'ombre du fou, pensait à tout cela parce que comme elle sombrait dans le sommeil, qu'elle se glissait dans les bras ouverts de Vincent, quelque chose dans ce qu'elle était en train de vivre par le chant lui rappelait ce sentiment qu'elle avait au passage du sas qu'était le narthex.

Après l'ouverture d'Anima Mundi, les liens entre Clothilde et Vincent, Clothilde et Alix, semblèrent se rétablir. Mais les moments de répit – les regards plus doux d'Alix, les mots et les gestes plus tendres de Vincent – étaient comme des bouquets au feu d'artifice, éclatants et sonores, vite dissous. Ce chant qu'ils n'avaient jamais écouté ou voulu entendre, qui l'éloignait encore un peu plus d'eux et par lequel ils la sentaient aspirée, restait une pierre d'achoppement, un malentendu. S'ils ne la provoquaient plus sur l'urgence d'une psychanalyse ou d'injections de toxine, ils évitaient le sujet, non plus par désapprobation, mais par incompréhension et impuissance.

Clothilde esquivait aussi. C'est ainsi qu'Anima Mundi fut l'occasion d'une deuxième opportunité gâchée après celle de l'accident de voltige de Vincent, événement qui avait certes aidé celui-ci à régler un contentieux avec le passé, mais pas avec sa compagne.

Clothilde s'enferma dans une nouvelle routine où Anima Mundi n'entrait plus, amarrée à deux piliers, les enfants et la musique.

Deux semaines après l'ouverture d'Anima Mundi, alors qu'elle travaillait à sa rééducation au cabinet d'Isabelle :

— Et maintenant sans rien changer tu dis "j'avais à faire".

— … (…)… J'avais à faire…

Isabelle, reprenant la dernière syllabe de Clothilde au bond :

— "J'avais à faire là."

Clothilde :

— … (…)… J'avais à faire là.

Isabelle :

— "J'avais à faire là feu de tout bois."

— … (…)… J'avais à faire là feu de tout bois.

— "J'avais à faire là feu de tout bois et toi ?"

— … (…)… J'avais à faire feu là de tout bois et toi ?

— Répète cette phrase autant de fois que tu le pourras sans jamais arrêter…

— … (…)… Répète cette phrase autant de fois que tu le pourras sans jamais arrêter j'avais à faire là feu de tout bois j'avais à faire là feu de tout bois j'avais à faire là feu de tout bois………

— Ce n'est pas grave. Tu as parlé. C'est merveilleux. Mais écoute bien, si demain, tout à l'heure, la voix t'échappe à nouveau, c'est normal, tu m'entends ?

Euphorique, Clothilde, tout le long du chemin, fit "feu de tout bois". Elle répéta cette phrase en mode parlé au moins dix fois de suite, sans que son souffle ou ses cordes vocales ne la trahissent. Concentrée sur l'idée qu'elle allait surprendre Vincent qui était à la maison justement, elle roulait vite vers Levayze. Dans un virage serré, au fossé escarpé, elle dérapa sur le gravier accumulé dans le bas-côté.

L'embardée fut terrible, le hasard voulut que personne ne vienne en face quand elle braqua pour remordre la route jusqu'à se retrouver de l'autre côté de la chaussée. Clothilde reprit le contrôle de la voiture. Elle salua sa bonne étoile et demanda pardon à Vincent d'avoir pris ce risque-là entre tous. Parvenue chez elle, elle se précipita vers lui pour lui montrer comme elle pouvait bien parler. Mais cette contraction involontaire dont rien ne naîtrait était là, tout entière, comme la veille. Elle ne put pas dire deux mots d'affilée, le troisième se perdit en chemin entre la pensée et la bouche.

Elle dit encore, d'un ton robotique, avant que toute son énergie ne s'éteigne :

— … (…)… Chez Isabelle… (…)… j'ai parlé… (…)… je jure… (…)… Mais ces… (…)… mots étaient… (…)… les siens… (…)… pas les miens… (…)… c'est ça.

Puis plus rien.

Vincent restait debout, désemparé devant le désespoir de Clothilde qui alluma son écran et écrivit :

— *J'ai des mots. Ma tête en est pleine. Ma tête n'est pas vide. J'articule des idées entre elles. Tu me crois ?*

— Bien sûr je te crois Clothilde.

— *Il me reste les mots écrits et la musique.*

Elle effaça rageuse cette dernière phrase, ferma l'écran de l'ordinateur portable violemment, saisit l'ardoise qui était posée là et la brisa d'un geste sec et précis sur l'arête de la table. Puis elle s'assit sur la chaise la plus proche et resta immobile, les yeux dans le vague. Vincent ramassa le cadre de bois fendu, l'ardoise cassée en trois morceaux, il caressa les cheveux de Clothilde et se rendit à la cuisine où il déposa délicatement les débris dans la poubelle, sans faire de bruit. Dans le salon, il entendit Clothilde se lever et s'éloigner. Elle marchait vers sa chambre.

Vincent :

— Tu reparleras. Tu as fait des progrès constants depuis Anima Mundi. Tu reparleras.

Vincent n'eut aucune hésitation, il appela la phoniatre.

"Allô? Isabelle?…"

Elle vint les rejoindre à Levayze aussitôt.

Ce fut le pire moment de cette longue et incertaine thérapie : l'espoir déçu. Clothilde voulait bien vivre ce qu'elle devait mais retourner en arrière : non. Le cou garrotté de tristesse, elle restait au lit, ne dessinait plus, n'écrivait plus et ne prononça pas un mot en trois jours. Pour la première fois depuis leurs naissances, elle n'était même plus là pour les enfants. Vincent se fit remplacer, resta à son chevet et s'occupa de tout.

M. Athilaire vint auprès de sa fille pour repartir deux minutes plus tard et revenir aussitôt avec son violoncelle. Son réflexe fut de lui jouer une suite de Bach, ce qu'il n'avait pas fait pour elle depuis longtemps. Il ne supportait pas qu'elle soit alitée en plus d'être silencieuse. Il était fou d'inquiétude. Mauvais souvenirs que cette femme couchée, au regard qui se rendait. Il joua pour elle et c'était comme si encore une fois, ils étaient trois.

Anima Mundi était né, s'ancrait dans la ville, son contrat rempli, Clothilde pouvait bien sombrer. Toutes les frustrations de l'année écoulée semblaient s'être engouffrées dans cet espoir de parole rendue et reprise. Sans vraiment les voir, elle caressait les enfants, d'une caresse molle qui renonçait.

Pourtant, venant d'on ne sait où, après deux jours de vide, la musique se réinstalla dans la tête de Clothilde. Elle n'avait pas besoin de se mettre au piano, de chanter, d'appuyer sur un bouton pour l'appeler. S'imposaient à sa mémoire des chants, diffus, des bouts... Un autre jour passa et Clothilde commanda à sa mémoire telle musique plutôt que telle autre. Elle choisissait. Elle déroulait en pensée toute une symphonie, les différents instruments indépendamment, et puis tous ensemble. C'était bon et cela lui suffisait. Elle était bien. Voilà ce qu'elle aurait fait jusqu'à "la fin" si Mme Maisonneuve et les enfants n'avaient exigé...

Mme Maisonneuve :

— Clothilde je vous attends lundi pour notre cours, à treize heures. J'ai des choses importantes à vous dire.

Adèle :

— Maman, lève-toi, viens même si tu peux pas !

Antoine :

— Maman, je me suis coupé, ça saigne un peu, regarde !

Madeleine ne demandait rien. Elle venait s'allonger à côté de sa mère, fredonnait un air de sa composition. Elle en avait écrit la partition pour Cécile, et elle brodait, brodait un air de plus en plus beau, de plus en plus complexe. Là, allongée à côté de sa mère, les bras à l'équerre du corps, elle dessinait de ses mains dans l'air, en fredonnant.

Beau veillait.

David avait hurlé :

— Maman, c'est horrible !

Clothilde, à ce cri désespéré, s'était redressée sur son lit :

— J'ai plus de peinture, je ne peux plus dessiner ! Il faut aller en acheter vite !

Et puisque David avait besoin de peintures, Antoine d'un pansement et d'un regard, elle découvrit qu'Adèle avait raison : elle se leva alors qu'elle ne le pouvait pas. Un pas, puis un autre, un geste et un autre, dans ce grand écart entre le silence et le chant, tout recommença.

Leçon de chant

— Nous sommes début juin… Tu seras prête fin août pour chanter en public. Un stage réunira différents professeurs, ce sera intéressant que tu te confrontes à cela, à une autre façon d'appréhender le chant, à d'autres mots pour l'évoquer.
— … (…)… Déjà ?
— Mais ce stage viendra après presque un an de travail Clothilde, un travail énorme. Que tu as réalisé. Veux-tu me dire que tu as fait tout cela juste pour toi ? Tu t'étonnes que la proposition vienne "déjà" ?

Le stage devait se terminer par un concert. Il aurait lieu dans un des bâtiments monastiques entourant une abbaye cistercienne au nord du département. Mme Maisonneuve lui conseillait de rester dormir là-bas toute la semaine.

Clothilde retrouva son ordinateur :
— *J'ai quatre enfants.*
— Débrouille-toi, si tu décides de le faire c'est important que cette semaine ne soit dédiée qu'au chant. Pour un premier concert, il faut être absolument concentrée.

Il faudrait demander de l'aide à son père, à Vincent ? Ils étaient tous les deux si bien disposés à son égard depuis qu'elle avait été "malade". Et si elle demandait à Corinne ? Elle, ne poserait aucune condition, ne ferait aucun commentaire, dirait juste : "Mais bien sûr, et tu me laisseras Beau pour surveiller tout ça."

Clothilde craignait ces hommes qui lui diraient peut-être : "Une semaine ! De notre temps ! Pour que tu ailles battre ta mesure ! Pour des vibrations, des couleurs comme ceci ou comme cela, pour du vent !" Ils réaliseraient que cette semaine de dépression n'était pas l'électrochoc salutaire qu'ils voulaient y voir, une prise de conscience de l'urgence qu'il y avait pour elle à se concentrer sur la parole. Comme si elle ne faisait pas que cela. Quant à Alix, elle était en vacances avec Gilles la semaine où Clothilde avait été "indisposée". Elle vint rendre visite aux Louris-Athilaire quand la bataille était finie. Elle fut tendre avec Clothilde qui lui redit ne pas envisager de changer de tactique quant à son traitement, que le chant restait le cœur de son calendrier. Se sentant impuissante, Alix ne s'attarda pas.

Vincent était marqué par l'espoir déçu de Clothilde, par l'état d'apathie dans lequel elle était restée prostrée pendant quelques jours. Elle était donc bien "malade" et dans un sens cela l'avait rassuré qu'elle en ait les symptômes. Il faudrait du temps encore, quelques autres espoirs malmenés, mais elle pouvait reparler ! Quelle tendresse il éprouvait pour elle en s'attardant sur sa convalescence ! N'avait-elle pas été admirablement patiente cet hiver quand lui, après l'accident sur son Cap 232, était handicapé, qu'il entendait et marchait comme elle parlait. Il se sentait prêt à toutes les générosités. Il avait une proposition à lui faire pour les vacances, deux semaines au Venezuela, dans un lieu préservé, elle adorerait l'idée.

Étant dans cet état d'esprit, il fut soufflé de l'idée de Clothilde annonçant qu'elle allait faire un stage de chant, donner concert. Il s'éloigna d'un coup, ne comprit à nouveau plus rien et détricota le chemin parcouru.

— Un stage de chant ? Une semaine ? En août ? Et les enfants ?

Clothilde de sa voix plate :

— … (…)… Oui, et les… (…)… enfants.

— Je ne sais pas si je vais avoir mes congés en août ! Il ne suffit pas que je demande… Je ne suis pas pilote de ligne seulement en dilettante… Et si je ne peux prendre que deux semaines, je n'ai pas forcément envie d'en passer une coincé ici !

— *Pourquoi ne pas partir avec eux une semaine ?… L'avantage c'est que si tu restes ici, mon père peut t'aider… Tu peux emmener les enfants une journée ou deux au moulin ?... Je demanderai à mon père...*

— Merci, vacances de rêve…

— *Ce n'est pas grave, je me débrouillerai.*

Vincent marcha jusqu'à la grande baie. Sans regarder sa femme.

— Tu me mets devant le fait accompli aussi ! Tu ne tenais pas debout il y a encore quelques jours… Épuisée de l'énergie que tu as mise dans Anima Mundi, de ton espoir déçu à ne pas reparler définitivement… J'avais envie de prendre soin de toi et là… Tu, tu, tu m'annonces que tu pars une semaine pour chanter dans ton coin !

— *À qui veux-tu que je demande de l'aide à propos de nos enfants ? Au voisin ? J'aurais dû te demander avant de m'engager ? Est-ce le stage qui te dérange ou le fait d'avoir à t'occuper des enfants seul pendant une semaine ?*

Il revint où elle était assise pour lire ce qu'elle avait écrit sur son écran de portable, retourna à la baie. Lui tournant le dos :

— … Tu rumines cette musique tout le temps. Je vois bien comment tu arrêtes de chanter dès que je rentre à la maison. Qu'est-ce que tu cherches ?

— *Je suis musicienne et je fais, avant qu'il ne soit trop tard, ce que j'aurais dû faire depuis longtemps. Ce stage est une étape importante. Ce sont ces reproches que je ne veux pas provoquer, c'est pour ça que je ne chante pas quand tu es là.*

— L'été dernier tu voulais chercher du travail… Je comprends que sans voix, c'est compliqué… mais avec Alix tu as rempli ton contrat, ce serait plus sûr de continuer avec elle… Et puis l'instrument que tu maîtrises, c'est le piano, et tu te disperses, tu n'as pas besoin de ta voix pour faire du piano et voilà que tu commences au b.a.-ba du chant lyrique auquel je ne t'ai jamais vu t'intéresser… Cet opéra… Des livrets de putains d'un XVIIIe siècle libertin, des livrets de neurasthéniques d'un XIXe moralement timoré ou syphilitique…

— *Tu t'y connais bien dis-moi… Et à propos de mère au foyer, il y a des livrets d'opéra ? Vincent, la musique éveille, affûte, apaise, nourrit. La musique est une porte, on peut la franchir rien qu'à l'écouter. Alors à la façonner par le chant tu n'as pas idée de l'énergie qu'il faut mais quand le son est là, que tu gères au mieux cette énergie, tu es comme un pilote aux commandes d'un engin idéal. Tu ne peux plus arrêter.*

— … Pour en faire quoi à ce rythme effréné ? Une profession ?… Alors c'est ça ton idée ? Je comprends maintenant. Je te trouve très présomptueuse… Tu as trente-quatre ans, une presque vieille… une carrière, cela commence à vingt, vingt-cinq ans… en plus tu es handicapée.

Clothilde occulta le dernier mot. Ne l'entendit pas.

— *Tu as raison, c'est sans doute trop tard. Je me donne un an, un an et demi.*

— Tu en as parlé avec Maisonneuve ?

— *Oui et non.*

— Alors qu'est-ce qui te prouve, à part tes rêves de gloire, que tu en as le potentiel ?

— *Je n'ai pas parlé de gloire, ni même de carrière. Mais du potentiel, j'en ai. Et si je dois gagner ma vie, je voudrais que ce soit en faisant de la musique. En enseignant, en chantant en chœur, seule, je ne sais pas. J'étudie. Et si rien n'advient, je continuerai à faire du piano et du chant en amateur. Je serais heureuse de travailler à plein-temps avec Alix. Elle m'a proposé d'ouvrir un Anima Mundi à Paris. Je dispose d'un peu de temps avant de me décider. Ce stage d'août m'apprendra beaucoup justement sur la direction à prendre. Je saurai si je dois continuer à ce rythme, une fois que j'aurai été confrontée à un public. Je le redoute mais je sais que si je chante, c'est pour cela aussi, pour oser ce face-à-face. Je n'ai jamais su jouer du piano devant un public.*

— … Ce n'est pas vrai.

— *Par rapport à mes intentions musicales, à ce que je voudrais faire entendre, je maintiens que je n'ai jamais su jouer du piano en public. La voix est un instrument nouveau, j'arriverai peut-être avec un peu de maturité à en faire ce que je n'ai pas trouvé le moyen de faire avec le piano. Qu'est-ce qui te dérange tant dans l'idée du chant, Vincent? Si seulement tu arrivais à me dire.*

— Pourquoi n'en fais-tu pas comme tu faisais du piano, avec sérieux mais pour ton plaisir…

— *Je viens de t'expliquer que cela ne me suffit plus.*

— J'ai peur que tu chantes comme une illuminée entre en religion. Tu crois que la musique t'éclaire, donne du sens à ta vie? Mais le danger est que tu t'embrouilles au contraire, que tu t'isoles : surtout du fait de ton incapacité à parler. Qui te dit que tu ne te grises pas comme Madame Bovary au poulailler de son opéra de province !

— *Quelle violence Vincent ! Bovary est un personnage de littérature qu'on regarde s'ennuyer jusqu'à en mourir, Bovary joue du piano par convention et n'écoute que distraitement la musique, elle la subit, comme elle continue à subir tout le reste en prétendant changer de vie. Moi je "fais" de la musique. Je ne me pâme pas sur le canapé en écoutant "vaguement"... Et puis je n'ai pas encore trouvé d'amant... J'ai réussi mon pari, Anima Mundi est ouvert, tu l'as aimé ce lieu, les enfants vont bien, c'est ce qui compte. Je me donne un an, un an et demi, parce que comme tu le dis si bien et charitablement, j'ai très peu de temps. Alors pour ce stage comment nous organisons-nous ? Tu m'aides ou pas ? C'est étrange, plus tu t'opposes, plus tu m'obliges à formuler les choses, plus tout est clair : c'est de la musique que je dois faire.*

Vincent désespéré :

— Et si tu te grisais de musique pour échapper au vide que laissent les enfants qui sont tous à l'école maintenant ? Quand je suis de repos, je vois la hâte avec laquelle tu pars pour rejoindre Mme Maisonneuve à l'abbaye ou à Courcelles, comme tu deviens nerveuse si l'un de nous fait mine de te retarder une seconde. Je préférerais encore que tu trouves un travail à plein-temps, que tu sois moins là pour eux et pour moi mais te voir garder le sens pratique !

Les doigts de Clothilde couraient sur le clavier, le buste en avant elle respirait fort sa colère, la dominait encore :

— *Les enfants suivent leur chemin et moi, je ne comble pas un vide, je reprends le cours du mien. Quant au sens pratique, comment oses-tu ? Changer des draps, soigner un genou, surveiller le lait qui bout, répondre au téléphone, signer un recommandé au facteur et ce faisant, tout le temps, les jumeaux accrochés à mes basques, et penser qu'au même moment, mon grand doit être en train de s'habiller dans le vestiaire du stade, qu'il faut mettre tout le monde dans la voiture, chaussures, manteaux, courses, vite rentrer pour faire les devoirs... Mon quotidien crève d'être un monde pratique. Où as-tu vu que j'avais peur du vide ? Grâce à la musique je n'ai jamais su ce qu'était l'ennui. Jamais de ma vie... Mais la passivité, je la flaire. L'attente que tu as de moi, je la sens... Le bonheur passé, est passé, Vincent, il était lié, tissé autour de la petite enfance de notre progéniture, et de moi plantée là, mais c'est fini, mari dans le ciel, fini. J'en ai fait mon deuil le jour de la dernière rentrée scolaire... Ose encore le dire que je dois rester pratique et*

Laisse-moi ma musique, n'y touche pas, n'y pense pas ! Si tu veux que je gagne ma vie en compensation de ce que je ne suis plus toute à toi, je la gagnerai avec ou sans Anima Mundi. Viens Beau, on va chercher les enfants.

Vincent se retrouva seul dans la maison. C'était fait. Il l'avait poussée à dire ce qu'il redoutait : elle l'attendait moins qu'avant. Voilà précisément ce qu'il retenait contre le chant : son harmonie à lui, disparue.

Dire que ce soir il était revenu en se gargarisant de sa propre générosité : de la surprise qu'il allait lui faire concernant leurs vacances en famille, de son envie de la ménager après la déception qu'elle avait si mal vécue de ne pas pouvoir reparler.

Clothilde n'avait pas besoin de ses dons, ni de ses attentions : elle ne voulait qu'une semaine loin d'eux. Elle ne voulait pas guérir parce qu'elle n'était pas malade ! Elle voulait "donner concert" ! Muette et/ou bègue, elle voulait donner concert !

Elle était devenue un sujet de questionnement. Il préférait avant. Du temps du premier âge des enfants. Quand il pouvait de son cockpit les imaginer tous les cinq, les suivre en pensée au long du jour, avec juste assez de certitude. Cela n'avait rien d'un délire de surveillance rapprochée, c'était son désir de l'aimer, de pouvoir se représenter les siens en suivant un protocole imaginaire qui lui agréait. Or Clothilde était tendue par quelque chose qui l'amenait dans des lieux qu'il ne se représentait pas, auquel il n'aurait jamais accès, du coup, là-haut, en pilotage automatique, il n'arrivait plus à se "la" représenter. Du coup, les enfants non plus. Même lui s'en trouvait plus flou.

Vincent consentit à s'occuper seul de ses enfants pendant la semaine d'août où Clothilde les quitterait pour ce stage. Ce consentement donné sous la contrainte selon Vincent les isola l'un de l'autre un peu plus. Clothilde ne dit pas merci et se drapa dans son silence comme dans un cocon.

Elle déposait régulièrement Antoine, Madeleine, David et Adèle au moulin. Aux côtés de leur grand-père, ils engrangeraient pêle-mêle sacs de farine, silences dans la contemplation de l'eau, idées fantasques ou dessins noirs sur blanc et anecdotes scientifiques. Clothilde saluait son père de la main sans descendre de voiture et repartait.

Une nouveauté peut-être dans les relations entre la fille et le père : M. Athilaire avait initié depuis peu une nouvelle manière de "parler" à sa fille : l'écrit, par ordinateurs interposés. Il lui écrivait tous les jours, les messages restaient courts, souvent axés sur le suivi de la thérapie qui rendrait peut-être sa voix à sa fille. Au moins cet échange épistolaire avait-il le mérite d'exister.

Préoccupée exclusivement des enfants et du chant, Clothilde échauffait sa voix à petits "brrrr", et "hum". Son souci à elle, scrupuleux, était de distiller la leçon de chant précédente, d'en recueillir l'essence. Depuis la mise en route d'Anima Mundi, elle progressait à nouveau à la vitesse de la lumière et le savait.

C'est vrai qu'elle n'attendait plus Vincent tous les trois jours un quart comme avant pour lui raconter loin dans la nuit ce que les enfants pendant son absence avaient appris, fait et dit. Elle lui confiait encore par écrit la créativité de Madeleine, la sensibilité et l'intelligence d'Antoine, les bagarres des jumeaux, le caractère d'airain d'Adèle, les dessins surprenants de David, mais elle n'en éprouvait plus la même urgence, ni ensuite, le même apaisement. Si le signal de Beau dans le couloir annonçant que la voiture de son compagnon entrait dans le faubourg faisait toujours battre son cœur, ce n'était pas forcément pour les mêmes raisons qu'avant, ce cœur s'affolait de son retour, oui, mais pour s'exciter à la pensée de la guerre ambiguë qui allait reprendre, s'affoler de son cortège de provocations et de réconciliations. Pourtant, quand elle s'y attendait le moins, quand elle le voyait de loin, marcher vers elle…

Simplement elle ne l'espérait plus toujours et en tout lieu. Dès qu'il passait le seuil de la maison, une ire sourde se réveillait, l'empêchait de goûter un baiser qui ne portait plus depuis des mois les mêmes frissons sur sa nuque offerte. Elle essayait en vain de se rappeler le chemin où cet émoi naissait autrefois.

D'ailleurs, Vincent, parce qu'il ne voyait plus le rose aux pommettes de sa femme quand il déposait ce fameux baiser sur sa nuque, avait moins le goût de le donner. Jusqu'à ne le donner plus.

La nuit, il la serrait trop et lui faisait mal avec cette nouvelle montre qu'il ne prenait plus la peine d'enlever. Clothilde l'avait repoussé. Depuis quelque temps elle aimait moins la nuit quand Vincent était là, elle repoussait la main qui l'attirait vers lui, qui la distrayait de forces qu'elle devait garder pour être mère et pour chanter.

C'était reposant de ne plus se réveiller aussi souvent aiguillée du fond de son sommeil par un désir. Pour courir après le temps perdu, elle chantait en dormant. La nuit, Vincent rêvait qu'il jouait aux échecs. Clothilde l'entendait parler de fous et de reines.

Leçon de chant

— Tu es tendue aujourd'hui Clothilde.
— … Vincent… (…)… est à la… (…)… maison… (…)…
— Mets ton "masque", sois la chanteuse. Mais pourquoi serais-tu plus tendue pour chanter quand tu sais ton mari à la maison ?

Clothilde haussa les épaules et alla vers son ordinateur :

— *C'est le sérieux avec lequel je m'y consacre qui l'inquiète… À propos, je vais faire le stage en août.*
— Très bien… Alors Vincent pense qu'il perd quelque chose dans le fait que tu chantes "sérieusement"… Montre-lui qu'il peut y gagner.
— … Mais quoi…
— Bien on y est ! Si toi-même tu te le demandes, comment veux-tu que lui ne soit pas obsédé par l'idée qu'il y perd ?!

S'il n'y avait eu que Vincent à contrarier mais voilà qu'Antoine se rebellait contre sa mère de plus en plus souvent, à en faire grogner Beau. Vincent, un soir que Clothilde avait consigné son fils dans sa chambre :
— Tu lui en veux ?
— … (…)… À Antoine ?… (…)… Comment le… (…)… poupoupoupourrais-je ? (…)… Il grandit… (…)…
— Tu es dure parfois avec lui.

Clothilde alla chercher son écran :
— *Non, je suis juste. Il ne peut pas me faire trois caprices odieux d'affilée et puis venir exiger ma tendresse ! C'est trop facile !*
— Oui, c'est ça. Nous ne devons plus rien exiger de toi.
— *Il est celui dont je m'occupe le plus en ce moment et cela ne lui suffit jamais. Si je le laisse faire, ce petit monsieur de bientôt douze ans va m'interdire de porter les vêtements que je veux. Il m'a fait la réflexion à propos d'un jean que je ne pouvais plus mettre et que j'ai ressorti l'autre jour… "Je suis désolé de te dire ça maman, tu es*

*très belle dans ce jean, mais ça fait pas très mode
« maman », c'est plus pour une femme…" D'ailleurs ça marche, ce pantalon, je ne le porte plus…*

Les provocations d'Antoine n'étaient pas bruyantes. Elles étaient même le plus souvent passives : il fermait le couvercle du piano et construisait ses legos encombrants et délicats dessus, sur cette longue bande étroite et lisse. Clothilde ôtait patiemment le lego, allait délicatement déposer cette construction sophistiquée et fragile dans la chambre du jeune garçon.

Il ne supportait pas d'entendre sa mère bégayer en privé, encore moins en public. Il rougissait lorsque des connaissances mâles ou femelles complimentaient Clothilde sur sa beauté, sur ce quelque chose qui émanait d'elle et qui attirait. Clothilde voyait tout cela, tâchait de le rassurer par ses actes sans rien retrancher des choix qu'elle faisait. Bien qu'elle ne mette plus ce fameux pantalon.

Un soir, il refusa d'assister au conte du soir. Ce n'était pas une provocation, ce soir devait venir et cela Clothilde l'accepta.

Quand elle trouvait le clavier du piano fermé, elle le rouvrait et faisait ses vocalises que cela lui plaise ou non.

En revanche, les jours où Vincent était à la maison, Clothilde ne répétait toujours pas.

Adèle :

— Maman ? Pourquoi tu chantes pas quand papa est là ? Pourquoi tu chantes pas "p" "te" "ch" "m" "fe" "se" et "sitrivini" et "manouel-manouel" ?

— ... (...)... Je fais de la musique... (...)... autrement.

Elle se contentait effectivement ces jours-là d'étudier des discographies, des biographies de compositeurs dont elle travaillait les pièces, des critiques d'opéras, jusqu'à ce matin au réveil ou, regardant son Apollon sommeiller encore, elle se dit : "Plus qu'un jour. Demain, il sera parti et je pourrai chanter." La spontanéité de cette réflexion faite passivement en enfilant son peignoir lui fit l'effet d'un coup de cymbale. Elle se jura qu'elle allait chanter chez elle ce jour-là pour ne plus avoir à souhaiter qu'il s'absente pour le faire !

Elle chanta. Vincent écouta en catimini quand, par trois fois dans la journée, le chant de Clothilde envahit la maison. Il était dans la chambre ou le jardin et il entendait cette voix dont il n'aurait su dire si elle était belle, mais il ne parvenait pas à l'éluder comme il avait réussi à le faire la première fois à la chapelle de l'abbaye. Parfois il avait un frisson, à un son qu'elle émettait de l'autre côté de la maison et qui le traversait. Il n'aurait pas pu la regarder dans les yeux quand elle chantait, sa femme n'était pourtant pas Méduse ! Il ne pouvait pas reconnaître que cette voix puissante et haute était celle de sa compagne.

Au dîner, il aurait voulu lui dire son trouble mais il n'articula vaguement que ceci :

— Tu chantes avec une précision et une puissance... Ces contractions involontaires au niveau du larynx quand tu parles... comment est-ce qu'elles peuvent ne pas empêcher cette intensité, ce souffle, ce débit homogène quand tu chantes, ces intonations ! Alors que les quelques mots que tu arrives à prononcer sans bégayer sortent de toi sans âme…

Il s'émut à ce mot, en garda la bouche ouverte de l'avoir articulé. Clothilde se leva et déposa un baiser sur son front. Vincent se dit qu'elle embrassait les enfants parfois exactement comme ça. Les enfants silencieux observaient cette scène, les fourchettes en lévitation, seule Madeleine continuait à manger comme si de rien n'était.

Il partit tôt dans la nuit vers l'aéroport. Il s'éloigna d'elle, et de cette voix intrigante qu'il n'identifiait pas, soulagé.

Clothilde était rassurée. Le trouble de Vincent à son chant prouvait qu'il avait entendu cette fois. C'était de bon augure, elle en resta là, elle s'occuperait de Vincent plus tard, pour l'instant elle avait à faire. La voix parlée revenait lentement. Les progrès étaient ténus mais constants. Ce qui comptait était que la voix chantée soit de plus en plus soutenue, claire, intense.

Trois jours un quart plus loin, Vincent revint. Le lendemain de ce retour, Clothilde, ayant merveilleusement dormi à côté de son mari éconduit, observait Vincent à la table du petit-déjeuner : une fois, il avait souri à part lui. À qui ? Sur quelle image arrêtée ?

Elle le lui demanda. Il rougit, baissa les yeux mais ne répondit pas. Clothilde n'avait jamais vu rougir Vincent auparavant.

Cette journée ne fut qu'un long point d'orgue suspendu au-dessus de ce sourire énigmatique. Obsédée par le sens à lui donner, il n'y avait plus pour Clothilde ni avant ni après, donc plus de musique pour faire le pont. Il n'y avait plus qu'une masse de temps informe comme une langue de magma qui aurait dû couler mais qui ne coulait pas. Le flot du chant tari.

Assise au piano, Clothilde frappa quelques touches d'ébène et d'ivoire qui ne lui dirent rien, elle n'eut pas soin contrairement aux autres jours de noter à travers le son émis par son instrument la qualité du temps, sec ou humide ?

La seule constante entre hier et aujourd'hui : Beau qui veillait.

Clothilde nourrit les enfants, les transporta, les écouta même, leur répondit, appliqua une pommade ici, une réprimande là, un baiser sur les fronts.

Vincent ?

Il ne chercha pas à l'éviter, ni à la rencontrer. Il attendait.

Clothilde fit une courte sieste dans l'après-midi. Elle s'éveilla avec une migraine, empêtrée dans des rêves coulant de sa mémoire comme d'une plaie. Le dernier, celui qui l'avait réveillée, racontait ceci : un jeune homme inconscient sur un radeau, la peau brûlée par le soleil, dérive sur l'océan. Sans transition, elle se voit dans une forêt dense, exotique, allaitant, accroupie au pied d'un arbre, un bébé dont elle sait qu'il n'est pas le sien.

Une petite décharge électrique dans ses seins, annonciatrice d'une montée de lait, la tira de son rêve. Sur le dos, Clothilde ouvrit les yeux, resta immobile, le regard arrêté au plafond, elle porta la main à ses seins, vérifia vite que du lait n'en avait pas coulé avant de se sauver du lit.

Il était l'heure d'aller chercher les enfants.

Dans la voiture, elle demanda à Beau :

— Puisque je ne veux plus d'enfants, qui c'était ce bébé étranger ?

Quelques heures plus tard, les contes du soir lus, les enfants endormis, la cuisine rangée, les portes fermées, Clothilde rejoignit Vincent qui lisait au lit.

— … (…)… Je vais… (…)… interrompre… (…)… ta lecture.

Vincent interrompit sa lecture et Clothilde tira son ordinateur de sa table de nuit.

— *Tu aimes ailleurs ?*
— … Pardon ?

Elle pointa la phrase déjà écrite et lui appliqua une police plus grande.

— *Tu aimes ailleurs ?*
— Non.
— *Tu jouis d'une autre femme que moi ?*
— … J'ai joui d'une autre femme.
— *Tu pensais à elle quand tu as rougi ?*

— Non. J'ai pensé à elle seulement quand j'ai senti ton regard sur moi, le sourire qui avait précédé était dû à autre chose.

— *À quoi ?*

— Je pensais aux jumeaux. À la maquette d'Airbus 380 que j'ai offerte à David. Ils étaient assis tous les deux à la turque, de chaque côté de la maquette, Adèle disait qu'elle voulait monter dedans, qu'elle serait toujours assise en première classe. David s'est énervé en disant que c'était son avion et qu'elle ne monterait jamais dedans même si elle avait beaucoup d'argent et qu'elle pouvait tout s'offrir. J'observais la scène sans me faire voir mais j'ai dû intervenir parce qu'ils commençaient à se battre comme des chiffonniers, à s'arracher les cheveux "Si, je monterai", "Non, tu monteras pas". La petite maquette gisait entre eux, couchée sur une aile, écrasée par leurs poids, insignifiante… Et eux l'avaient complètement oubliée.

— *Pourquoi tu ne jouis plus d'elle ?*

Impossible de regarder ailleurs. À chaque fois qu'une phrase était écrite, Clothilde tournait l'écran de côté vers Vincent qui devait alors pour lire faire l'effort de se tourner vers elle, s'offrant à son regard. Il essayait bien de ne lire que du coin de l'œil…

— Parce que je ne le veux plus.

— *Et elle ?*

— Je ne lui ai pas demandé et n'ai aucune intention de le faire.

— *Et si l'envie te reprend ?*

— Je me suis fait surprendre… ça ne m'arrivera plus.

— *Au contraire maintenant tout peut arriver.*

— … Tu m'oublies, pas les enfants, mais moi.

— *"Toi", "moi", "nous", "les enfants"… je ne comprends rien à ce que tu racontes.*

— Nous ne te suffisons plus.

— *Mais vous ne m'avez jamais suffi, mais qu'est-ce que tu t'imagines ? Simplement, j'étais trop prise par vous pour avoir encore de l'énergie pour autre chose, pour quelqu'un d'autre, moi par exemple ! Et vous vous êtes habitués. Que vous me soyez essentiels, ne veut pas dire que vous me suffisiez, quelle idée. Est-ce que nous suffisons à nos enfants ? Bien sûr que non ! Et heureusement !*

— Tu ne m'attends plus.

— *C'est ma faute, ma très grande faute... Bien sûr... Tu m'as trompée et c'est ma faute.*

— Cela ne se reproduira plus.

— *Ah, non jeune homme, c'est un peu court... Tu vas renifler la peau d'une hôtesse, caresser ses cuisses, la prendre dans une chambre d'hôtel ou pire, et c'est ma faute... Et c'est toi qui jouais au jaloux avec Nicolas.*

— Je t'ai trompée une fois, ça n'arrivera plus. Je pourrais avoir des aventures autant qu'il me plaît. Je n'ai jamais donné là-dedans. Ne me trompe pas.

— ... (...)... Pourquoi pas...

— Je ne le supporterai pas.

— Ah ah ah ah !!!

Un rire méchant et grave sortit de la gorge de Clothilde avant de se muer en un sanglot qu'elle étouffa de son bras. L'ordinateur tomba par terre. Clothilde était allongée sur le ventre, la tête dans l'oreiller. Vincent roula sur elle qui le repoussa. Mais au lieu de se replier dans son coin de lit et attendre qu'elle se calme, il la maintint sous lui, il enferma les jambes de Clothilde de ses jambes à lui, pesant de tout le poids de son torse sur le sien, les mains fermement verrouillées sur ses poignets, le front pressant la tempe de Clothilde, il lui murmurait des mots qu'elle n'entendait pas, elle cria pour le faire taire :

— Va-t'en. Va-t'en !... Beau !

Beau gronda à la porte, grattait de sa patte contre le bois…

— … (…)… Va-t'en… il sait ouvrir… la porte… (…)… va-t'en ou je lui dis de te… mordre!… (…)… Il le fera, il le fera.

— Chut… Ne crie pas, les enfants… Chut… Tu parles mieux, tu parles mieux… Tes mots prennent des couleurs!

— … (…)… Va-t'en… (…)… tu m'écrases!

Vincent relâcha son étreinte.

Clothilde s'assit.

— … (…)… Beau… (…)… ça va… (…)… Calme.

Ils entendirent le chien se coucher tout contre la porte.

Une minute passa. Clothilde se leva.

Vincent :

— Où vas-tu Clothilde?

— … (…)… Coucher sur mon radeau.

Dans la nuit, alors qu'elle était enfin endormie, Vincent se glissa vers le salon, s'allongea le long de Clothilde, sur le grand sofa. La lune rousse baignait le verger et le pré qui descendait vers les bois. Il la prit dans ses bras. Elle sanglotait parfois dans son sommeil. Il ne dormit pas.

Au matin, Clothilde :

— … (…)… Comment fait-on maintenant… (…)… Vincent?…

— … Ne pleure plus… je t'en prie…

— Je ne pleure… (…)… pas… (…)… Ça coule tout seul… (…)… encore une chose… (…)… à laquelle… (…)… il faut renoncer… (…)… ça n'en finira… (…)… jamais… (…)… jusqu'au dernier souffle.

Clothilde se leva, alla à la chaîne stéréo. Elle choisit un disque, le plaça dans l'appareil, le mit en marche, revint vers Vincent qui reconnut :

— … Beethoven… Le CD que j'avais couru te chercher quand tu accouchais de David et Adèle… ton antidouleur ? La neuvième de Beethoven… et notre salut est là ?

— … ♪ ♪ ♪ ♪ ♪ … Écoute… (…)… c'est la première… (…)… partie du quatrième… (…)… mouvement… ♪ ♪ ♪ ♪ ♪ … il n'y a pas encore les voix… (…)… mais elles vont… (…)… venir… C'est comme si je les entendais déjà… (…)… une promesse… (…)… Écoute… (…)… crescendo formidable… (…)…

Clothilde écouta la neuvième de Beethoven à fond et en boucle toute la journée qui suivit, pour contrer la douleur, pour dévier le cours des images d'"elle" avec lui.

Quand les nuits suivantes elle ne rêvait pas du corps d'un jeune homme nu dérivant sur un radeau, Clothilde rêvait qu'elle était chef cuisinière dans une auberge à cent couverts. Des marmites mijotaient, les couvercles clapotaient, les pots étaient lourds à manier. Il faisait très chaud. Elle était seule dans la grande cuisine. Les gens avaient faim en salle et pour s'exhorter au courage, elle répétait "Faire feu de tout bois, feu de tout bois".

Au cabinet de la phoniatre, par trois fois maintenant, Clothilde avait pu conduire son souffle "en mode parlé". Ses cordes vocales avaient vibré sous ses mots à elle, teintés de "couleurs" comme avait dit Vincent. Cela lui demandait une telle concentration qu'à chaque fois elle ressortait épuisée de l'exercice. Elle évitait l'euphorie. Son corps était un traître ni plus ni moins que les corps des autres. Il n'y avait que lorsqu'elle chantait qu'elle voulait bien croire qu'il y avait du bon dans cette enveloppe charnelle fourre-tout, désirante, tyrannique et mortelle.

Clothilde n'aborderait plus jamais la trahison de Vincent. Le quitterait-elle ? Bien sûr que non, pour tout un tas de raisons banales, dont la première était que le père n'avait pas trahi les enfants, les séparer de lui était donc inconcevable. Et puis si la musique et les enfants l'occupaient au point de ne pas avoir le temps de s'attarder sur le désir qu'elle avait de lui, elle n'avait qu'à s'attarder : ce désir n'était jamais bien loin. Les raisons pour lesquelles il l'avait fait rêver treize ans plus tôt étaient toujours là, il était même encore plus beau. Mieux que cela, "M. zéro faute" avait failli deux fois : en la trompant, et aux commandes de son Cap 232 : c'était devenu plus commode de l'aimer.

Depuis qu'elle savait pouvoir travailler pour Alix quand elle le souhaiterait – celle-ci l'avait relancée sur l'ouverture d'un Anima Mundi à Paris –, depuis qu'elle chantait, elle était libre, libre d'être généreuse, libre de ne plus aimer Vincent ou de l'aimer. Tout redevenait possible. Si elle avait décidé de ne pas se venger, elle avait ouvert une petite fenêtre, par laquelle elle se réservait le droit discrétionnaire de se faufiler, pour disposer à son gré des avances d'un homme un jour peut-être, comme Vincent avait disposé de celles d'une femme. Elle ne provoquerait rien mais ne s'interdirait rien. Elle serait constante en cela aussi. Vincent savait pouvoir compter là-dessus, nul besoin d'insister.

Tous deux observaient les exigences d'une nouvelle alliance dont les lois, plus "pragmatiques" – c'est Vincent qui avait utilisé ce mot –, s'ébauchaient au fil des jours et des événements dans une égalité stricte, garantie par une savante mécanique de compensations. La nuit restait la nuit, hasardeuse, les amants y faisaient la place au caprice, mais le jour, l'amour était courtois, à la lettre.

L'idée de quitter sa femme n'avait jamais effleuré Vincent, surtout pas quand cette entreprenante et superbe jeune hôtesse qu'il avait toujours vue les cheveux tirés et chapeautée, avait frappé, les cheveux déliés, à la porte de sa chambre. Elle s'était pendue à son cou en lui susurrant des chapelets de mots sucrés. Sous les caresses et les mots courbés d'intonations suaves, prononcés dans un souffle, il n'avait jamais pensé aussi peu et donc surtout pas à quitter Clothilde.

Vincent comprit vite que Clothilde, le dépit et la tristesse d'avoir été trompée passés, était plus forte qu'avant, qu'elle ne lui devait plus rien, si tant est qu'elle lui ait jamais dû quelque chose.

Simplement la nuit maintenant, quand Vincent était absent, Clothilde peinait à trouver le sommeil, non pas qu'elle eût peur qu'il la trompât encore. Non. Non pas qu'elle eût peur de cela ou d'autre chose. Seulement l'avenir s'était rouvert. C'était cela aussi le fondement de cette "nouvelle alliance". Leurs avenirs particuliers s'étaient rouverts. Ils pouvaient choisir de rester ou de partir. Leur progéniture avait grandi, Vincent et elle n'étaient plus liés par aucune nécessité.

Le temps était redevenu précieux et plus seulement parce que c'est lui qui mûrissait, devant les yeux de la mère, les traits de ses enfants au fil des jours. Il était redevenu une mesure pour lui-même. Clothilde ne le passait plus à attendre que ses enfants aient besoin d'elle ou l'interrompent. Il lui arrivait aussi souvent qu'avant de ne pas dormir à cause d'un souci, d'une peine de l'un ou de l'autre que "même elle" la mère ne pourrait pas soulager mais, lorsqu'elle était au chant, elle était libre, elle était ailleurs, partout, omnipotente.

Le temps passe invariablement. Sans doute. Pour Clothilde, à partir de ce moment-là, le temps s'emballa.

Nouvelle leçon de chant à l'abbaye, fin juillet

Mme Maisonneuve :
— Tu es échauffée, nous allons chanter sans interruption les cinq pièces que tu connais maintenant bien. Deux parmi ces cinq seront choisies par le maître de stage et tu les travailleras, peaufineras tout au long de la semaine. Attends-toi à un duo imposé. Allons-y, je t'accompagne, j'attends un signe de tête et je démarre. Pour cette fois, tu gardes tes partitions. Même si tu bafouilles, tu ne t'arrêtes pas, sous aucun prétexte. On commence par les deux chants tchèques de Bohuslav Martinu, *Naděje* et *Zvolenovcí chlapci* – sœur Magdalena m'a appelée pour me raconter vos séances de travail sur la prononciation, tu l'as épatée : pas de difficultés vocales particulières, mais attention à la rythmique dans le premier et à la vitesse du deuxième. Je veux de belles intonations, une mâchoire libre, souple, qui articule au doigt et à l'œil… puis *Guarda in quest'occhi* de Vivaldi, *Son tutta duolo* d'Alessandro Scarlatti et pour finir *Bist du bei mir* de Stolzel, *legato*… Prête ?
— … (…)… Oui…
♪ ♪ ♪

Clothilde chanta, elle ne cilla pas quand elle crut reconnaître le pas d'Alix dans l'allée des chapelles… Ce fut bien elle qui apparut. Alix fit à Clothilde un petit sourire d'excuse maladroit pour le dérangement, marcha sur la pointe des pieds pour venir s'asseoir près de Baptiste et de sœur Magdalena. Pour la première fois, Alix devançait l'heure de répétition du chœur pour l'entendre. Pourquoi ce jour-là ? Parce qu'elle était aimée ? Apaisée ? Parce qu'elle ne comptait plus pour rêver sur l'image arrêtée de la Clothilde d'avant : attendant Vincent, trônant au milieu de ses beaux enfants ? Parce qu'elle n'en voulait plus à Clothilde de clamer par son silence que le bonheur n'était pas tout entier là non plus ?

Lorsque Baptiste avait pleuré parce qu'il était en retard, qu'il n'entendrait pas ce vendredi-là Clothilde chanter, Alix, dans le chœur parmi les autres, n'avait rien perdu de son désespoir. Les larmes lui étaient montées aux yeux aussi à le voir. Elle n'était jamais venue avant l'heure de la répétition pour entendre travailler Clothilde avec Mme Maisonneuve. Elle ne parvenait pas à faire ce pas et en était torturée à chaque fois, comme si ce geste avait été un renoncement, un renoncement à quoi, elle ne savait pas trop. Depuis "Gilles", elle n'était plus exaspérée par le mutisme de Clothilde, juste peinée ; pourtant ce dernier pas, venir l'entendre, était si difficile à franchir. Lorsque Mme Maisonneuve s'attardait à parler avec elle et mentionnait le talent de son amie, Alix abrégeait la conversation, le cœur battant d'exaltation et de confusion. "Alors si elle

pouvait montrer une si belle voix aux autres, pourquoi ne pouvait-elle plus parler aux siens : à elle ?"
Il faut beaucoup de temps pour découdre les mauvaises raisons.

Le temps était venu, Alix avait franchi le pas et Clothilde chantait si bien que Mme Maisonneuve s'interrogeait, elle qui, péremptoire, avait demandé à Clothilde de n'arrêter le chant sous aucun prétexte, de savoir si elle allait être capable de maîtriser son émotion et d'accompagner au clavier son élève jusqu'au bout.

Clothilde était consciente de bien chanter. Les sensations étaient les bonnes. Pour la première fois, elle chantait comme elle l'entendait de l'intérieur. Elle jouait parfois du piano comme cela, en état de grâce, une fois par an. C'était de la musique ce qu'elle faisait là. Elle était instrument docile, la voix répondait. Là où elle était, elle ne craignait plus rien. Plongée dans une concentration d'une profondeur à faire peur, de ses yeux secs, elle ne voyait plus que les yeux bleus d'Alix briller contre la pierre blanche des piliers.

Le cours terminé, au seuil de la petite chapelle, Clothilde et Alix s'étreignirent avec tendresse, dans une réciprocité d'intention parfaite. Une tendresse comme un lierre. Baptiste sans façon s'était joint à l'étreinte, avait entouré de ses bras les tailles des deux femmes et posé sa tête là où leurs épaules se rencontraient. Il avait si bien écouté, tout entendu, il avait le droit. Comme les chanteuses se mettaient en place dans le chœur de la nef, il se défit de l'étreinte et, de sa démarche précipitée et tronquée, partit les rejoindre. Il s'assit sur sa chaise paillée, bras croisés, serrés sur sa poitrine comme pour la retenir de s'emballer et attendit. Alix prit sa place dans le chœur de femmes et s'y fondit. Clothilde ne la quitta pas du regard avant que leur chant ne s'élevât à son tour. Tournant alors le dos au chœur, elle s'éloigna lentement par la nef centrale.

Derrière l'abbaye, sur ce chemin de terre battue, l'année écoulée lui apparut dans sa continuité, de leçon de chant en leçon de chant, de la nuit noire à un crépuscule hésitant, jusqu'à aujourd'hui dans la lumière rousse de la nef en gloire. Lumière qui semblait célébrer cette première fois où elle avait vu les ricochets de son chant sur les corps de ceux qui écoutaient. Le jour où Alix était revenue. Le temps pouvait bien passer, tout lui prendre, elle avait chanté, comme un cuisinier cuisine bien, comme un maçon construit bien, un relieur relie, un marathonien arrive au terme de sa course. "Et toi maman, tu as entendu ?" Clothilde posa la question comme elle lui était venue à cause de ce souffle d'air qui l'avait effleurée. Elle entendit longtemps avant de les voir ses enfants venir à sa rencontre. Ils semblèrent éclore un à un des marronniers. Beau fut le premier à la rejoindre. Clothilde la païenne pensait que c'était peut-être cela la "béatitude", cet agrément du corps et de l'esprit à être l'un à l'autre même quand la musique ne vibrait plus, qu'elle était souvenir.

Leçon de chant

— ♪ ♪ ♪ … (…)… Nonpasça.
— Recommence, respire bien, ouvre le cou, porte le son, pose-le sur la respiration…
— ♪ ♪ ♪ … (…)… Nonpasça.
— Bien, je ne suis pas échauffée, je crains de ne pas chanter ce ton parfaitement, je te mets Jessye Norman… Écoute ce passage et chante dans la foulée ♪ ♪ ♪. À toi !
— ♪ ♪ ♪
— Alors ? C'était ça ou pas ?
— … (…)… Parfait… (…)… Enfin je… (…)… Je crois.

Mme Maisonneuve fut prise d'un fou rire auquel Clothilde répondit en riant aux éclats aussi.

Mme Maisonneuve :

— Je n'ai jamais vu une chose pareille… Je te remets toute la phrase du Nachtigall avec ce ton que tu as parfaitement reproduit et tu la chantes…
♪ ♪ ♪
— ♪ ♪ ♪ ♪ ♪ ♪ ♪ ♪ ♪
— Ce n'est pas croyable, tu es un singe… Pour chanter et émerveiller, il te suffirait d'écouter juste avant un concert la pièce que tu vas dans la foulée

interpréter... Et ta voix reproduirait celle de la plus grande diva... quand tu as cette qualité de concentration, aucune difficulté technique ne t'arrête... C'est incroyable... Personne ne me croirait...

Clothilde, de sa voix parlée sans expression :

— ... (...)... Mettez... (...)... Jessye... (...)... tout le chant... je me concentre...

— Non, Clothilde, non, ne jouons plus. Ce qui nous intéresse, c'est ta voix, la tienne, c'est à elle que tu dois commander, pas à la voix des autres. Comme l'autre jour dans la chapelle. Chante.

Le temps du stage approchait, on était en août. Clothilde venait de déposer les enfants au moulin chez son père où ils étaient invités à un de ces fameux pique-niques à thème. Vincent était à l'aérodrome préparant son retour à la compétition. Les médecins ayant donné leur feu vert. Il venait de reprendre les entraînements, sept mois après son accident. Il n'avait gardé aucune appréhension et n'avait eu qu'une hâte : remonter dans un Cap 232.

Après son passage au moulin, Clothilde s'arrêta à la distillerie. Alix était sous les serres, elle serait là d'une minute à l'autre. En l'attendant, Clothilde s'assit sur un tabouret, face à un petit alambic de verre qui distillait goutte à goutte de l'essence de lavande… La goutte semblait ne pas tomber mais venir se poser avec un léger rebond qui faisait éclore une onde élastique et lente, comme un écho sur l'anneau d'huile.

Alix et Gilles entrèrent, épaule contre épaule, les bras chargés de différentes plantations. C'est-à-dire que Clothilde reconnut Gilles de Vincelles, son enveloppe corporelle, car par l'allure, le regard, c'était un homme qu'elle n'avait jamais vu. Bien sûr, Clothilde savait qu'Alix et Gilles étaient amants. Elle fut surprise quand même.

Quand Alix était venue écouter Clothilde à l'abbaye, c'est Gilles qui l'avait décidée à ne pas avoir peur et à prendre Clothilde dans ses bras pour compenser les mois de "son" propre silence. Gilles savait ce qu'était la parole empêchée. Il savait le regard posé sur celui qui reste muet, qui balbutie, chuchote ou bégaie. Il avait raconté à Alix, toutes ces fois où il avait voulu répondre à quelqu'un et où la parole était restée en lui, enfouie par tant de mètres de fond que l'effort à la faire émerger était surhumain. Il l'avait assurée que Clothilde entendrait le pardon qu'Alix tairait. Elle avait couru.

Le couple arriva à hauteur de Clothilde :

— … (…)… Je viens pas*ser* (chuchoté) la journée… (…)… avec vous… (…)… Je peux ?… (…)… Donnez-moi du travail…

— Le stage commence demain ?

— … (…)… Oui…

Une semaine de chant dans un cloître. Dormir seule dans une cellule où le regard violet de Vincent ne pénétrerait pas, dans un lit où ses mains ne la chercheraient pas. Pas d'enfant pour appeler dans la nuit. Se réveiller au matin, étonnée qu'elle soit passée, cette nuit, puisque ses yeux venaient semblait-il à peine de se fermer.

Les enfants lui manquaient, de nombreuses fois dans la journée, elle se surprenait à les guetter, les attendre. Sous les arcades du cloître roman qui jouait au jeu de paumes avec les sons émis sur ses quatre flancs, la mère se retournait à un bruit : une porte ouverte, un souffle d'air chuintant dans son dos.

Une main d'enfant avait effleuré ses cheveux ?

Ce n'étaient jamais eux.

N'avait-elle pas entendu un petit cri en "an" en "m"… ?

Elle était seule et les rondes blanches de Beau ne se dessinaient nulle part.

Six chanteurs, quatre femmes, deux hommes.

Le concert s'organisait autour de trois parties : musique sacrée, musique baroque, musique de la fin du XIXe.

Les partitions de Clothilde étaient prêtes : *Bist du bei mir* de Stolzel, le *Guarda in quest'occhi e senti* de Vivaldi, et le duo de la *Barcarolle* d'Offenbach.

Les deux premiers jours, Clothilde considérait les gens autour d'elle comme des personnages d'un tableau duquel elle entrait et sortait. Isolée des enfants, de Beau, sans eux ni Vincent, isolée par sa voix parlée entravée, elle fit strictement ce qu'on lui demanda. Horaires, repas, répétitions.

Le troisième jour, elle ouvrit son ordinateur pour communiquer hors du chant avec la soprano qui interprétait le duo d'Offenbach avec elle. Relation courtoise. Clothilde était incapable de s'investir au-delà. Toute son énergie, sa concentration, étaient aspirées vers l'espace musical. Pour un musicien professionnel, se préparer à un concert allait de soi, mais pour elle, c'était la première fois, les auditions de ses études de piano ne comptaient pas, pas comme la démarche qu'elle faisait là.

De jour en jour, la qualité de concentration de Clothilde allait crescendo.

Le manque des enfants était moins pressant, les rondes de Beau ne dansaient plus devant ses yeux qu'au réveil.

N'être plus concernée que par la musique, n'avoir aucun autre souci qu'elle. N'avoir rien de plus urgent que de peaufiner sa technique, son interprétation, la qualité d'une phrase musicale, son attaque ou sa fin.

Mme Maisonneuve arriva le vendredi. Elle intervint au côté des professeurs avec son oreille neuve sur le travail des cinq jours précédents. Elle se remit à vouvoyer Clothilde. Ce vendredi en fin d'après-midi, les chanteurs se rendirent dans l'abbaye cistercienne pour une répétition générale. Cette abbaye, plus austère que l'abbaye de Levayze, était imposante dans sa sobriété, moins lumineuse, d'un blanc mat et épais qui buvait la lumière, le son était plus lourd ici, volumineux. Clothilde chanterait "haut" et léger. C'est ce qu'elle fit pour chacun des deux solos, et pour la Barcarolle aussi.

Les professeurs, les pianistes et les chanteurs ne voulaient pas croire que Clothilde n'étudiait que depuis dix mois. Mme Maisonneuve ne faisait aucun commentaire, mais elle jubilait de la stupéfaction de ses collègues.

Le samedi, jour du concert, à l'heure dite, Clothilde s'habilla. La robe noire et l'écharpe bleutée étaient prêtes sur le lit. Elle se maquilla beaucoup comme on le lui avait dit. Elle se regarda longuement dans le miroir mais ne sut qu'en penser. Dubitative, elle restait là à se regarder et hallucinait de tant ressembler à sa mère, on le lui avait dit mais elle n'y avait jamais cru.

Penser à sa mère lui rappela que cette nuit, elle avait rêvé de voix perdue, de sa mère au bord de l'eau qui, au milieu des herbes hautes glissantes, l'aidait à la chercher.

Clothilde se présenta à Mme Maisonneuve qui lui sourit… Puis ce sourire s'évanouit d'un coup.

— Allez vous maquiller !

— ... (...)... Mais je le... (...)... suis déjà...
(...)... trop.
— Il faut plus de noir ici, et de rouge sur les lèvres. Allez.

Les chanteurs allèrent s'échauffer la voix en marchant à l'ombre des arcades du cloître. Puis ils passèrent dans la sacristie, y attendirent à la cloche les huit coups de l'heure pile, "comme des condamnés" pensait Clothilde dont l'angoisse montait. Le désir montait par vagues lui aussi mais ce sentiment de terreur n'était pas du désir. "Qu'est-ce que je fais là... Pourquoi est-ce que je m'impose cette agonie ? Ai-je vraiment voulu cela ?"

Ils entrèrent sous les applaudissements dans la nef, large comme une avenue, nimbée de lumière blanche. Étrange lumière, mate, épaisse, due à la qualité du soleil à cet instant donné, à la qualité de la pierre calcaire. Clothilde y associa sa craie, et la lumière au moulin quand son père moulait le grain. Ils s'assirent sur des chaises, préparées pour eux en retrait du chœur. Clothilde refusait de regarder côté public. Elle ne voulait pas savoir si ses enfants et Vincent étaient là. Beau. Alix. Son père ?

Quelqu'un présenta les stagiaires, "tous" en fin d'études de conservatoire. Il y eut encore quelques applaudissements.

Le concert avait commencé. Clothilde était la deuxième à chanter. Ses lèvres fourmillaient, elle les frotta pour noter que ses mains étaient froides et moites… et rougies du rouge à lèvres qu'elle venait d'étaler autour de sa bouche. Sa compagne soprano la fixa et écarquilla les yeux : "Quelle horreur, essuie-toi, cela va être ton tour… Ta bouche, tout autour, tu as mis du rouge partout, on dirait que tu saignes!"

Vite, emprunter un petit miroir, un mouchoir, le mouiller de sa salive, repoudrer, recomposer son visage… "Persona."

Si sa voix chantée lui faisait défaut? Si elle disparaissait comme sa voix parlée? Isabelle était-elle dans la salle? Il fallait que Clothilde s'en assure, qu'elle regarde.

Elle tourna très vite la tête, balaya la foule avec comme unique filtre : percevoir le casque volumineux de cheveux noirs et bouclés de l'orthophoniste.

… Elle était là.

Clothilde n'écoutait rien de celui qui chantait maintenant, elle était échouée quelque part. Une crampe au ventre la ramena sur sa chaise paillée.

À dix mètres devant elle, elle vit celui qui l'avait précédée s'incliner.

"Clothilde c'est à toi!"

Elle se leva.

Qu'est-ce que je chante? Je chante *Bist du bei mir*. "Bist du bei mir"…

La peur de l'artiste est le sel du spectateur qui a payé pour être assis là où il est.

Le fil de la voix cassera ou cassera pas? Telle était la question.

Elle arriva sur scène les jambes tremblantes, les mains moites, la bouche sèche. Elle embrassa du regard la masse des formes et des couleurs, perçut des mouvements épars, là d'épaules, ici de têtes, de mains. L'immobilité comme le silence absolu n'appartiennent qu'à la mort. Comme le jour de cette rentrée scolaire, elle fit semblant de voir. Elle fixa son regard haut et loin à l'autre bout de la nef, à l'œil cyclopique ouvert au tympan par où entrait un faisceau de lumière. Le temps de penser à Anima Mundi et ces animations lumineuses, elle fit signe au pianiste d'introduire les premiers accords.

"Je dois penser à ce que je chante mais pas trop, je dois entendre les mots que je chante mais pas trop. Ne pas m'émouvoir.
Je dois être concentrée mais ni sourde, ni enfermée. Ouverte.
Je dois chanter. Me détendre, m'ancrer dans la terre, respirer… ne pas penser à ma mère, ne pas penser à ma mère. Chanter l'allemand, y prendre plaisir, ne rien oublier du sens, sans s'attarder… « *Bist du bei mir, geh'ich mit Freuden zum Sterben und zu meiner Ruh…* » qu'il y ait dans l'illusion d'un avenir, de la douceur à mourir… Chanter haut et *legato*…"

♪ ♪ ♪

Après avoir chanté, elle s'inclina comme un morceau de bois casse. Elle aurait voulu recommencer pour chanter mieux, elle avait entendu qu'elle le pouvait. Mais peu importait, elle n'était pas tombée, elle n'avait pas eu de trou de mémoire. Une seule fois, elle avait failli s'étrangler d'avoir avalé sa salive de travers. Sous les applaudissements qui insistaient, elle se cassa en deux à nouveau.

Tout le long du concert, sa concentration se resserra encore, la peur était maintenant un long frisson léger, excitant même. Clothilde avait presque hâte de remonter au front.

Elle n'avait jamais eu l'occasion – exceptées quelques rares expériences au piano certains jours propices peut-être et ce jour à l'abbaye de Levayze quand elle avait chanté pour Alix – de goûter cette qualité d'éveil. Sa respiration irriguait son corps jusqu'aux bouts des doigts qu'elle sentait s'ouvrir. Sa peur se dissolvait dans l'euphorie.

Elle chanta mieux la pièce baroque, l'aria de Vivaldi, *Guarda in quest'occhi e senti ciò che ti parla amor.* Elle ne croisa le regard de personne dans le puits de lumière qui faisait danser dans toute la nef des particules de poussières. Mais cette fois quand elle salua, elle sourit.

Elle chanta la *Barcarolle* et ne se rappela rien.

Le concert était terminé ?

Déjà ? Toute cette organisation, cette énergie pour si peu de temps ? Quelqu'un vint encore une fois s'adresser au public. Clothilde n'écoutait plus, elle cherchait les siens. Où étaient les enfants ? Là-bas près de la porte d'entrée latérale, elle avait cru voir Beau, tache de neige, rentrer, ressortir, et des enfants courir autour, électrons libres autour d'un noyau.

Les chanteurs, avant de se disperser, s'embrassèrent.

Clothilde voulut saluer Mme Maisonneuve. À une main posée sur son épaule, elle se retourna. C'était elle.

— C'était bien, Clothilde. On verra où cela nous mène. Tu as cette grâce rare de forcer l'écoute. Cela arrive entre musiciens même, pas seulement entre musiciens et auditeurs. Dans un orchestre, il y a parfois un ou une interprète qui a cette qualité de forcer la réceptivité de ses partenaires. Ils en sont stimulés et répondent mieux. Cela donne les plus beaux ensembles. Tu ouvres les portes vers la musique Clothilde. Au prochain concert, pense à cela : si un auditeur dans la salle est venu contraint, hésitant, par désœuvrement, va chercher celui-là, oblige-le à te suivre, il n'en reviendra pas du voyage qu'il fera !

Dans la nef latérale, Beau arriva au pied de Clothilde le premier, les enfants à sa suite. Les jumeaux n'étaient pas du tout impressionnés par la toilette de leur mère, ils l'escaladaient comme ils le faisaient du pommier du verger. Clothilde les recevait, embrassait les enfants qu'elle tenait sous sa bouche, serrait de ses bras ceux hors d'atteinte de ses lèvres.

Antoine insistait pour vite rentrer à la maison avec sa mère, et qu'elle se change.

Madeleine dit :

— J'ai préféré l'italien maman, mais le chant allemand était parfait.

Vincent qui remontait la nef d'un pas lent arriva à leur hauteur. Clothilde sourit pour elle-même, parce qu'il était beau, les faits sont têtus. Pour prendre la taille de sa femme il fallut que Vincent décroche les jumeaux, écarte Antoine et Beau. Madeleine avait fait la place dès que son père s'était approché.

— … (…)… Alors ?

— … Tu as bien chanté, enfin, ça n'a presque pas de sens pour moi de dire ça… Je ne sais pas comment expliquer. J'avais le trac aussi… Je suis sorti plusieurs fois dehors… Je n'ai pas fait de bruit ?

— … (…)… Non… (…)…

— Tu me présentes ta prof de chant ?

— Oui… (…)… ensuite maison.

— Oui, ils m'ont épuisé pendant une semaine tes quatre feux follets. Ton père et Alix attendent dehors.

Des querelles entre Clothilde et Vincent ? Passée la phase d'observation et d'entrée en vigueur de leur "nouvelle alliance", durant laquelle il n'y en eut pas, de petites disputes se firent jour çà et là : des querelles d'amants dans ce regain d'amour qui suivit le concert d'août. D'abord effrayé, puis intrigué, Vincent avait été séduit comme par une autre. Il aimait cette ambiguïté, ce nouveau ressort au désir. C'était maintenant qu'il avait le sentiment de la tromper, qu'il trompait la Clothilde d'avant "avec une autre".

En septembre, Vincent retourna à ses vols et son temps partagé de trois jours un quart en trois jours un quart, les enfants embarquèrent pour un nouveau cycle à l'école et Clothilde, dont ce fut la rentrée aussi ce septembre-là, renoua avec le chant.

Les jours de cours, Clothilde avait entrepris de faire du sport à Courcelles l'Orgueilleux avant de rejoindre Mme Maisonneuve. Depuis des années elle acceptait le mal de dos, de tête, ces douleurs sous la plante des pieds comme si elle y avait eu des bleus : une multitude de petits inconforts et de bénignes gênes qu'elle ne pouvait plus se permettre, à cause du chant. Elle voulait en finir avec les restes de secousses des trois grossesses dont celle des jumeaux fut la plus notable sur son échelle de Richter. Ce contentieux avec son corps remontait même à plus loin que cela : jamais avant ou après les naissances il ne l'avait laissée en paix, toujours quelque chose clochait : quand elle était enfant c'était l'énurésie, les ongles rongés, l'eczéma dans les oreilles. Les insomnies au début de l'adolescence. Elle n'en parlait pas, un brin à sa mère, car tout le monde, surtout son père, avait l'air si surpris et agacé quand elle se plaignait de quelque chose : comment osait-elle se plaindre, elle que la nature avait gratifiée de toutes les qualités, qui était si aimable ? Déjà petite, elle contrariait les gens quand elle ne leur renvoyait plus l'image qu'ils avaient d'elle.

Il n'y avait qu'en musique et plus encore dans le chant que "tout" rentrait dans l'ordre, devenait clair. Dans ces instants-là, l'intérêt bien compris de ces deux entités, corps et esprit, prenait le pas. Il y avait enfin symbiose entre ces deux-là comme entre l'éléphant et l'oiseau, le bernard-l'ermite au ventre mou et sa coquille hospitalière. Pour la qualité de ces moments-là que le chant faisait éclore, Clothilde avait décidé que son corps était digne d'un peu d'attention. Elle prenait soin de lui. Dans la salle de sport, d'autres dames, deux à deux, pédalaient, nageaient, manipulaient les machines à muscles et tout le temps devisaient, papotaient. Clothilde jamais. Elle ne pouvait pas papoter, pas seulement parce qu'elle ne pouvait pas parler, mais parce que, concentrée sur l'effort, elle aurait été trop essoufflée pour le faire. Elle inspirait et expirait comme si chaque mouvement devait mener au chant. Après l'effort, elle se contraignait à la lenteur. Dans ces vestiaires mieux que dans sa salle de bains, elle prenait le temps de se faire belle : pour aller chanter, changer d'habit, achever la métamorphose du corps.

Elle passait dire bonjour à Anima Mundi. Souvent, elle déjeunait avec Alix, comme cette fin septembre où elles étaient assises face à face au restaurant.

Clothilde, le nez plongé dans le menu, s'étonna :
— Tu ne prends… (…)… pas de vin.
— Non, c'est fini pour un temps.

Clothilde, le visage figé, leva les yeux sur le sourire d'Alix et les baissa pour la voir poser les deux mains sur son ventre.

Clothilde sortit fébrilement son écran de son sac-besace, le temps qu'il s'allume, elle jetait des regards furtifs et intimidés sur Alix qui s'amusait beaucoup :

— *Tu veux dire pour neuf mois de grossesse et six mois d'allaitement… ? Et ensuite tu repartageras un verre de vin avec moi ?*

— Oui… Clothilde ? Tu pleures ?… Clothilde… Gilles est beaucoup plus nerveux que moi. J'aurais pu attendre encore. Je l'avais "lui", je n'étais plus si pressée. La vie a mordu à la première occasion. Je sais que c'est de joie pour moi, mais ne te mets pas dans cet état… Clothilde…

Leçon de chant

Mme Maisonneuve :
— Ne t'impose pas trop de devoirs à la fois. La corde cassera. L'apprentissage du chant, c'est aussi apprendre à ménager son instrument, donc à se ménager soi, pour libérer l'énergie requise le moment venu. Calme. Ta voix a mûri. Tu n'as pas besoin de travailler tant, d'exiger tant de toi, tu ne "mérites" pas d'être musicienne, tu l'"es".

— *Les aigus ont mûri oui, mais mes graves, non. Je suis moins à l'aise avec eux qu'au tout début. Plus je chante, plus c'est difficile.*

— C'est que ton exigence n'est plus la même.

— *Mais dès que je veux que ces sons graves résonnent, ma voix se "perd" comme s'ils ne pouvaient que rester sourds.*

— Pourquoi dis-tu que ces sons sont graves? Ils ne le sont pas. Tu penses sans cesse : "Je travaille le chant lyrique : du plaisir d'accord, mais alors juste un soupçon. Il faut que je souffre pour justifier le temps que j'y investis." Culpabiliserais-tu encore? Mais débarrasse-toi de tes oripeaux de bonne femme Clothilde! Ne vois-tu pas que tu ne prends rien à personne, que tu donnes?... Ces sons que tu redoutes, ces sons "terribles et graves", ne sont que ceux que tu utilises quand tu parles !

— … (…)… Ne me disputez… (…)… pas je ne… (…)… parle plus.

— Rappelle-toi, même dans l'aigu quand tes "a" sont mal placés, je te demande d'effacer l'ardoise et de dire "a"…

— … (…)… L'ardoise je l'ai… (…)… cassée…

Mme Maisonneuve faisait toujours mine de ne pas entendre :

— … Je te demande d'effacer l'ardoise et de dire "a"… Ensuite on peut continuer. Cette difficulté, c'est toi qui la crées. Articule de ta voix parlée ce "do" de la serrure si "terrible et grave", dis-le, puis là où tu le dis, chante-le, tout simplement, légèrement, sans pousser le souffle.

— Do.

— Chante-le…

— ♪ Do ♪

— Maintenant, là où il est, respire plus profondément, soutiens-le, donne-lui des couleurs, anime-le ! Reste à la même place…

— ♪ Do ♪

— Parfait, pour les sons encore plus bas, nous allons apprendre à tresser ces deux fils, de l'aigu dans le front, au grave dans ta poitrine. Cette tresse s'appelle le médium. Les deux finiront par se rencontrer, s'unifier, tu verras. Le pire est de t'en faire un problème. Et n'imagine pas non plus que ce petit souci te ramène à la case départ, la voix évolue et les chanteurs professionnels eux-mêmes travaillent énormément, toujours, pour qu'aucun des fils qui composent cet habit intérieur dont tu me parlais ne se découse.

— *Pourquoi est-ce que ces notes que je chantais sans difficultés au début me font peur ?*

— Je ne veux plus jamais entendre ce dernier mot ! "Elle" n'existe pas. Ici, on ne régresse pas ! La note est basse ? Oublie, pense-la haute, et elle sera à sa place ! Tu es fatiguée aujourd'hui.

— *J'ai peut-être un peu trop forcé sur le sport... et Alix m'a appris qu'elle était enceinte... Cela me trouble, je n'aurais jamais cru, à ce point...*

— Tu es contente ?

— *Je ne suis pas contente, je suis heureuse, la joie me balaie, je suis troublée, confuse...*

— ... Autre occasion de te réjouir : tu chanteras le 1er janvier... J'organise un récital, dix élèves y participeront, tous professionnels, tous sont mes élèves actuels ou anciens, les meilleurs. Je compte sur toi. Pour aujourd'hui, c'est fini. Tu es complètement perdue entre les aigus, les graves et l'enfant d'Alix. Rentre chez toi.

Quelques dimanches plus tard, en octobre, Clothilde, accompagnée de sa tribu, était dans le jardin d'Isabelle. Vincent était en stage, un de ces stages régulièrement organisés pour les pilotes.

Pendant que les enfants de Clothilde et les deux garçons d'Isabelle jouaient sous le regard attentif de Beau, les deux mères faisaient des tas des feuilles mortes qu'elles déposaient ensuite dans un coin du jardin, à l'angle d'un mur. Elles allaient remiser leurs râteaux quand les enfants se jetèrent sur la montagne de feuilles et s'y roulèrent en pleurant de rire. Qu'ils s'y roulent dans les feuilles mortes ! Qu'elles aient encore cet usage dans leur état était tout le mal qu'on pouvait leur souhaiter. Mais s'ils voulaient goûter il faudrait d'abord que les enfants reconstituent la grande pyramide eux-mêmes. Les mères transmirent leurs outils aux enfants puis se réfugièrent à l'intérieur de la maison pour se parler et s'écrire. La troupe resta dîner avec la maîtresse des lieux.

En partant, Clothilde remit à Isabelle une invitation pour le concert du 1er janvier. Avant de rejoindre Levayze, ils passèrent au moulin. Là, Clothilde déposa une invitation à son père.

Leur correspondance était quasi quotidienne. Le perfectionnement des satellites auquel le scientifique-meunier avait contribué servait bien le père qu'il était. Si les premiers courriels de M. Athilaire ressemblaient à s'y méprendre à des reproches, ce n'était plus le cas. Depuis le début du mois de septembre, juste après le stage d'août et le premier concert, il avait changé de ton et insensiblement de sujet. Clothilde passait une heure chaque jour à répondre à ses lettres électroniques de plus en plus longues. En dehors du fait que la maladie rare de sa fille ravivait la question d'un avenir qui semblait avoir trouvé sa solution finale dans la maternité, Clothilde avait compris que son silence renvoyait M. Athilaire à celui de son épouse. "Silencieuse de nature." En réalité, c'était au souvenir de ce silence-là auquel M. Athilaire ne pouvait se confronter et que Clothilde, par sa maladie, lui imposait à nouveau. Très vite, "elle", la morte, devint le sujet crucial de ses lettres.

M. Athilaire insistait : *Tu sais, je ne lui ai jamais demandé d'abandonner sa carrière de violoncelliste. Jamais. Je sais bien que cela aurait été difficile à organiser : je voyageais tout le temps et pour de longues périodes. Elle pouvait me suivre ou ne pas me suivre. Dans les deux cas, que nous avons explorés, la priorité était pour elle de rester à tes côtés, pour compenser le fait, je suppose, que je n'étais pas souvent là. Elle ne voulait pas te confier à une garderie ou à quelqu'un après l'école. Une fois, comme je l'encourageais à reprendre son métier à peine ébauché, elle m'a traité d'hypocrite. Elle avait raison. Elle a commencé par jouer de moins en moins de violoncelle jusqu'au jour où elle m'a annoncé : "Je te le laisse." Ça m'a fait mal mais qu'est-ce que je pouvais faire ? Tu sais qu'on s'est rencontrés autour de cet instrument ? Moi j'étais l'élève, elle assistait ce maître dont j'allais prendre les cours une fois par mois. Enfin bref, petit à petit elle a laissé son violoncelle. Cela ne s'est pas fait du jour au lendemain. C'était entre le moment où tu as commencé à marcher et celui où tu as eu trois ans, à peu près. Et elle n'a plus joué. Tu te rappelles qu'elle jouait encore quand tu étais petite ? Non ? Elle s'est mise au piano ensuite. Elle disait qu'elle allait bien, que c'était mieux comme ça. On en a parlé une fois, une seule fois. Elle disait qu'elle ne se sentait pas le courage de mener les deux choses de front, t'élever toi et reprendre une carrière à ses débuts. Jamais elle ne s'est posée en victime. Elle aurait détesté cela. Elle disait avoir choisi. Elle faisait de la musique autrement.*

M. Athilaire avait déjà sacrifié à ces échanges épistolaires un ordinateur qui, exposé à la farine et ses poussières avait succombé à un asthme électronique. Admettant tout de sa dépendance, M. Athilaire abandonna le moulin le jour même et fila à Courcelles l'Orgueilleux pour en acquérir un nouveau.

Tu me dis : "Pratiquement, comment auriez-vous fait avec toi qui étais toujours parti ?" Eh bien... on se serait débrouillé. Hypocrite d'accord mais si elle avait fait le choix d'une carrière, j'aurais contribué : fait des navettes plus fréquentes pour vous voir. On aurait pris une nounou à demeure pour que ta mère soit libre de ses mouvements! Mais, disait-elle, si l'on veut entreprendre une carrière de musicien, on ne peut pas le faire en dilettante, on est amené à voyager beaucoup, travailler tard le soir : le violoncelle aurait prévalu sur sa fille. Et elle ne le voulait pas. C'est cette affaire de choix dont je te parlais.

Clothilde entendait bien : *Ta mère avait peu d'amitiés, mais très fortes. Elle avait deux grandes amies tu te rappelles? L'une, passionnée de calligraphie, est partie vivre au Japon. Elle y allait pour des séjours de plus en plus longs, puis un jour elle est restée définitivement là-bas. Ta mère est allée la voir. Seule. Deux semaines. Tu étais en colonie. Tu te rappelles? L'autre est morte d'un accident de voiture cinq ans avant que le cancer de ta mère ne se déclare... Je me demande ce qu'elle serait devenue si elle ne m'avait pas rencontré... Enfin je veux dire que je me pose la question de façon rigoureuse : que serait-elle devenue si son sort n'avait pas croisé le mien. Est-ce qu'avec un autre homme, elle aurait fait le même choix? Que te rappelles-tu d'elle, toi, sa fille, dis-moi?*

Clothilde se rappelait des gestes de sa mère, de ses silences habillés de gestes, de la manière dont elle prenait soin des objets, des plantes. De sa discrétion, de son élégance. Elle se rappelait quand elles cuisinaient ensemble. Jamais de confidences appuyées, de conversations haletantes, de portes qui claquent, de pattes de chaises qui grincent. Clothilde savait que sa mère avait joué du violoncelle "très bien". Elle n'avait jamais demandé pourquoi elle n'en jouait plus. Toute petite, elle sentait que ce sujet-là n'était pas comme les autres et que, surtout, elle, l'enfant, ne pouvait pas l'aborder. Clothilde la revoyait prendre soin de l'instrument qu'elle avait donné à son compagnon, changer les cordes, lustrer, soigner, accorder méticuleusement, ne jouer que quelques mesures d'un air, juste pour vérifier la justesse des accords.

Sa mère avait une connaissance approfondie de la musique et de son histoire, était curieuse de musique contemporaine comme Clothilde ne l'avait jamais été. Elle "écoutait" la musique, à des heures précises de la journée et seule. Quand ses deux amies furent hors d'atteinte et Clothilde à l'université, elle ne faisait plus que ça semblait-il quand son mari n'était pas là. C'est ce que les voisins avaient dit après sa mort.

Tu te rappelles Clothilde, comme elle était heureuse de se préparer pour le concert d'un artiste pour lequel elle pouvait patienter deux ans avant d'obtenir les places ? Elle traversait la France entière, allait à Vienne, à Milan, à Londres. Tu te rappelles ? Dans ces cas-là, s'il n'y avait pas de place pour nous, elle ne se privait pas du spectacle pour autant, elle y allait seule. Là, elle marchait pour elle.

Tu te rappelles, en phase terminale du cancer, elle n'avait même plus la force nécessaire pour écouter de la musique, la seule chose qu'elle supportait d'entendre, c'était la rivière couler.

Bien sûr qu'elle se rappelait.

La famille Athilaire au complet allait aussi au concert régulièrement. La mère de Clothilde proposait, organisait la soirée. Clothilde, en ce temps-là, aimait moins ces soirées pour la musique qu'elles promettaient que parce qu'elle voyait sa mère se transformer, s'habiller. S'habiller comme une femme, comme une dame, avec des talons hauts, du maquillage aux yeux et aux lèvres, des boucles d'oreilles : deux perles et un collier de mêmes perles. Elle aimait marcher à côté de cette femme qui était sa mère, qui allait au concert. Elle était fière qu'on "les" regarde. Dans ces moments-là, M. Athilaire marchait, toujours un peu en retrait. Clothilde se rappelait qu'elle n'aimait pas que sa mère, n'ayant obtenu qu'une seule place, parte si belle toute seule dans la nuit.

Un soir, alors qu'ils sortaient de la maison pour aller tous les trois au concert, un collègue de M. Athilaire, avec femme et enfants, avait débarqué chez eux. Leur vol à l'aéroport avait été retardé de douze heures. Il venait demander l'hospitalité pour la nuit. Parce qu'ils avaient une fille de l'âge de Clothilde, il faudrait qu'elle reste avec son père, à la maison. M. Athilaire espérait bien que Mme Athilaire dise : "Bien, je reste aussi, je vais vous préparer quelque chose à manger." Mais non, elle avait dit : "À tout à l'heure."

Clothilde en avait voulu à mort à sa mère, si belle dans sa tenue de soirée, d'être partie sans elle, de l'avoir laissée avec cette fille demeurée et terne. Maintenant, elle écrivait ce souvenir à son père et elle riait en l'écrivant, à réentendre sa mère dire :

"Bien. À tout à l'heure." Et eux deux, père et fille, restés là à baver des ronds de chapeaux sur le sourire et la porte qui s'étaient refermés sur elle.

Quand Clothilde avait quitté la maison pour poursuivre des études de linguistique, sa mère s'était abonnée à plusieurs salles de concerts ; M. Athilaire poursuivant ses recherches le plus souvent à l'étranger, elle y allait seule.

Je ne peux pas papa te rapporter des conversations entre maman et moi qui t'éclaireraient. Nous parlions beaucoup mais jamais d'elle-même. Elle me poussait à m'ouvrir à elle. Mais elle se gardait bien de le faire. Elle disait ne pas être un sujet de conversation. Humilité ou orgueil?

M. Athilaire avait conclu la dernière conversation par : *Je viendrai au concert du 1er janvier. Même si je ne reconnais pas cette voix de diva qui me rend encore plus nostalgique de ta parole, j'entends que des sons sortent de cette gorge. Quelque chose, quoi.*

Intermezzo

En ce matin de Noël, la famille Louris-Athilaire échangeait les cadeaux. Les papiers déchiraient l'air, volaient en rubans, restaient suspendus aux cris de joie des enfants. Beau, bien que fatigué ces derniers temps, semblait avoir retrouvé pour l'occasion un regain de jeunesse. Il courait, haletait, sautait comme un chiot, en bousculait son monde, oublieux qu'il était de la réalité de son volume et de son poids.

Le salon était immense, pourtant Clothilde et Vincent s'étaient retrouvés acculés au coin du canapé. Ils y avaient été remisés, poussés par les débordements des enfants et du chien, par l'invasion des cadeaux tirés des dessous d'un sapin qui semblait en engendrer à mesure que les enfants se les appropriaient.

On s'attarda en pyjamas, on prit le petit-déjeuner dans un désordre indescriptible. On fit durer, et puis Adèle et David coururent s'habiller, Beau les suivit et… Noël était fini ?

Pas tout à fait : Vincent offrit à Clothilde un parfum et un album de partitions pour piano de vingt-cinq sonates de Scarlatti. Clothilde sourit pendant qu'elle feuilletait l'album, choisissait la sonate qu'elle n'avait pas encore travaillée, qu'elle jouerait, aujourd'hui peut-être.

Vincent :
— Ne te moque pas ! Je me suis creusé la tête pour trouver une partition de piano. Je ne me rappelais pas t'avoir entendue jouer Scarlatti. J'ai pensé au chant mais j'étais complètement hors-jeu au milieu de ces partitions-là ! Pourquoi tu souris ?

Il passa son bras autour des épaules de sa compagne et se serra un peu plus contre elle.

Antoine qui était tapi en dessous d'un grand carton fendu de deux traits pour les yeux en bondit, se déroula comme un serpentin, gracile, de toute sa hauteur nouvelle de jouvenceau et s'approcha de ses parents qui n'en finissaient pas de s'entendre, d'être tendres, ce dont il se félicitait bien sûr mais...
Droit et raide, le visage verrouillé, laissant derrière lui le carton éventré, il s'avançait vers eux.
Clothilde aurait pu lui dire, si elle avait pu l'articuler : "Tu viens d'avoir une révélation mon fils ? Ou tu as vu un fantôme ?" L'enfant demanda à regarder de près la partition offerte par son père. Il s'appesantit sur le portrait du compositeur. Il tendit après l'avoir feuilleté le volume à Clothilde et l'air d'avoir trouvé la confirmation qu'il cherchait dans Scarlatti, lui annonça qu'il refuserait désormais de se mettre au piano. "Je promets de ne plus y toucher. Le piano c'est pour les filles."

Clothilde écrivit sur son ordinateur portable :

— *Oh qu'elle est bête cette réflexion-là. Et le monsieur, sur la couverture, Domenico Scarlatti, qui a passé sa vie au clavier de son clavecin, c'était une fille ?*

— Il en a les cheveux.

À chaque fois, elle tendait l'écran au jeune garçon qui le prenait des mains de sa mère, lisait, puis rendait la chose :

— *À ton âge, ne me dis pas que tu n'as pas compris ce qu'était la "mode" ?*

— ...

— *... Plus de piano : pas de problème. Quel autre instrument de musique ?*

— Aucun.

— *Très bien mon grand. Alors tu feras du solfège, le nouveau professeur de solfège m'a expliqué sa manière d'enseigner, si ses cours sont ce qu'il dit, vous n'allez pas vous ennuyer, le monsieur n'est pas banal. Il donne ses leçons de solfège à côté d'une grande malle qu'il m'a montrée, il en sort des percussions du monde entier, des instruments incroyables... Les enfants dansent les rythmes, les sons courts, longs, ça a l'air très bien. Il vous fait chanter aussi...*

— Je connais déjà mon solfège et je ne veux pas chanter !

— *Alors tu ne chanteras pas si tu ne le souhaites pas, et il y a plusieurs niveaux de solfège, je crois que tu peux très bien t'inscrire au plus avancé parce que c'est vrai que tu es déjà très bon.*

— Je ne veux pas faire de solfège non plus et je ne veux pas aller à ton concert la semaine prochaine.

— Que tu ne veuilles pas assister au concert, c'est ton droit. En revanche, que tu refuses de poursuivre l'étude du solfège et de la musique, c'est inacceptable. La musique, tu continueras à l'étudier. En ce qu'elle stimule ta pensée et tes émotions profondes, elle n'est pas simplement une forme artistique, elle est toute une manière d'apprendre et d'entendre. C'est mon travail de parent, entre autres, de t'éduquer et j'ai décidé que la musique n'était pas une option, Antoine.

Antoine lut, tête haute, yeux baissés vers le texte comme on boit du bout des lèvres, suspicieux.

— Et papa ?

Vincent :

— Je décide que ta mère a sur ce point entièrement raison.

Antoine se tournant vers sa mère :

— Je n'aime pas ta robe.

— *Tu entends donc quelque chose à la mode. De quelle robe tu parles ?*

— Celle du concert.

Et Antoine s'éloigna, moins raide mais tout aussi altier.

Vincent, gêné, retira le bras qu'il avait gardé enroulé autour de l'épaule de Clothilde.

— *Comment ça s'appelle ce qu'il vient de faire ?*

Vincent :

— Au choix : une déclaration de guerre ? Une crise de jalousie ?... L'adolescence ?

Madeleine sous le piano installait un théâtre. À un regard en coin, la mère sut que sa fille n'avait rien perdu de ce qui s'était dit.

Clothilde alla s'asseoir au piano mais ne chanta pas, elle n'en avait soudain plus le courage. Elle se contenta de jouer les accompagnements des chants qu'elle préparait pour le concert du 1ᵉʳ janvier : l'*arie* extrait du *Rinaldo* de Haendel, *Cara sposa* et un *arie* de Vivaldi, *Vieni, Vieni, o mio Diletto*. Antoine avait grandi, plus encore, sa démarche avait changé, ses joues s'étaient creusées, ses cheveux avaient bruni cette dernière année. Il était dans sa chambre. À quoi pensait-il ?

Les jumeaux, comme toujours, qu'il pleuve ou qu'il vente, s'ébattaient dans le jardin avec Beau. En l'occurrence, une neige fondue tombait. Fatigués de la boire la bouche au ciel, d'attendre que l'eau ne tergiverse plus et se transforme en neige, Adèle et David montaient maintenant dans les arbres, toujours plus haut, comme pour aller en découdre avec cette neige qui n'en était pas. Le chien blanc feignait de les empêcher d'en descendre sous peine de cueillir les fruits d'hiver qu'ils prétendaient être. Les enfants riaient aux éclats. Clothilde aurait voulu qu'Antoine rie toujours ainsi. Il aurait douze ans dans quelques mois. Peut-être était-ce aujourd'hui, tapi sous le carton, son "dernier Noël" ?

Adèle et David couraient, têtes en l'air, bouche ouverte pour gober la pluie enfin devenue neige. On alluma les guirlandes dedans et dehors. Les deux grands coururent rejoindre Beau et les jumeaux.

Clothilde, maintenant habillée, se planta au milieu du salon, embrassa la scène : tout le rez-de-chaussée baignait dans un chaos de cartons et de papiers d'un matin de Noël qui prenait son tour au rayon des souvenirs. Elle décida de préserver ce désordre encore un peu. Elle tira une chaise près de la grande baie pour mieux contempler le tableau pointilliste de Beau décrivant ses rondes blanches, des enfants qui avaient déjà sorti les luges colorées et de la neige lourde qui tombait maintenant, pressée. Lui parvenait juste la musique de leurs rires à travers la baie et tout le temps que cette scène se jouait, Clothilde gardait en tête – comme on a sous le petit doigt une note tenue sur deux mesures tandis que le reste de la main continue son chemin – Antoine. C'était à lui cette fois, lui qui s'appliquait depuis le jardin à ne pas la voir, qui s'intronisait "grand", de venir à elle, de faire le pas.

La neige s'entassait vite. Le temps passa si bien, rythmé par les rires assourdis qui traversaient la paroi vitrée, que la lumière du jour baissait déjà en ce début d'après-midi quand Clothilde convia sa nichée à une bûche vanille et un chocolat chaud. Comme elle était dans la cuisine à préparer, Antoine entra, vint se planter à côté d'elle et lui mit la main sur l'épaule, sans rien dire. Cela suffisait. Clothilde l'embrassa :

— Tu m'aides ?
— Oui… Tu n'as pas pris le temps de respirer pour parler là. Et tu as mis l'intonation.
— … (…)… Tu as raison.

Vincent réapparut à son tour, lourd d'une sieste et d'un silence dont les enfants ne firent qu'une bouchée. Le goûter englouti, quelques miettes et quelques assiettes salies plus loin, le père se levait du bout de table sous les acclamations : on allait élever un bonhomme de neige.

— Clothilde, tu prendras des photos ?

Protégée d'une cape sombre à capuche volumineuse – "son froc de moine" disait Vincent – et munie de son appareil photo-caméra, Clothilde rejoignit les siens.
Elle fixa quelques plans de joie que chaque clic enfermait au passé. Puis elle passa en mode caméra, protégée par ce capuchon noir monacal qui dissimulait son visage mais protégeait l'appareil de la neige. Sa silhouette haute et sombre décrivait des cercles lents autour du chien, de l'homme et des enfants. La jeune femme – elle l'était encore – imprima sur la frise du temps voix et mouvements. Beau et Madeleine sortirent du champ.

Existait-il une musique constituée d'une seule note égarée entre deux plages de silence illimité ? N'était-ce pas cela une photo ? Une image comme une brèche où l'imagination engouffrait drames, joies, expériences vraies ou fabulées. Un puits sans fond, une note hors mesure, sans tempo et sans clé.
Une photo, de ce qu'elle révèle, ne dit rien ou trop ? Pourtant si la maison brûlait, Clothilde sauverait les photos et les films de ses enfants avant leurs papiers d'identité ou ses partitions. Elle sauverait les photos de ses enfants et le portrait de sa mère à l'entrée de sa chambre. Déraison ?
Clothilde la mère et Clothilde la fille les sauverait parce que le temps de la photo est celui du révolu et

qu'elle voulait juste de temps en temps bien se l'enfoncer dans le crâne : ces regards lointains, lourds de rêve au sortir de la sieste, ces petites mains, ce yaourt autour de la bouche et jusque dans les cheveux dont ses doigts avaient fixé le soyeux : elle les avait vus. Cette mère morte avait vécu. Ce temps était passé certes, mais il lui avait appartenu.

Vincent disait que lui sauverait la photo dans l'entrée qui les représentait tous les deux avant les naissances des enfants et le petit album accordéon qui, image après image, dépeignait l'élévation de leur maison.

Clothilde continuait à photographier l'élévation du bonhomme de neige.

Elle photographiait et pensait à ces nuits, avant qu'elle ne perde la voix parlée et que le chant n'entre dans sa vie, quand elle était seule dans son lit, les enfants endormis et Vincent dans le ciel. L'envie de voir la prenait : elle avançait la main vers cet album de photographies où l'âge tendre – entre zéro et deux ans – de ses quatre enfants était enfermé. Elle avançait la main comme on prend un sens interdit. Cette main aurait pu se tendre de la même façon vers l'objet d'une convoitise débridée : chocolat, vin, poker, stupéfiant, corps désiré.

La mère observait, incrédule, les images caduques de ses enfants bébés. De ces contemplations, heureusement rares, elle ressortait abîmée. La musique, elle, ne l'abîmait jamais. Après cette épreuve, il lui fallait écouter une pièce de Bach, une fugue de préférence, pour se recomposer un corps et un esprit apaisé.

Pourquoi une fugue ? À cause des liens qu'elle tisse : *Morceau de musique dans lequel différentes parties se suivent, se succèdent, se poursuivent tour à tour, en répétant le même sujet d'après des règles établies. On parle de sujet, contre-sujet, réponse, ces diverses parties se répondant de sorte que l'oreille les reconnaisse toujours.*

On a dit que *L'Art de la fugue* était de la musique pour les yeux, tant la mécanique était belle, tant elle était constante à décliner les mondes du possible autour du thème introduit dès le premier contrepoint. Clothilde refermait, par la fugue de Bach, la parenthèse que les photographies d'un temps passé avaient laissée, béante.

Coda

En ce jour de Noël finissant, Clothilde, sa récolte d'images faite, happée par l'air froid, tourna le dos aux siens et au bonhomme de neige inachevé. Elle glissa l'appareil photographique dans la poche marsupiale de sa cape et se laissa couler vers la forêt où elle prit sa place dans le paysage, comme dans une photo d'un autre temps, mate, noir et blanc.

Au retour de sa promenade, Clothilde photographia le bonhomme de neige entier, dans sa gloire éphémère, arborant, en guise de bras, une brindille dénudée. L'autre était déjà tombée. Drôle de chef d'orchestre. Il était éclairé de guirlandes colorées. Il faisait nuit noire. Clothilde alla préparer le repas. Avec leur père, les enfants découvraient plus avant des jouets dont ils n'avaient le matin que dépiauté les paquets.

Alix et Gilles leur rendirent visite, ajoutèrent au désordre et à la joie, car Gilles était chargé de cadeaux.

Madeleine reçut un petit nécessaire à fabriquer des onguents. Il avait été fait sur mesure pour elle par Alix. Gilles avait conçu la boîte. Madeleine et Alix étaient assises côte à côte et parlaient à voix basse des potions qu'elles allaient mettre au point.

Alix racontait à Madeleine la technique qu'elle allait lui apprendre à pratiquer : l'enfleurage, grâce à laquelle elle obtiendrait des pommades odorantes. Elle expliquait, et les trois autres enfants délaissèrent leurs occupations pour s'approcher.

Alix :

— C'est peut-être en parfumant leurs huiles avec des piments ou des herbes que les hommes ont pris conscience de cette faculté qu'ont les corps gras de capturer les parfums des plantes. En tout cas, nos lointains ancêtres apprirent à faire macérer des fleurs dans des graisses ou des huiles : ils laissaient la préparation chauffer au soleil et quand ces deux corps étrangers s'étaient suffisamment mêlés, que l'huile était saturée du parfum de la plante, on filtrait les corps gras au travers de tissus : ce qu'on obtenait c'était l'onguent. Plus tard, des hommes découvrirent la façon de laver ces pommades à l'alcool pur car ils s'aperçurent que l'alcool se chargeait à son tour des parfums soutirés à la graisse.

À peine Alix avait-elle terminé son explication que David lui demanda :

— Raconte encore les cachalots et les parfums de Mme Chichi !

— Bien, vous devez la connaître par cœur cette histoire depuis le temps ! L'ambre gris que les parfumeurs utilisent pour fixer les parfums, volatils et capricieux, est un pansement, un baume que le cachalot secrète pour guérir, colmater ses intestins blessés par les becs des calamars et des poulpes qu'il ingurgite. Un jour, quand il est très vieux, le cachalot meurt. Le corps du cachalot mort est absorbé, dissous par la mer. Il n'y a plus de corps, plus de blessure, il n'y a plus, en souvenir du cachalot, que ce baume, l'ambre gris. Plus léger que l'eau, il flotte, dérive. Les hommes le recueillent, échoué sur un rivage. Les parfumeurs le sèchent car, comme il se doit, il sent le

poisson. L'homme est malin, patient : après quelques mois, rien qu'à attendre, la chose informe et légère sent l'ambre : un mélange d'odeur marine et de thé. Alors, on le laisse macérer dans l'alcool pur. Après des mois entiers de patience encore, c'est prêt. Du ventre du cachalot blessé, le voilà qui fixe et dompte le parfum capricieux de Mme Chichi de Paris…
Madeleine :
— Ça sent la mort tu veux dire ?
— Non, le contraire, la mer.
Les regards de Gilles et Clothilde se croisèrent.
Les enfants avaient dit "Encore !". Alix avait alors raconté que si l'ambre gris, utile à la parfumerie de Mme Chichi, sortait des intestins du cachalot, le castoréum, sécrété par une paire de glandes internes du castor – très, très dangereusement près de sa queue – fournissait au Monsieur de Mme Chichi, une base aux senteurs animales à tomber !
À ceci bien sûr, David et Adèle s'évanouissaient dans des grands "berk" sur le sol, se bouchant le nez et prétendant se tordre d'horreur.
— Et connaissez-vous le chevrotin ? Il vit très loin de la Bourgogne sur les hauts plateaux d'Asie. Il ressemble un peu à notre chevreuil. Il a sous le ventre une petite poche qui contient ce qu'on nomme "le musc". C'est un animal solitaire, agressif. C'est qu'il est petit, dix kilos. Il doit se défendre. Pour ne pas menacer l'espèce mais pour tout de même agrémenter les parfums de nos mâles à nous, on a tenté de le domestiquer. Mais en captivité, l'animal ne produisait plus sa petite poche de musc sous le ventre. Elle restait désespérément vide : car dans la nature,

il s'en servait pour marquer son territoire : alors prisonnier d'une clôture, quel intérêt… Les parfumeurs ont trouvé la parade : ils utilisent des muscs de synthèse, c'est-à-dire reconstitués, artificiels, mais qui préservent le caractère ombrageux du chevrotin. C'est amusant de penser que ces parfums, issus des intestins des bêtes, de glandes sexuelles, sont ce sur quoi nous fixons ce que nous pensons être le plus sophistiqué, raffiné et délicat…

Madeleine :

— La maîtresse nous a parlé de notre cerveau archaïque, c'est lui qui sent les odeurs. C'est aussi lui qui entend le rythme. On a deux cerveaux, ce vieux-là et le nouveau. Pour la musique on a besoin des deux comme on a besoin de deux jambes pour marcher. C'est pour ça qu'on se sent bien à l'écouter.

Alix :

— Mais où est Beau ? Je ne l'ai pas vu aujourd'hui.

Clothilde revenant de sa chambre :

— … (…)… Je l'ai trouvé… (…)… couché à côté… (…)… de mon lit… (…)… a l'air *épuisé* (chuchoté).

Le lendemain de Noël, Clothilde et Vincent emmenèrent Beau gémissant chez le vétérinaire. Il avait eu une nuit agitée. Il toussait un peu. Et quand les enfants avaient voulu le caresser pour lui souhaiter le bonjour au matin comme à l'accoutumée, Beau s'était réfugié sous le piano. Il n'avait pas voulu manger.

Le vétérinaire, dérangé dans son lendemain de fête :
— Il va avoir douze ans, c'est un vieux chien. Je ne comprends pas que vous soyez surpris de son état. Ce qui est étonnant pour un chien de cette taille, c'est qu'il n'ait jamais été malade et que les problèmes ne commencent que maintenant !

Beau souffrait d'arthrose, présentait les premiers signes de la cataracte et d'un problème cardiaque qui expliquait son essoufflement, sa toux et sa fatigue générale. Quelques médicaments prescrits le soulageraient. "Mais ne vous faites pas d'illusion, il n'en a plus pour très longtemps."

De retour de chez le vétérinaire, Clothilde s'installa au piano pour travailler aux chants du concert.

À peine était-elle assise au clavier que Beau s'approcha doucement et vint se coucher sous le crapaud. Madeleine lui laissa la place. David et Adèle tentèrent de profiter de ce changement de règne pour s'infiltrer.

— Laissez-le seul!

Les enfants sursautèrent et Clothilde se surprit elle-même. Pour la deuxième fois en deux jours, elle n'avait pas pris d'inspiration particulière, pas suivi les procédures habituelles pour faciliter l'émission de la voix parlée. Sa voix avait fusé, forte, maîtresse d'elle-même. Les enfants, les yeux rivés à leur mère, avaient reculé sans tenter la moindre discussion. Aussitôt Beau s'était endormi. Clothilde fit résonner un accord, inspira avec le ventre... et rien ne sortit qu'une voix fatiguée. Elle dut se contenter de jouer les accompagnements des pièces qu'elle chanterait. Ensuite, elle déchiffra une sonate de Scarlatti.

Elle quitta le piano, plus tranquille. Ce serait bientôt l'heure des médicaments de Beau qui, tout ce temps, avait dormi. Ses flancs marquaient la mesure, une mesure rapide. Il vivait, Clothilde gravait dans sa mémoire la blancheur de son poil, le rythme insufflé par l'air dans ses flancs.

Vincent :
— Elles te plaisent ces sonates?
— ... (...)... Tu sais bien que oui.
— À plusieurs reprises, tu as parlé plus longtemps que d'habitude.
— Oui... (...)... Vincent, Beau s'en va.
— Chut...

Deuxième jour après Noël.

Vincent envisageait de renouer avec l'escapade familiale annuelle, loin de l'hiver, de l'Europe, de Levayze. En février dernier, ils n'avaient pas pu à cause de son accident. Et cette année ?

Clothilde refusa d'envisager de laisser Beau affaibli derrière eux. Plus de voyage lointain tant que lui serait là.

Il neigeait à nouveau. Clothilde savait que ce jour-là non plus elle ne chanterait pas. Il ne servait à rien qu'elle rejoigne Mme Maisonneuve pour sa dernière répétition avant la générale du 31 décembre. Isabelle, avec qui elle venait de correspondre, lui déconseilla de forcer la chose.

Clothilde envoya un message à Mme Maisonneuve lui disant qu'elle ne viendrait pas à cause de la neige. Elle broda sur la blancheur du paysage. Elle ne mentionna pas Beau pour qui le compte à rebours était lancé, rien sur Antoine qui devenait un homme, rien sur l'énergie du chant dont le flot avait été détourné pour colmater les fissures que ces deux axiomes ouvraient. Le temps des bagarres qui s'annonçaient avec Antoine ne lui faisait pas peur. C'était juste un autre temps à vivre. Mais comme ce serait étrange de le vivre, sans Beau à ses côtés, si étrange…

Mme Maisonneuve avait répondu par retour : "Tu viens à la répétition générale le 31, à pied ou en luge, une bonne écharpe autour du cou, mais tu viens."

C'est devant son miroir, comme Clothilde se préparait à partir pour la répétition générale, que la peur s'annonça, par vagues d'abord. La chanteuse parla à son reflet, eut pitié de cette femme aux traits tendus, l'exhorta au courage. En chemin vers Courcelles l'Orgueilleux, la peur prit possession d'elle tout à fait : une espèce d'envie de vomir, de rebrousser chemin, de se terrer quelque part. Il n'y aurait pas de public, mais un théâtre, une scène et les autres chanteurs, professionnels ou en passe de le devenir. Et elle, au milieu d'eux, jugée apte ?

Partie beaucoup trop tôt, comme pour en découdre au plus vite avec cette terreur, Clothilde disposait de temps avant de rejoindre le théâtre municipal où se tiendrait la répétition. Elle décida de s'arrêter à la piscine qui se trouvait juste à côté.

Elle nagea, s'appliquant à vider son cerveau du chahut qui l'encombrait. Après quelques longueurs, elle n'entendit plus que les sons plats, mats et rythmés, que produisait son propre corps au contact de l'eau. Au second plan de ce tableau sonore, elle percevait les sons éclatés, vibrants et brillants des voix d'enfants qui montaient de l'onde vers la grande halle de verre.

Il fallait rejoindre le théâtre maintenant. Avant de s'y résoudre, au plus profond du bassin, elle plongea. Au fond, elle ferma les yeux et fit la morte, libérée de toute pesanteur, plus de haut ni de bas, ni d'aigus ni de graves. Elle n'entendait plus que la rythmique sourde de son propre cœur sur fond de minuscules bulles d'air crépitantes. Son corps ondulait avec l'eau, une onde parmi d'autres. Elle aimait le sentiment de se fondre, elle joua à être une onde aussi longtemps qu'elle le put, quand elle croyait ne plus pouvoir tenir, elle pouvait encore. Enfin, à la limite de la perte de conscience, elle poussa des pieds sur le sol et remonta vers la surface comme une bombe, elle émergea et emplit ses poumons d'air dans un râle.

Policée, tirée à quatre épingles, Clothilde entra dans la salle du théâtre, descendit l'allée centrale au milieu des fauteuils, et vit sur scène Mme Maisonneuve qui s'approcha tout au bord pour lui désigner le passage vers les coulisses. Elles s'y rejoignirent, l'élève et le maître avancèrent le long d'un couloir étroit comme un boyau jusqu'à une salle minuscule où était un piano.

La professeur proposa sans transition un accord à son élève. Les vocalises s'égrenèrent de voix cassée en voix grelot. Puis le fil de la voix se raffermit, Clothilde fit affluer l'énergie et la canalisa. Le corps amolli par l'eau se laissa faire. Elle continuait le chemin suggéré à la piscine. Elle écoutait en chantant, tranquille, active, comme elle avait écouté en nageant. Quand il fallut que l'énergie afflue pour répondre à l'exigence des sons toujours plus aigus, à projeter plus loin et plus haut, Clothilde se rappela les voix d'enfants cristallines sous la voûte de verre.

L'accordeur de piano terminait son travail quand Clothilde et Mme Maisonneuve rejoignirent la scène. La professeur avait demandé à son élève de ne pas mentionner qu'elle étudiait depuis seulement un an et demi à moins qu'on ne lui pose la question. Elle présenta Clothilde aux chanteurs et au pianiste.

Tout le monde était très détendu sauf Clothilde. Les programmes qui indiquaient au chanteur leur tour furent distribués. Dans les conditions exactes du concert du lendemain, on allait commencer.

Mme Maisonneuve :
— Ta voix est parfaitement échauffée. Ne cherche pas la puissance, soutiens bien le son dans les notes hautes, ouvre ton cou, inspire profondément. Chante comme tu sais le faire.

Des voix qu'elle entendit, des autres chanteurs, deux lui firent envie. Elle aurait aimé essayer ces voix, comme on essaie un habit. Une voix de femme, soprano, pour la qualité de son interprétation, la toucha. La voix d'un homme l'emporta, pour la beauté de son timbre, le contrôle parfait du souffle, du son, une interprétation rapide d'une pièce que l'on chantait souvent sur un tempo plus lent et que Clothilde grâce à lui découvrit autrement.

Des autres voix, elle ne garda rien. Son tour vint. Elle entendit l'introduction au piano du *Cara sposa* et eut la sensation nette de jouer elle-même, comme l'autre jour à son clavier quand Beau dormait. Elle sentait les touches sous ses doigts. Elle inspira et chanta. Elle se réveilla de cette étrange concentration à laquelle elle avait goûté déjà au *"Ritorna ai pianti miei"*, dont la syllabe *"pian"* s'étend sur plus de trois mesures. Elle était à l'aise là-haut, pas si haut que ça, juste bien, elle y serait bien restée comme elle serait restée sous l'eau.

Au *Vieni, o mio diletto*, la magie ne se reproduisit pas, elle entendait trop les mots qu'elle chantait, s'en émut et sa voix plusieurs fois trembla.

Il faudrait demain interdire à son cerveau de penser à Antoine pendant ce chant-là.

"La mission accomplie", les chanteurs se serrèrent les mains, se congratulèrent formellement et se séparèrent.

Mme Maisonneuve félicita Clothilde. "Demain, ne change rien, chante comme ça, rappelle-toi, va chercher celui qui écoute, oblige-le!"

Le lendemain, 1ᵉʳ janvier, seul Vincent et M. Athilaire accompagnèrent Clothilde au concert. Les enfants étaient restés avec Beau chez Alix et Gilles.

Clothilde s'habilla en coulisses, elle ne revêtit pas la robe noire de son premier concert, Antoine ne l'aimait pas. Elle portait un pantalon noir et une veste de velours rouge vermillon, à col et manches baroques.

Vincent vit apparaître la femme qui allait avec "cette" voix. Elle était si théâtralement belle qu'il en fut intimidé. Elle lui demanda d'ôter le collier qu'elle s'était elle-même mis au cou.

— Pourquoi veux-tu l'enlever ?

— Il m'étrangle… (…)… Comment est la veste ?… (…)… ne l'ai pas portée… (…)… depuis les enfants…

— Bien. Tu as maigri.

— … (…)… Non, plus musclée… (…)… Sport… Tu as vu j'ai… (…)… retrouvé ma taille…

Vincent entoura la taille de sa femme de ses deux mains, serra à hauteur du nombril de ce ventre gercé mais plat, un ventre qu'il se rappelait avoir vu immense un jour entre ces hanches étroites, un ventre immense comme un œuf de dinosaure.

— Tu es belle. C'est ça que tu veux savoir ? Très belle. Le monde est à toi.
— … (…)… J'ai froid.
Vincent passa sa veste sur les épaules de Clothilde, et dans le mouvement enveloppant qu'il fit, il embrassa le cou offert, libéré du collier. À Clothilde, ce baiser fut celui d'autrefois, elle en ferma les yeux, oublia la peur et le concert, enlaça Vincent pour l'embrasser à pleine bouche.

Quand Mme Maisonneuve entra son clavier électronique sous le bras, ils s'écartèrent l'un de l'autre d'un coup, comme deux amants surpris. Charmée par Vincent, la professeur de chant oublia Clothilde qui grelottait malgré la veste, de peur et du froid que laissait le corps de Vincent éloigné du sien. Il avait un de ces sourires légers aux lèvres, un rien provocateur et amusé. Clothilde interrompit leur conversation badine : elle disait avoir si froid qu'elle en avait mal au dos. Sa bouche était sèche, ses mains moites.

Mme Maisonneuve :
— C'est le trac, c'est normal.

Clothilde trembla en écrivant sur l'écran ouvert :
— *Les douleurs de l'enfantement sont normales aussi et elles sont insupportables.*

On ne s'habitue pas à la peur ou alors il faut développer des stratégies de contournement. Comme au moment des naissances, à chaque fois, Clothilde s'était dit, cette fois je ne vais pas crier, je contrôlerai la douleur. Et non. On crie à chaque fois, ça fait un mal de chien à chaque fois. Beau. Là, son ventre n'était pas lourd d'enfant à éclater, il était creux de peur. Un grand vide. Aspiré du dedans.

Mme Maisonneuve, adoucie devant les affres visibles de Clothilde :

— Dès que tu auras commencé à chanter, tu n'auras plus peur, Clothilde. Tu joueras à avoir peur, peur de ne jamais revoir ton époux, *"caro sposa"*, peur que celui que tu appelles à toi ne réponde plus jamais à ta tendresse dans le *"vieni"*. Et là peut-être il se passera la même chose qu'hier, une chose divine, car dans le *"vieni"*, ta voix a tremblé. Pas autant que tu crois, juste de quoi saisir ceux qui t'écoutent. Va-t-elle y arriver ? Oui, et comment ! J'y ai cru. Redonne-moi cette émotion aujourd'hui… Vincent, nous nous verrons après le concert.

Vincent, docile, se retira sans un mot, sur la pointe des pieds. Il avait regardé Clothilde une dernière fois, inquiet. Puis il avait refermé la porte sur les deux femmes.

Clothilde :

— … (…)… Personne… (…)… hier ne m'a… (…)… dit que… (…)… j'avais si… (…)… bien chanté.

— Les chanteurs ne te le diront pas. Le public te le dira.

La peur lui fit chanter le *Cara sposa* moins librement que la veille. Elle eut le temps entre les deux chants de se reprendre, de plier sa concentration à son exigence, de se faire une tête blanche de pensée précise, invasive… et elle chanta le *Vieni, o mio diletto*, concentrée sur chaque mot, chaque consonne, chaque voyelle : soutenir le son haut, *legato*, inspirer par la bouche, sentir l'oxygène irriguer son ventre, ses reins. Apprécier le sens, oui, mais en le tenant à distance, pour mieux voir.

Elle entendit aux applaudissements nourris qu'elle avait obtenu ce que Mme Maisonneuve désirait.

Après la représentation, elle aurait traîné au théâtre indéfiniment. Elle ne pouvait plus partir, elle prétextait un oubli puis un autre pour revenir en arrière. Elle voulait errer, considérer le moment musical englouti, prendre congé à son rythme... C'était pratique de ne pas pouvoir parler, répondre, théoriser sur la musique avec les gens qui l'arrêtaient et lui posaient des questions. Elle faisait signe qu'elle ne pouvait pas parler et les abandonnait à leur stupéfaction.

Ce qu'elle voulait c'était "faire" de la musique et comme l'amour, et comme l'écriture peut-être pour qui écrit, ce n'est pas quelque chose à propos de quoi on parle. On la fait justement parce que la parole ne suffit pas.

Comme elle errait encore, elle croisa son père qui la cherchait. Il la cherchait, pourtant quand il la vit, intimidé par le personnage qu'elle devenait, il baissa les yeux. Il dit :

— Ta mère aurait été si fière.

— ... Et toi...

— Moi ? Je suis bouleversé, ma fille. Je crois que quand je t'écoutais, j'étais le grain sous la meule.

Le temps accéléra encore sa marche et un autre hiver passa, de leçons de chant à Courcelles l'Orgueilleux, en rendez-vous à l'abbaye où Clothilde retrouvait Baptiste, sœur Magdalena et les autres femmes du chœur. Un hiver et un printemps passèrent de soins donnés aux enfants, à la maison, au jardin, de lettres à son père, d'attente de l'enfant d'Alix et de Gilles qu'elle espérait comme elle aurait attendu le sien. En fin d'après-midi, Beau en traîne blanche, elle partait vers l'école où elle retrouvait Antoine, Madeleine, David et Adèle. Elle ramenait dans la voiture pleine comme un œuf, de corps, de cartables, de musique et de cris, son monde à la lisière du bois.

Une fois par semaine, elle s'arrêtait pour faire des courses à la supérette de sa cousine Corinne.

— Il me semblait que tu avais tout dérangé parce que tu ne parlais plus ! Je comprends pas pourquoi tout a l'air de rentrer dans l'ordre alors que tu ne parles toujours pas ! Alors raconte ! Enfin non je veux dire, donne-moi ta liste de course ! Tiens prends cette ardoise pour me causer, je l'ai dénichée dans les vieilles affaires des enfants, j'arrive pas à te lire sur ton écran. Moi je me sers de l'ordinateur que pour la comptabilité et l'inventaire. Tiens, ta craie. La prochaine fois, j'y vais à ton concert. Il paraît que t'étais drôlement belle hein ! Pourquoi tu souris ? T'es en train de te ficher de moi là ? Beau ne descend pas de voiture ?

Beau allait mieux, son état s'était stabilisé mais il avait vieilli d'un coup : comme s'il avait ces années dernières contenu les assauts de la vieillesse et que la digue avait lâché en une nuit de Noël. Il trottait vaguement mais ne courait plus, quelle que soit la couleur de la balle ou le parfum de l'os. Son regard était bleuté de cataracte. Il voyait moins alors il gardait toujours la truffe pointée devant lui et les oreilles vibrantes comme deux radars.

Entre Vincent et Clothilde, la nouvelle alliance prenait des couleurs. Il tenait moins à l'ancienne image qu'il avait d'elle, il voulait bien essayer de l'aimer pour ce qu'elle devenait. Elle, veillait à ne plus seulement attendre le père qui venait en renfort ou le bel homme qui mettait du fard sur son quotidien, elle voulait bien essayer d'attendre Vincent.

Antoine s'emballait "tout contre" sa mère mais heureusement il se constituait un groupe d'amis qui ravissait son attention.

Alix était parvenue à évoluer dans le silence de Clothilde et M. Athilaire ne désespérait plus. Lui et sa fille s'écrivaient, ils parlaient mieux ainsi tous les deux.

Au cabinet d'Isabelle Pietri, les progrès, certes infimes, continuaient. On était loin d'une parole banalisée puisque ces exploits impliquaient que Clothilde pense la série de phrases à articuler dans le détail, puis qu'elle concentre son souffle avant de se lancer. Mais elle avait appris à s'en contenter et avait rappelé à Isabelle qu'un jour elle lui avait dit qu'elle reparlerait quand sa parole ne manquerait définitivement plus à personne. On y était presque.

Au concert de mai, Mme Maisonneuve :

— Bien sûr que tu as peur, cela prouve que tu n'es pas idiote. Dis-toi que sans elle tu ne chanterais pas si bien.

— … (…)… Je tremble.

— Ça ne se voit pas.

— J'ai la gorge sèche.

— Bois… Tu as dit une longue phrase… Tu as dit : "J'ai la gorge sèche" sans te reprendre, sans respirer d'abord de cette longue inspiration que tu prends toujours pour dire trois malheureuses syllabes sans intonation… Tu as parlé Clothilde… Tu n'aurais jamais dit cette phrase de… un, deux, trois, quatre, cinq syllabes, avant.

Pour Clothilde, dans la coulisse, le temps ne passait plus, elle ânonnait Brahms, Vivaldi en guise de prière, elle disait les paroles de ses chants en attendant le temps de l'exécution. Son tour vint, comme une fatalité, comme un accouchement qui s'annonce et au bout duquel il faudra bien aller.

Elle avança dans la lumière et ne vit d'abord personne. Enfin les premières notes de piano résonnèrent. Elle se jeta du haut de sa voix vers le parterre en contrebas. Les auditeurs lui apparurent, il lui sembla que c'étaient eux qui portaient le masque, figés sur leurs chaises comme des silhouettes de carton bouilli, pas elle, la messagère du son. Qu'attendaient-ils d'elle ? Que venaient-ils chercher dans cet étrange face-à-face d'une multitude contre un ? Elle décida qu'ils la regardaient comme ils se seraient vus dans un miroir. Elle décida de chanter pour ceux qui étaient le plus loin, au dernier rang, tout au fond. Elle chantait en allemand ou en italien, elle chantait "étranger" et pourtant après un temps elle sut qu'elle était entendue. Elle le sut à quelque chose d'infime. Non, les silhouettes sur leurs chaises ne bougeaient pas plus que tout à l'heure, seulement maintenant elles étaient animées. Animées en écho au chant qu'elle, la messagère, leur transmettait. Planait sur eux tous, également, quelque chose d'indéfinissable qui les liait et dans lequel ils se reconnaissaient.

Après le concert, Mme Maisonneuve eut ce commentaire :
— Bravo. L'intention que tu voulais donner à chaque phrase, ton souffle dosé, les *forte* puissants sans jamais assourdir, les *piano* délicats sans jamais devenir inaudibles… J'ai enregistré, tu écouteras. Je te le dis : tu es une chanteuse professionnelle maintenant. Certains "chasseurs de voix" étaient dans la salle. On verra. Si tu le permets, je ferai écouter cet enregistrement à quelques amis. Tu es prête à passer de l'autre côté ?
— Oui.

"Tu es une chanteuse professionnelle maintenant" : Clothilde se répétait cette phrase exprimée entre-deux par sa professeur, et un feu d'artifice pétillait dans son ventre.

Elle était enfin "quelqu'un".

Une voix du dedans dit : *"« Quelqu'un » ? Comment pouvez-vous, madame, dire une chose pareille ? Comme vous y allez ! Croyez-vous qu'à être mère, on n'est personne ?"*

Clothilde se tortillait les doigts d'embarras et répondait à la voix : *"Oui… enfin non, je veux dire, je veux être : « juste quelqu'un ». Pas toujours et seulement cette créature qu'est la mère, qui donne la vie, apprend le langage et la mort, qui tisse des liens qu'elle doit apprendre à défaire. Je me sentais comme ça parfois quand je n'étais que mère. Ou l'inverse de ce personnage universel et puissant, je me sentais comme une bête, juste un corps soumis à des cycles de métamorphoses et de secousses. Je ne veux pas être tout ou rien, invisible ou idéalisée, l'un ou l'autre, cela revient au même… Je veux qu'on me laisse être mère en paix et pour ça il faut que je sois « juste quelqu'un ». Et puis je ne l'ai pas dit fort, c'était juste l'instant de le penser à part moi. Ne le répétez pas."*

"Professionnelle." Oh que ce mot laid était beau. Clothilde pensait au premier sens du mot : professer, déclarer publiquement…

À part elle, elle en ferait ce qu'elle voudrait, si elle voulait rester *"amatore"*, juste quelqu'un qui aime, elle le resterait. Mais aux yeux des autres, pouvoir se présenter autrement que derrière la potion générique "femme", "mère", se cacher derrière un titre, comme derrière un masque, quel confort.

Que faire de ce mot encombrant, que faire? Pour l'instant, rien, juste le goûter.

C'était tellement déroutant quand de grands espoirs n'étaient pas déçus, même ceux pour lesquels on avait tant travaillé. Surtout ceux-là peut-être.

C'est alors qu'Alix entra dans la coulisse pour féliciter Clothilde de son succès. Elle marchait pesamment, une main sur le bas de son ventre lourd, une autre main sur les reins. Il y avait une semaine déjà que le terme de la grossesse annoncé était dépassé.

Clothilde se leva, prit Alix dans ses bras, submergée par une émotion toute maternelle pour cette femme qui allait passer de l'autre côté dans les heures qui venaient :

— … (…)… Comment… (…)… allez-vous… (…)… l'appeler?

Alix, exaspérée :

— Godot… À force d'attendre… Au moins pendant que tu chantais je ne l'attendais plus.

— … (…)… Il viendra.

Deux jours plus tard, alors que Clothilde était seule dans sa voiture, au retour d'une leçon de chant, la sonnerie de son portable retentit. Personne ne l'appelait plus depuis un an et demi. On ne déposait plus sur son portable que des messages. C'était Alix. Sa voix était calme et lointaine. L'enfant s'annonçait, elle partait pour l'hôpital. Comme Clothilde ne pouvait pas parler, elle chanta quelque chose au téléphone, le premier air qui lui vint à l'esprit : "... ♪ ♪ ♪ ... ♪ ♪ ♪." C'était le thème d'une berceuse de Chopin.

Elle se rappela la naissance des jumeaux. Du fond de douleurs qui la noyaient, Clothilde avait fini par supplier qu'on lui donne cette anesthésie qu'elle avait jusque-là refusée. Elle attendait l'effet promis. L'anesthésie était mal placée, cela ou autre chose, en tout cas, le soulagement ne vint pas. Dans ses larmes, elle avait ri de sa malchance. Désespérée de trouver un soulagement à ce qu'elle ne pouvait plus endurer, elle avait demandé à Vincent d'aller lui chercher sa musique, de l'amener jusqu'à elle dans la salle d'accouchement.

— Mais qu'est-ce que je te ramène ?
— ... Beethoven, la neuvième, Furtwangler.

Forcément. Quoi d'autre ? Pas une fugue en tout cas.

Vincent était revenu avec un lecteur de CD et la neuvième de Beethoven. Enfin la musique envahit l'espace de la chambre de travail. Clothilde avait dit à Vincent qu'elle ne voulait pas les voix, pas le chœur, juste les trois premiers mouvements. C'était très clair, il faudrait arrêter juste avant les voix, repartir du début et s'arrêter juste avant les voix, autant de fois qu'il le faudrait jusqu'à ce que les enfants naissent. Dans l'axe des jambes ouvertes de Clothilde, sur le mur d'en face : une horloge ronde, comme à chaque naissance. Le quatrième mouvement, elle l'écouterait dès qu'elle serait rentrée à la maison. Pas maintenant. Dix heures déjà qu'elle était là, le ventre écartelé. Tout ça pour finir par une césarienne ? Si les bébés n'étaient pas en danger, il fallait tenir encore un peu.

La musique l'accompagnait. Le mouvement de l'adagio qu'elle aimait tant. Clothilde arc-bouta son cerveau tout contre lui. Si elle parvenait à se concentrer sur la musique et seulement sur elle, la douleur cédait, la contraction devenait acceptable. Un enfant vint et puis deux et ce fut la joie. La Joie.

Des années plus tard, rien qu'à poser les yeux sur les jumeaux, la symphonie des symphonies s'engouffrait dans son cerveau. Clothilde la raccompagnait galamment à la porte et remettait le rendez-vous de la mémoire à une autre fois, les moments de ces intrusions n'étaient pas toujours propices. Très exagéré pour un jour comme un autre.

Gilles appela à quatre heures du matin. Clothilde qui s'était endormie le téléphone à portée de main ne laissa même pas le temps à la première sonnerie de retentir jusqu'au bout. C'était un garçon, "Mathias". L'accouchement avait été long, mais tous les deux allaient bien.

Clothilde :
— … (…)… Et toi ?
— … S'il aime la mer, il faudra que je le laisse partir.

L'été passa, superbe au-dessus de Godot-Mathias. Les deux familles partirent ensemble à l'île de Ré. Vincent et Gilles parlaient d'aventure. Vincent enviait l'expérience de traversées en solitaire de Gilles, lui qui avait la responsabilité de plus de cent âmes par vol. Gilles lui rappela que le seul accident grave qu'il n'ait jamais eu, avait été celui du Cap 232, celui où il n'avait personne d'autre à protéger que lui-même.

Clothilde profitait du soleil, de l'amitié d'Alix revenue tout entière, de Mathias, de ses enfants heureux dans la mer, et de Beau qui restait le plus souvent couché à portée de caresse de sa maîtresse.

Clothilde avait pourtant une hâte : rentrer à Levayze et retrouver le chant, les cours, le chemin de l'abbaye, le chignon crêpé blond de Mme Maisonneuve et ses robes fleuries.

Cette même rentrée de septembre, Mme Maisonneuve attendait Clothilde, fébrile. Elle raconta qu'elle avait dans l'été fait écouter à des amis l'enregistrement des chants interprétés par celle-ci lors de son dernier concert. Parmi eux se trouvait le directeur du festival de Chatilly. Il souhaitait que Clothilde s'inscrive aux sélections qui se tiendraient en janvier. Le festival, lui, aurait lieu en août.

— Alors, es-tu partante ?
— … (…)… Oui.
— As-tu déjà entendu parler de ce festival ?
— … (…)… Oui.
— Nous avons largement le temps de nous y préparer.

Ce festival existait depuis une vingtaine d'années. En chant lyrique, il était parmi ce qu'on faisait de mieux, il attirait donc les spectateurs les plus avertis, des professionnels, des postulants ambitieux. Clothilde craignait de décevoir, de se décevoir. Elle l'écrivit à Mme Maisonneuve.

Mme Maisonneuve :
— Non. Tu chantes depuis deux ans qui en valent au moins six. Au moins. Tu as tant travaillé. Crois-tu que je prendrais le risque devant les collègues de passer pour la dernière des idiotes ? D'ailleurs ce n'est pas moi qui t'ai imposée pour l'audition, c'est eux, après avoir écouté ton enregistrement, qui veulent t'entendre.

— *Qu'est-ce que je vais chanter pour l'audition ? Il y a des figures imposées ?*
— On décide mardi prochain, j'amène des partitions et on étudie la question. Tu as vu que la limite d'âge est trente-cinq ans, tu les auras encore au moment de l'inscription ?
— *Oui.*
— Ça ira.

Il fallait que Clothilde prépare quatre pièces représentatives de différentes époques et genres, et que ces chants soient dans autant de langues différentes possibles. Ce dernier point la rassura. Ça, elle savait faire.

Prenant grand soin de son élève, Mme Maisonneuve venait faire répéter Clothilde tous les deux jours chez elle à Levayze, pour préparer cette audition qui selon elle était une étape plus importante que le concert du festival lui-même.

Elles répétaient une fois chez Clothilde, les deux autres à l'abbaye.

L'audition de sélection eut lieu en janvier, à Chatilly, comme prévu.

Clothilde fit ses bagages pour deux jours. Son père, Alix et Gilles s'occuperaient des enfants et de Beau.

Vincent rentrerait le même jour qu'elle, mais un peu plus tard, le soir.

Mme Maisonneuve avait pris en charge tous les détails de l'organisation du séjour et accompagnerait Clothilde.

La salle d'audition était exiguë, la scène avait des allures d'estrade de classe. Clothilde fut désagréablement surprise. Ce n'était pas la référence à l'humble école communale qui la gênait, c'était la promiscuité que cela impliquait avec le jury.

Elle observait les membres de ce jury, certains avaient des airs très importants, d'autres au contraire étaient très naturels, désinvoltes même. Clothilde observa d'abord, tapie comme une souris derrière sa plinthe, d'un côté ceux-là et de l'autre, les candidats, morts de trac, finalement plus qu'elle. C'est qu'eux jouaient leurs carrières. Et elle, que jouait-elle?

Elle s'avança, prit sa place au milieu des autres. Elle maîtrisa sa peur mieux que d'habitude. Elle la tenait bridée. Il lui fallait du courage pour deux car c'est Mme Maisonneuve qui ce jour-là avait du mal à cacher sa nervosité.

Clothilde se prépara dans une salle vide, aux résonances creuses : un piano droit poussé dans un coin, une chaise, une petite table, un pupitre.

Elle fut la première à être appelée.

Elle devait chanter quatre pièces :
- *Lasciatemi morire* de Monteverdi ;
- *Rejoice* du *Messiah* de Haendel ;
- *Le Spectre de la rose* de Berlioz ;
- *Die Nachtigall* de Berg.

En montant sur scène, Clothilde se rassurait :
"Rien de grave, je vais simplement faire de la musique."

Elle fit signe au pianiste de commencer pour ce faire, elle le regarda dans les yeux. Elle s'y perdit. "Le trou." Quel titre ? Quelles paroles ?

La sueur perla à son front.

Le pianiste qui avait noté le regard puis le léger haut-le-corps de Clothilde, ne savait que penser. Il lui fit un signe d'interrogation et dans le doute, plaqua l'accord d'introduction "do-mi-la". Ces trois notes vinrent résonner sous la paume droite de Clothilde, posée ouverte sur le corps du piano à queue, l'accord et ses résonances la remirent en piste, elle appuya son front sur la musique… *"lasciatemi morire"*… deux supplications entrecoupées d'une sorte de récitatif.

Elle chanta.

Puis ce fut *Rejoice*.

De l'ombre à la lumière, du corps embarras au corps oublié, Clothilde vocalisait et emplissait la salle d'énergie et de joie.

Elle chantait pour cette sensation-là, cette qualité de concentration-là, pour l'esprit et le corps aiguisé dans un unisson qu'elle aurait qualifié de brillant.

Ils étaient vingt candidats, six seraient sélectionnés. Clothilde le fut pour le deuxième tour avec sept autres. Elle chanta *Le Spectre de la rose* et *Die Nachtigall*.

Elle s'abandonna au *Spectre de la rose*, même au mot malheureux de "l'arrosoir", elle n'était plus qu'un instrument. Son corps se rappelait qu'aveugle il ondulait dans l'onde comme sa voix dans l'espace des sons.

Die Nachtigall de Berg? Si vous voulez. Le Viennois. L'allemand de là-bas. Clothilde se rappelait ses onze ans, quand elle avait pris son premier cours de langue étrangère, son émerveillement à parler autrement. Ce chant était le quatrième mais en vérité le premier, tout sentiment de peur l'avait oubliée, elle chantait de bien-être, elle chantait pour Beau et pour Mme Maisonneuve qui pleurait au fond de la salle.

La musique s'était tue. Le sourire de Clothilde s'effaça lentement, le temps que les vibrations du dernier accord s'éteignent. Elle s'inclina et quitta la petite estrade.

Mme Maisonneuve était là dans le couloir en cordon qui s'enroulait autour des différentes salles. Elles se jetèrent dans les bras l'une de l'autre, en riant aux éclats. Pas un mot. Facile pour Clothilde. La jeune femme se changea et alla écouter avec Mme Maisonneuve les autres candidats. C'était présomptueux, Clothilde ne les craignait pas. C'est qu'elle ne pensait pas encore à l'après. Elle était nimbée de musique, satisfaite de la façon dont elle croyait l'avoir servie. Froidement heureuse.

Elle fut retenue pour participer au stage d'été.

Mme Maisonneuve :
— Tu as l'air blasé. Tu n'es pas aux anges d'avoir gagné ta place parmi les meilleurs ? As-tu entendu la qualité de ces chanteurs ?
— Oui.
— Ah, ah, ah… Et alors ?
— Un chanteur a été éliminé. Je l'aurais retenu. Qu'est-ce qui se passera après, si je chante bien cet été ?
— Des gens du métier viendront te voir…
— Rentrez à la maison avec moi, vous raconterez à Vincent. Il rentre ce soir aussi.

Clothilde roulait vers Levayze.
Mme Maisonneuve assoupie tout à l'heure s'était réveillée :
— Et si tu me disais pourquoi tu souris maintenant ?
— … (…)… J'ai chanté… (…)… et je vais… (…)… retrouver les miens.

C'est la professeur de chant qui annonça le succès de Clothilde. Vincent félicita sa femme un peu maladroitement. Madeleine, d'ordinaire peu démonstrative, sautait partout d'excitation, à en inquiéter sa mère.

Mme Maisonneuve était un brin amoureuse de ce Vincent si irréprochablement beau et maître de lui-même. Une certaine fixité dans le masque tout de même, celui-là aurait bien du mal à chanter. Elle l'invita à lui faire découvrir le parc. Les enfants les accompagnèrent, même Beau dont les sorties, à cause de son arthrose, étaient comptées.

Clothilde prépara le dîner, prit le temps de piler du safran, de tendre une nappe colorée, de cueillir une rose oubliée par l'hiver. Elle déposa la fleur à côté du couvert de sa professeur de chant.

Le printemps revint, après un hiver froid que Clothilde traversa tendue vers le festival, entre le soin aux enfants et à Beau.

Le festival comme un examen final, un grand oral. Clothilde ne prétendait pas y chanter divinement, elle voulait chanter au mieux, ce serait cela l'idéal. C'était cette exigence qui la réveillait la nuit. Ce n'étaient pas les applaudissements qu'elle recherchait. Un autre code, silencieux, pour signifier qu'on avait entendu, aurait été plus adéquat. Qu'on laisse les derniers accords résonner jusqu'à l'ultime vibration.

Qu'est-ce que vous faites dans la vie madame?
Je suis musicienne, mère et musicienne.

Clothilde avait pris l'habitude de répéter à la distillerie. Pas chez Anima Mundi, à la distillerie, là où les huiles essentielles sourdaient de la matière, elle y allait la nuit, un clavier numérique sous le bras. Elle chantait sous les hauts plafonds, au milieu des cuves, des alambics, dans les résonances métalliques et les bruits d'eau. Alix la rejoignait souvent. Gilles veillait sur le sommeil de Mathias.

Tout au long de l'hiver, Clothilde progressa encore dans l'émission de la parole. Les siens en étaient témoins, surpris à chaque fois que Clothilde ne hachait sa phrase que deux fois au lieu de dix. Clothilde se réjouissait mais ne forçait pas la chose en dehors du cabinet de sa phoniatre. Parce que même si elle avait pu prétendre articuler trois longues phrases sans bégayer, il s'agissait d'une parole contrainte. Elle devait patienter encore.

Vincent observait Clothilde régler les affaires de la maison, gérer les enfants et se préparer pour le festival avec une constance d'athlète. Il redoutait par intermittence les remous de ce rendez-vous de Chatilly, mais lui qui aimait gager l'instant suivant se surprenait à être curieux de son issue.

Un jour d'avril, Vincent était de repos. Il arrêta Clothilde qui, passant à sa portée, allait partir pour Courcelles l'Orgueilleux :

— Je t'invite à déjeuner.
— … (…)… Et c'est moi… (…)… qui te conduis ?

Ce jour-là, après le sport, dans le vestiaire des dames, Clothilde s'habilla d'un ensemble pantalon et veste cintrée de velours noir, passée sur un col roulé couleur ivoire. Elle se maquilla, laissa ses cheveux défaits.

Elle avait trente-cinq ans et pour la première fois se sentait en paix avec son reflet dans le miroir. Elle n'en était ni orgueilleuse ni même satisfaite. Elle en éprouvait simplement du bien-être.

Elle jeta une écharpe lilas sur son épaule et sortit du centre de sport. Vincent l'attendait.

Ils déjeunèrent dans un des restaurants du centre-ville. Il y avait une éternité qu'ils n'avaient pas été en tête à tête dans un endroit public sans les enfants. Cette jeune femme, mère de quatre enfants ?

Vincent la regardait et jouait à se faire peur. Il lui faisait la conversation tout en guettant les regards des hommes qui se posaient sur elle. Elle répondait en lui tendant son écran. Clothilde n'était pas dupe du petit théâtre, jouait le jeu de la conversation galante. Vincent voulait se faire peur ? Qu'il ait peur.

Elle marchait à longues enjambées maintenant vers Mme Maisonneuve, elle respirait avec le ventre, recherchait l'air dans les hanches, au-dessus des reins, faisait en chemin la place au chant. Chez sa professeur, Clothilde discuta des duos et trios qui seraient travaillés lors du festival de Chatilly puis elle chanta à nouveau les pièces qu'elle avait interprétées à l'audition de décembre.

— Tu as encore progressé. Quel bonheur tu me donnes, Clothilde.

Un autre mois de juillet à l'île de Ré s'écoula en compagnie d'Alix, de Gilles, Mathias, et de Beau, encore une fois. Cela tenait du miracle, selon le vétérinaire, que ce dernier soit encore "là".

Beau fixait aussi loin qu'il pouvait les voir les enfants au loin dans l'eau, debout sur ses quatre pattes figées. Il ne les escorterait plus et en gémissait un peu. Il se recouchait à l'ombre aux côtés de Clothilde.

Il ne bougeait presque plus. Il s'entraînait, c'est si long la mort.

Antoine avait passé ses treize ans. Ses parents étaient presque trop en paix l'un avec l'autre à son goût. Il trouvait toujours farfelu et déplacé d'avoir des parents amoureux. Mais leur guerre ou paix n'avait plus tant d'importance : il avait quelques amis très proches, sa vie se tournait vers eux, ses jeux électroniques et son ordinateur. Bientôt il aimerait ailleurs. Il ne jouait plus avec Madeleine qui le dépassait presque en taille. À l'école ou dans le village, ils ne se montraient plus trop ensemble, frère et sœur. Chacun son camp maintenant, pour un temps au moins. Et puis Madeleine attirait trop les regards des copains d'Antoine. C'était gênant à la fin. Ce dernier accompagnait régulièrement son père à l'aérodrome et disait rêver de piloter. En fait, il était plus souvent sous les hangars des mécaniciens qu'à regarder son père voler.

Madeleine acceptait que son frère la fuie. Elle avait du temps une grande science. Ils se retrouveraient plus tard. Elle restait la même, courtoise et fantasque. Elle venait d'avoir douze ans. Elle était grande, fine, belle. Elle avait cette grâce éphémère et intense qu'ont certaines jeunes filles. Elle en était presque embarrassante à regarder. De loin en loin, elle se réfugiait encore sous le piano après avoir demandé la permission à Beau qui avait primauté pour le temps qui lui restait. Mais ses poupées et ses théâtres ne l'y suivaient plus. Quand elle rejoignait les dessous du piano, elle y apportait un oreiller, s'allongeait à côté de Beau et rêvait. Le reste du temps, elle composait, elle ne jouait presque plus d'instruments. Elle avait intégré au conservatoire un petit groupe d'adolescents et jeunes adultes qui partageait la même passion pour la composition. Elle accompagnait sa mère volontiers au piano quand Clothilde chantait. D'ailleurs chanter avec un autre accompagnateur que sa fille au piano changeait le goût du chant pour Clothilde. L'entente était si parfaite dans ces moments-là entre la mère et la fille.

David aurait sans doute un destin lié au dessin. Depuis ses cinq ans – il allait en avoir neuf – dessiner était sa principale occupation en dehors des jeux extérieurs qu'il partageait toujours de préférence avec Adèle. La passion ne faiblissait pas, contrairement aux expériences de ses frères et sœurs pour qui cette envie de mise en images n'avait pas duré. Lui, croquait des personnages en mouvement, toujours en interaction avec un élément ou un autre personnage. Jamais de natures mortes, de paysages ou d'objets figés. C'est ainsi qu'il racontait des histoires. Il se passionnait pour les bandes dessinées. Il fallait que ses parents l'attirent à eux physiquement pour le sortir de sa chambre, pour lui faire parler d'autre chose, détourner son corps et son esprit de ces dessins qui le happaient.

Adèle : générosité et impatience, toujours fâchée contre ceci ou cela, indifférente à rien, touche à tout, une stature de walkyrie et ses yeux violets qui questionnaient toujours. Elle siégeait dans sa tente de Sioux où elle invitait des amies qui n'entraient qu'après avoir suivi un protocole strict. C'est sous la tente qu'elle faisait ses devoirs, très vite. Notamment ses devoirs de mathématiques. Comme elle n'en avait pas assez, elle faisait les devoirs de David dans la foulée et son grand-père, M. Athilaire, fier de l'esprit cartésien de sa petite-fille, l'alimentait en combustibles : rébus mathématiques, petits exercices algébriques de sa composition : Adèle s'y confrontait au pas de charge. Sous la tente, elle prenait rendez-vous avec sa mère. Parfois, beaucoup plus rarement, avec Madeleine et sa mère. Clothilde acceptait avec plaisir ces invitations formelles qu'Adèle judicieusement faisait toujours deux jours à l'avance, ce qui devait laisser le temps à Clothilde de confectionner un gâteau pour l'occasion. Madeleine préparait les saris et le fond musical de leur réunion.

Le temps du festival de Chatilly était venu. Vincent et les enfants ne rejoindraient Clothilde qu'au concert de clôture. Cette fois-ci, ce furent eux qui encouragèrent Clothilde à partir. Elle ne fut pas si sûre d'aimer.

Les chanteurs et instrumentistes logeaient dans les dépendances du Château de Chatilly. Clothilde dormait dans une "chambrée" avec les deux autres chanteuses. Chambrée confortable certes mais inclue dans une sorte de halle où régnait une atmosphère d'armée qui bivouaque. Adossée à des caisses qui avaient contenu des instruments, Clothilde écoutait les musiciens qui astiquaient les cuivres, discutaient des vacances finies ou de celles qui suivraient "enfin"… Les chanteurs parlaient entre eux d'engagements à un an, deux ans, de concerts, de récitals, d'enregistrements. Et elle, se sentait comme un confetti égaré, une photo glissée de son album.

De chanteurs, ils étaient trois hommes et trois femmes. Dès le deuxième jour, après les essais de voix, quand les pièces que Clothilde devrait présenter furent arrêtées, il ne s'agissait plus de savoir si elle était à sa place ou non, elle chantait.

Elle chantait, plus seulement accompagnée d'un piano mais de tout un orchestre dont la puissance dans son dos lui donnait littéralement la sensation d'être "soufflée" par une bombe de vibrations sonores.

Le festival de cette année-là proposait deux journées de concerts, Clothilde aurait à présenter un solo : le *Parto, parto*, extrait de *La Clemenza di Tito* de Mozart, un duo où elle interpréterait le rôle de Zerlina extrait du Don Giovanni de Mozart, *La ci darem la mano*. Elle chanterait enfin le rôle d'Orphée dans le trio *Tendre amour*, extrait de l'opéra *Orphée et Eurydice* de Glück. Le deuxième jour de récital, elle chanterait *Le Spectre de la rose* qu'elle connaissait bien et l'aria de Charlotte, *Laisse couler mes larmes*, extrait du *Werther* de Massenet.

La pièce techniquement la plus redoutable était le *Parto*, mais des deux femmes qui pouvaient l'interpréter, c'est elle qui fut choisie d'emblée.

La pièce la plus délicieuse : le trio de Glück.

L'insurmontable : le duo *La ci darem la mano*. Le metteur en scène voulait que Clothilde joue la comédie. La mise en scène du trio de Glück étant très sobre, statique, elle n'avait pas eu à être confrontée à cette difficulté du "jeu" et avait pu continuer d'occulter cet aspect indissociable de l'opéra et donc d'une grande part de l'art du chant : le théâtre. Elle se fit malmener par le metteur en scène qui la traita d'empotée. Elle chanta mal.

D'emblée, ces deux-là ne s'étaient pas compris. Et puis cela était allé de mal en pis. Quand cet homme lui disait "fais ci", "fais ça", lui indiquant des moues de demeurées, elle ne pouvait pas les reproduire, elle restait figée. Elle trouvait ses indications scéniques absurdes. Mozart avait tout dit, nul besoin de donner dans le Guignol. Il ne voulait pas entendre que contrairement aux autres, Clothilde n'avait pas l'habitude de la scène. "Ce n'était pas son problème." Ah vraiment ? Elle se força à répondre à ses attentes autant qu'elle le pouvait jusqu'à ce qu'il croie délicat de dire haut et fort que s'il devait faire un effort avec cette "Clothilde", ce serait au nom de son handicap à ne pas pouvoir parler.

— … (…)… Quel rapport…

Puis Clothilde avait déserté. Quel con. Elle était partie sans se fâcher, sans argumenter, sans crier : ne pas pouvoir parler la préservait au moins de ces excès de langage qui fusent quand on "fait une scène".

Clothilde s'était retranchée derrière ce fond de scène et se torturait à l'idée d'avoir été incapable de réagir "professionnellement" aux exigences de cet homme. Elle revenait aux doutes du premier jour, elle n'était pas à sa place. La scène n'était pas sa place, pas l'opéra en tout cas. Tout le monde dînait maintenant. De toute façon Clothilde n'avait pas faim. Comment reprendre sa place parmi les autres ?

Ce matin, elle rayonnait, elle avait répété le *Parto*, on l'avait félicitée. Elle était Sextus. Elle ne s'était pas forcée. Elle avait cru que la même évidence s'imposerait au duo. Maintenant, elle avait l'impression qu'ayant appris à chanter seule, il faudrait réapprendre à chanter en chœur. Les bras lui en tombaient.

Mme Maisonneuve l'avait trouvée là et s'était approchée pour la rassurer. Clothilde aurait voulu l'envoyer au diable mais se contenta de lui demander de la laisser seule.

Le baryton qui l'accompagnait dans ce duo n'avait rien fait pour la soutenir. Pendant que le metteur en scène bombardait Clothilde d'indications qu'elle ne saurait pas suivre, il se contentait de reculer de deux pas pour mieux se différencier de cette femme qui visiblement n'était pas du métier. Pourtant, le soir venu, il vint s'enquérir de Clothilde, la dénicha dans un coin de scène.

Philippe :
— Clothilde ? Je peux m'asseoir ?... Ça va aller. Pour ce qui est de chanter, tu ne crains personne. Avoir une technique et une maîtrise pareille après trois ans... Tu n'as pas honte ?

— ...

— Mais tu n'as jamais mis les pieds sur une scène. Le metteur en scène, il est né dessus. Il ne peut pas comprendre.

— ...

— Je vais t'aider... Moi le théâtre c'est mon point fort. On va jouer...

Clothilde éclata de rire, amère...
— ... (...)... Je n'ai jamais... (...)... joué la comédie...

Philippe :
— ... Je crois qu'en vérité, tout le monde est très doué pour ça... Même toi. Tu vas te surprendre. Viens.

Ils répétèrent autant de fois qu'il le fallut. Philippe en faisait des tonnes pour la faire rire et Clothilde, petit à petit, se prit au jeu, beaucoup plus vite qu'elle n'aurait cru. Elle jouait. Elle s'endormit confuse, elle avait mille mains à donner.

Les deux derniers jours passèrent vite. Dimension schizophrénique que ce temps accélérant sa marche à mesure que l'échéance approchait. Et ce calme, comme une lame de fond qui pénétrait Clothilde. La veille du grand jour, le village commença à se remplir de badauds, de gens en quête de tickets, de photographes, de caméras, de brouhaha. Clothilde, tout à sa musique, entendait cela en toile de fond. Puis le jour "J" arriva, elle ne vit plus grand-chose, se laissait porter, aimait pour le coup qu'on lui dise, "fais ci", "fais ça".

Curieux de jouer la comédie avec Philippe devant Vincent. Troublant de prétendre être quelqu'un d'autre, assassin même, devant Alix, devant son père ou ses enfants.

Le festival terminé, Clothilde fit la fête avec les autres. Le metteur en scène se joignit aux félicitations, en l'appelant "son" phénomène. Et puis la fatigue la terrassa. Vincent la soutint jusqu'à la voiture. Elle se réveilla le lendemain, dans la maison à flanc de coteau, les cloches de l'abbaye de Levayze sonnaient la messe et les enfants sautaient sur son lit. Il manquait Beau, couché en retrait, il la regardait.

Dans les jours qui suivirent, Mme Maisonneuve rapporta à Clothilde des propositions pour passer des auditions pour intégrer différents chœurs professionnels, des invitations à participer à des festivals.

Mme Maisonneuve :

— Repose-toi, étudie tout cela, prends le temps de réfléchir. Pour le reste, chante, travaille comme d'habitude, ne change rien.

Clothilde se reposa donc, s'occupa de son buis et de Beau et septembre revint. Le rythme des activités de chacun se cala dans les cases du grand calendrier de l'entrée.

À la mi-septembre, comme Clothilde terminait sa leçon de chant à l'abbaye, qu'elle rangeait ses partitions, elle entendit des pas dans la galerie qu'elle ne connaissait pas. Alix, sœur Magdalena et Baptiste avaient tendu l'oreille aussi. Quand cette femme apparut, dans le cadre du premier arc en plein cintre, Mme Maisonneuve eut un léger haut-le-corps. Elle marcha à la rencontre de l'inconnue. C'était une femme de soixante ans environ, très élégante, grande, les cheveux noués sur la nuque, la taille joliment marquée encore dans un tailleur rouge, jupe et veste, chaussures hautes, écharpe de soie blanche jetée sur l'épaule… Elle se présenta à Mme Maisonneuve…

Elles s'approchèrent de Clothilde.

Mme Maisonneuve :
— Clothilde, je te présente Mme Lambert, directrice de l'Opéra Royal.
— Bonjour Mme Athilaire. J'étais présente au festival de Chatilly. Je suis venue vous écouter sur la recommandation d'un ami. Je sais qu'on vous a déjà fait plusieurs propositions. Mme Maisonneuve me dit que vous n'avez pas encore pris d'engagement. Écoutez mon offre, elle vous laisse le temps de vous préparer et c'est un rôle qui pour un premier à l'opéra offre beaucoup d'avantages : parties lyriques, dramatiques et romantiques : la palette est large, ce qui va vous permettre de montrer ce dont vous êtes capable mais aussi d'explorer votre voix plus avant en situation. Le troisième acte de cet opéra est très exigeant, fatiguant, mais encore une fois nous parlons d'une production programmée dans un an. J'aimerais que vous soyez Charlotte dans le *Werther* de Massenet. La chanteuse qui devait assurer le rôle ne pourra pas tenir son engagement. J'ai pensé à vous, j'ai pris des avis après avoir fait entendre les deux enregistrements dont je disposais et on m'a suivie dans mon choix. Nous ne risquons rien en vous confiant ce rôle. À part une divine surprise ! Vous aurez trente-six ans, à cet âge les cantatrices sont en pleine maturité et au plus haut de leur carrière. Vous, vous commencez.

Je suis sûre que vous êtes consciente de cela. Nous mettrons tout en œuvre pour vous préparer dans les meilleures conditions. J'ai besoin de votre réponse d'ici dix jours.

Un an plus tard...

Bord de scène de l'Opéra Royal, un samedi tard, en septembre : dos au rideau de toile peinte rouge et or, Clothilde salue dans une robe longue de moiré noir. Un bandeau large d'une paume sous les seins lui dessine une taille haute. Le col, façon chemise, est rabattu sur un décolleté en V. Un ruban ambre retient ses cheveux bruns qu'on a bouclés et laissés libres sur les épaules. Elle se demande quel temps il fait dehors, dans la nuit de l'au-delà de la voûte et de sa fresque ronde. La musique a fait place aux bravos. La représentation de la première du *Werther* de Massenet où elle interprétait le rôle de Charlotte est terminée.

Elle a chanté un premier rôle à l'opéra. Elle remonte lentement en rappel d'un monde étrange fait d'exaltation bridée et de concentration profonde.

Il semble que les spectateurs soient contents. Ses collègues chanteurs lâchent la main de Clothilde et la poussent seule tout au bord de la scène.

Des vivats et six cents sourires convergent vers elle. Clothilde, vide et comblée à la fois, tel le plongeur qui remonte des abysses, continue sa remontée vers la surface, par palier.

Elle s'habitue aux bruits crépitants des applaudissements, puis à la rythmique que les spectateurs impriment petit à petit en chœur à leurs mains qui se joignent. Elle salue tout en se demandant quel goût aura ce soir le silence.

Voilà, elle est de retour. Elle regarde ces gens qui lui font face, les dévisage. Son front s'élargit, la ride d'étonnement qui le barrait s'efface, la commissure de ses lèvres s'étire, elle rend les sourires.

Clothilde tourne son regard là où elle n'avait pas voulu encore regarder, dans la loge à droite au-dessus de la scène. David et Adèle sautent, trépignent, dansent. Antoine fait un signe de la main. Leur père est debout, bras croisés sur la poitrine, adossé à la paroi de la loge en direction de la scène. Il ne sourit pas, son regard navigue de la salle à sa femme. Madeleine assise, n'applaudit pas non plus, elle regarde avec intensité sa mère en souriant imperceptiblement. Clothilde rend ce regard à sa fille et vers elle seule d'abord, s'incline.

Le lendemain, à l'hôtel, Vincent fut réveillé très tôt par Corinne Digoin qui, là-bas à Levayze, veillait sur Beau : "Rentrez à la maison. Si vous vous voulez lui dire au revoir, c'est maintenant."

La santé de Beau s'était aggravée ce dernier mois. L'animal s'enfonçait dans la cécité, la surdité, l'immobilité. On ne pouvait plus le toucher à l'exception de quelques caresses, légères. Il avait mangé de moins en moins, puis comme un oiseau, puis plus. Il passait son temps à suivre des yeux Clothilde et les enfants et à dormir. Il apprivoisait la mort, y entrait doucement comme on pénètre dans l'eau froide.

Clothilde lui avait installé un lit monté sur roulettes. Quand elle trouvait encore le temps de travailler au jardin, de tailler la sphère de son buis rendue à sa perfection, elle tirait la civière de Beau pour qu'il soit au jardin aussi. C'est ce qu'elle fit cet après-midi de leur retour de la première à l'Opéra Royal, une dernière fois.

Pendant qu'elle peaufinait la taille de son buis, qu'elle effleurait de temps en temps de ses doigts les flancs de Beau, Vincent lisait à Clothilde les critiques concernant sa première à l'Opéra :

— "Magnifique de sensibilité, d'intelligence du chant, de beauté vocale aussi, cette Charlotte, passionnée mais contrôlée, déploie avec subtilité l'éventail des émotions possibles. Clothilde Louris-Athilaire obtient certes sans effort apparent des résultats que d'autres en peinant n'obtiendront jamais – et c'est une grande injustice – mais loin de n'être qu'une novice surdouée, elle nous offre des émotions que seule une grande maturité musicale peut faire naître. Entendez ce souffle qui semble flotter sur des ressources d'air inépuisables, cette ligne vocale tenue et souple, capable de tous les modelés et de tous les phrasés. Sa voix vient nous chercher, parle à nos esprits de l'autre bout de la salle et on la suit."

Clothilde à Beau, penchée sur la civière :
— Tu as entendu Beau… (…)… C'est pour toi.

La sphère rendue à sa perfection, ils rentrèrent à la maison. Clothilde poussa la civière du chien tout contre son "radeau", s'assit près de Beau, posa une main sur la poitrine du chien et le regarda partir. Le souffle tarissait, les inspirations étaient de plus en plus espacées. En milieu d'après-midi, il ferma les yeux pour la dernière fois. À la nuit tombante, il s'éteignit, alors Clothilde prit pour lui quelques profondes inspirations, comme si Beau les lui avait soufflées, comme un héritage.

Ses quatre enfants grandis se rassemblèrent autour du corps blanc inerte de leur "nounou à la Peter Pan" et le silence se fit dans la maison près de l'abbaye.

Le lendemain, la famille Louris-Athilaire enterra Beau près du ginkgo, à la limite de la forêt. Vincent pleura comme un enfant. M. Athilaire était présent, comme Corinne, Alix, Gilles et Mathias qui gazouillait. C'est Antoine, en jeune homme, qui recouvrit de terre le corps du grand chien blanc, puis la famille resta un moment soudée avant que chacun, l'un après l'autre isolément, remonte le terrain vers la maison.

On se réunit au salon. Même Corinne parlait peu. C'est Clothilde qui remarqua la première l'absence de Madeleine. Puisqu'elle n'était pas sous le piano, elle était dans sa chambre ? Non.

D'ailleurs Clothilde avait vérifié pour la forme. Elle savait où aller chercher Madeleine. Elle sortit de la maison.

Elle allait siffler Beau, elle ravala son sifflet. Elle ne prit pas la voiture, elle coupa à travers les vignes, bosselées de vendangeurs affairés. Elle croisa Baptiste.

— Oh Clothilde ! On vendange, on vendange, c'est du bon cette année encore ! Le vin est bon Clothilde !

Elle reprit le fil d'une promenade commencée quatre ans plus tôt derrière l'école. Elle descendit seule vers la rivière. Elle arriva sur la berge de la Cure, s'arrêta là où Beau avait suspendu sa course ce jour-là. Madeleine n'était ni au bord de l'eau, ni sur l'autre rive. Un éclair d'angoisse força un cri hors de Clothilde, malgré elle :

— Madeleine !
— Oui maman ?

La voix venait d'en haut, de l'autre rive, à mi-hauteur du chêne au pied duquel, quelques années plus tôt, elle avait retrouvé sa fille.
— Madeleine... comment as-tu traversé ?
— ... J'ai passé le pont là-bas.
— Que vois-tu de là-haut ?
— Je vois tout maman, la musique.
— Viens, rentrons.
— Maman, tu parles...

BABEL

Extrait du catalogue

1178. KATARINA MAZETTI
Mon doudou divin

1179. ROOPA FAROOKI
La Petite Boutique des rêves

1180. A. M. HOMES
Le Sens de la famille

1181. MARION SIGAUT
La Marche rouge

1182. JOËL POMMERAT
Cendrillon

1183. JOSÉ LENZINI
Les Derniers Jours de la vie d'Albert Camus

1184. METIN ARDITI
Le Turquetto

1185. ANNE DELAFLOTTE MEHDEVI
La Relieuse du gué

1186. JEAN GUILAINE
Pourquoi j'ai construit une maison carrée

1187. W. G. SEBALD
Austerlitz

1188. CARLA GUELFENBEIN
Le reste est silence

1189. TAYEB SALIH
Les Noces de Zeyn

1190. INTERNATIONALE DE L'IMAGINAIRE N° 28
À la rencontre des cultures du monde

1191. JÉRÔME FERRARI
   Le Sermon sur la chute de Rome

1192. LYONEL TROUILLOT
   La Belle Amour humaine

1193. ARNAUD RYKNER
   Le Wagon

1194. CAROLINE LUNOIR
   La Faute de goût

1195. SÉBASTIEN LAPAQUE
   La Convergence des alizés

1196. DENIS LACHAUD
   J'apprends l'hébreu

1197. AHMED KALOUAZ
   Une étoile aux cheveux noirs

1198. MATHIEU LARNAUDIE
   Les Effondrés

1199. SYLVAIN COHER
   Carénage

1200. NANCY HUSTON
   Reflets dans un œil d'homme

1201. RUSSELL BANKS
   Lointain souvenir de la peau

1202. CLARO
   CosmoZ

1203. DAVID VAN REYBROUCK
   Le Fléau

1204. ALAIN CLAUDE SULZER
   Une autre époque

1205. ELIAS KHOURY
   Yalo

1206. JULI ZEH
   L'Ultime Question

1207. RAPHAËL JERUSALMY
Sauver Mozart

1208. DON DELILLO
Point Oméga

1209. FERNANDO MARÍAS
L'Enfant des colonels

1210. CLAUDE LORIUS ET LAURENT CARPENTIER
Voyage dans l'Anthropocène

1211. ROLAND GORI
La Dignité de penser

1212. JEREMY RIFKIN
La Troisième Révolution industrielle

1213. JEAN-LOUIS GOURAUD
Le Pérégrin émerveillé

1214. OLIVIER ASSOULY
Les Nourritures divines

1215. YÔKO OGAWA
La Mer

1216. KHALIL GIBRAN
Les Ailes brisées

1217. YU HUA
La Chine en dix mots

1218. IMRE KERTÉSZ
Dossier K.

1219. VÉRONIQUE MORTAIGNE
Cesaria Evora

1220. SHABESTARÎ
La Roseraie du Mystère

1221. JUNAYD
Enseignement spirituel

1222. CAROLE ZALBERG
Mort et vie de Lili Riviera

1223. ANNA ENQUIST
Contrepoint

1224. AKIRA YOSHIMURA
Un spécimen transparent

1225. JUSTIN CARTWRIGHT
La Promesse du bonheur

1226. AREZKI MELLAL
Maintenant, ils peuvent venir

1227. JEAN CLAUDE AMEISEN
Sur les épaules de Darwin

1228. JOSEPH E. STIGLITZ
Le Prix de l'inégalité

1229. MARIE GROSMAN ET ROGER LENGLET
Menace sur nos neurones

1230. FRANCIS HALLÉ
La Condition tropicale

1231. DAVID VAN REYBROUCK
Contre les élections

1232. HÉLÈNE FRAPPAT
Inverno

1233. HÉLÈNE GAUDY
Si rien ne bouge

1234. RÉGINE DETAMBEL
Opéra sérieux

1235. ÉRIC VUILLARD
La Bataille d'Occident

OUVRAGE RÉALISÉ
PAR L'ATELIER GRAPHIQUE ACTES SUD
REPRODUIT ET ACHEVÉ D'IMPRIMER
EN FÉVRIER 2014
PAR NORMANDIE ROTO IMPRESSION S.A.S.
À LONRAI
POUR LE COMPTE DES ÉDITIONS
ACTES SUD
LE MÉJAN
PLACE NINA-BERBEROVA
13200 ARLES

DÉPÔT LÉGAL
1re ÉDITION : MARS 2014
N° impr. : 1400451
(Imprimé en France)